浦契尼的图兰朵

罗基敏 梅乐亘 著

广西师范大学出版社

·桂林·

本书经由中国台湾高谈
文化事业有限公司授权发行

著作权合同登记图字:20-2002-049号

图书在版编目(CIP)数据

浦契尼的图兰朵/罗基敏,梅乐亘著.—桂林:广西
师范大学出版社,2003.2
(贝贝特艺术广场·音乐文化书系)
ISBN 7-5633-3807-1

Ⅰ.浦… Ⅱ.①罗…②梅… Ⅲ.浦契尼,G.(1858~1924)
-歌剧-艺术评论 Ⅳ.J832

中国版本图书馆 CIP 数据核字(2002)第 109630 号

广西师范大学出版社出版发行
(桂林市育才路15号 邮政编码:541004)
(网址:www.bbtpress.com)
出版人:萧启明
全国新华书店经销
发行热线:010-64284815
深圳大公印刷有限公司
(深圳市南山区内环路8号 邮政编码:518054)
开本:965mm×1 270mm 1/32
印张:8.75 插页:14页 字数:165千字
2003年2月第1版 2003年2月第1次印刷
定价:24.80元

urandot

Atto III.

G. Puccini

Turandot

3

BRUNELLESCHI

布鲁内雷斯基设计图三：图兰朵（第三幕）

布鲁内雷斯基设计图八：帖木儿

布鲁内雷斯基设计图五：卡拉富

布鲁内雷斯基设计图十八：鞑靼卫兵（第一幕）

Turandot   *G. Puccini*

Calaf senza mantello

·6·

布鲁内雷斯基设计图六：卡拉富（未穿大衣）

布鲁内雷斯基设计图三十五：色诱卡拉富之女子（第三幕）

布鲁内雷斯基设计图二十八：鬼魂（第一幕）

布鲁内雷斯基设计图三十四：波斯女子（第三幕）

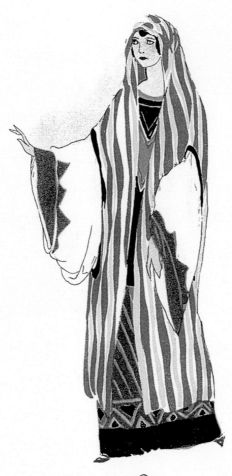

布鲁内雷斯基设计图七：柳儿

布鲁内雷斯基设计图十七：黑卫兵（第一幕）

布鲁内雷斯基设计图三十三：士兵（第三幕）

布鲁内雷斯基设计图二十七：行刑队伍角色（第一幕）

布鲁内雷斯基设计图三十二：卫兵（第三幕）

Turandot

·2·

布鲁内雷斯基设计图二：图兰朵（第二幕）

Maschera (Ping)

-9-

布鲁内雷斯基设计图九：面具（平）

布鲁内雷斯基设计图十一：面具（庞）

Maschera (Pong)

-10-

布鲁内雷斯基设计图十：面具（彭）

布鲁内雷斯基设计图十二：面具（朝服）

Maschere · Costume cerimonia per tutte e tre

-12-

Maschera (Pang)

Turandot   G. Puccini

Imperatore

·13·

布鲁内雷斯基设计图十三：皇帝

Sapienti

-26-

布鲁内雷斯基设计图二十六：智者

布鲁内雷斯基设计图二十四：官吏（队伍）（第一幕）

Mandarini (abiti cerimonia)

-21-

布鲁内雷斯基设计图二十一：官吏
（典礼服装）（第一幕）

布鲁内雷斯基设计图二十三：神职人员（第

Sacerdoti

-23-

Mandarini - Corteo

-24-

Surandot   *G. Puccini*

Calaf con mantello

4.

布鲁内雷斯基设计图四：卡拉富（着大衣）

布鲁内雷斯基设计图十六：刽子手（第一幕）

布鲁内雷斯基设计图十四：波斯王子

布鲁内雷斯基设计图十五：卜丁保

布鲁内雷斯基设计图一：图兰朵（第一幕）

Turandot
Atto III.
G. Puccini

Fanciulle presentate a Calaf
36

Turandot
Atto II. III.
G. Puc

Ancelle
30

布鲁内雷斯基设计图三十六：试图说服卡拉富之女子（第三幕）

布鲁内雷斯基设计图三十：侍女（第二、三

布鲁内雷斯基设计图二十：女子（队伍）（第一幕）

布鲁内雷斯基设计图二十九：女子（第一

Turandot
Atto I.
G. Puccini

Fanciulle nel corteo
20

Turandot
Atto I.
G. Puc

Fanciulle che si affacciano alla balaustrata del palazzo imperiale
29

目　录

缩写符号说明

CP	*Carteggi Pucciniani*, edited by Eugenio Gara, Milano (Ricordi) 1958；其后之数字为该信于该书中之编号。
ed., eds.	该书之主编。
Ep	*Giacomo puccini*, *Epistolario*, edited by Giuseppe Adami, Milano (Mondadori) 1928 (重印本 1982)；其后之数字为该信于该书中之编号，如为页数则以逗点隔开后，以"x 页"表示。
f., ff.	下一页，下数页。
ibid.	同前一引用资料。
Lo 1996	Kii-MingLo, *Turandot auf der Opernbühne*, Frankfurt/Bern/New York (Peter Lang) 1996。
MQ	*Musical Quarterly*。
Mr	藏于米兰黎柯笛档案室之黎柯笛公司已有内部编号之信件；其后之数字及符号即为该公司给予该信之编号。
MrCC	藏于米兰黎柯笛档案室之浦契尼给克劳塞提之信件，由于未曾出版，亦无编号，故于其后注明信件日期。
MrCL	藏于米兰黎柯笛档案室之黎柯笛公司信件复本，未曾出版；无编号之部分，于其后注明信件日期；有编页之部分，则附上相关资料。
NA	Friedrich Schiller, *Schillers Werke*, Nationalausgabe,

edited by J.Petersen,G.Fricke etc.,Weimar(Böhlau),
1943 ff.。

NRMI	*Nuova Rivista Musicale Italiana*。
op.cit.	前面曾经引用过之同一份参考资料。
passim.	散见该参考资料。
PRMA	Proceedings of the Royal Musical Association。
Sch	*Giacomo Puccini,Lettere a Riccardo Schnabl*,edited by Simonetta Puccini,Milano(Emme Edizioni)1981;其后之数字为该信于该书中之编号,如为页数则以逗点隔开后,以"x 页"表示。
Sim	Lo 1996,*Anhang I:Puccinis Briefe an Renato Simoni*,347412;其后之数字为该信于该信件集中之编号,如为页数则以逗点隔开后,以"x 页"表示。

剧情大意

首演:1926 年 4 月 25 日,意大利米兰(Milano)斯卡拉剧院
(Teatro alla Scala)
故事背景:遥远的中国

第 一 幕

北京城的人民集合在紫禁城前,听一位大臣宣旨(Podolo di Pekino! /北京城的百姓们!):"欲娶图兰朵公主为妻的王子,必须先猜图兰朵给的三个谜。三个都答对了,即可娶得公主。若答错了一个,就被处斩。波斯王子因未能答对图兰朵的谜,即将被斩首。"在纷乱中,一位近盲的老人跌倒了,他身旁的年轻女子向众人求救,来扶起老人。一位年轻人喊着"父亲",前来扶起老人,原来他们是一对异国君王父子帖木儿(Timur)和卡拉富(Calaf),因战乱流落他乡而失散。父子重逢,自是十分高兴。二人互诉别后,卡拉富要父亲勿大事声张,以免为到处追寻他们的敌人得知踪迹。帖木儿告诉卡拉富,这些日子里多亏身旁的柳儿(Liù)照顾。卡拉富满怀感激地问及她的身份,柳儿答以"只是一个婢女"。卡拉富又问为什么愿意跟着帖木儿吃这么多苦,柳儿答以"因为在宫殿里,你曾经对我一笑"。

柳儿话语未歇,众人又起一阵纷乱,刽子手的行刑队伍开始进场,众人兴奋地准备观看行刑。此时,在月光里,远远地出现图兰朵(Turandot)的身影,众人不禁跪地膜拜。卡拉富原本诅咒着这位

残忍的女人,在看到图兰朵后,却立刻强烈地爱上了她。帖木儿注意到儿子的情绪不对,问他想干什么。卡拉富表示已爱上了图兰朵,正在此时,波斯王子被执行死刑,临刑前,仍高喊着"图兰朵"。帖木儿警告儿子也会有如此的下场,卡拉富却为爱而不愿回头。

宫中的三位大臣平(Ping)、彭(Pong)、庞(Pang)出现,试图劝阻这位年轻人,众位已在刀下丧命王子之鬼魂亦出现,表示虽为刀下鬼,依然爱着图兰朵。帖木儿见各式劝阻均无效,于是要柳儿和卡拉富谈。柳儿的眼泪(Signore, ascolta! /先生,听吾言!)却只换来卡拉富将父亲交给柳儿的托付(Non piangere, Liù! /别伤悲,柳儿!)。在三位大臣、帖木儿、柳儿和众人的全力阻止下,卡拉富依旧毅然决然地敲响三下锣,正式成为下一位向图兰朵求婚的候选人。

第 二 幕

三位大臣平、彭、庞在早朝前,谈着中国的不幸,出了图兰朵这么一位嗜血的公主。三人颇有"人在朝中,身不由己"之叹,亦不免有归隐山林之念。正在交谈之时,号角声响起,三人起身上朝。

年老的鄂图王(Altoum)试图在最后关头劝退眼前的年轻人,卡拉富却只简单地三次强调自己接受试验的决心。鄂图王无法,只有让图兰朵进来。在宣布第一个谜题前,图兰朵说明自己为何要如此做的原因(In questa reggia/在这个国家),因为在几千年以前,一个深夜里,一位中国公主楼琳(Lou-ling)被异邦人士杀死,她的尖叫声穿过时空,传到图兰朵的耳中,因此,她要向异邦王子报复。图兰朵再次警告这位陌生王子,谜题有三个,但是人只能死一次。王子却答以"谜题有三个,人只能活一次"。

图兰朵的三个谜底。"希望"(La Speranza)、"血"(Il Sangue)和"图兰朵"都被陌生王子解开了。众人大为高兴,公主却向鄂图王求情,不要嫁给这个陌生人。鄂图王不为所动,陌生王子却表示,愿意以爱来溶化她。王子提出的条件是:他也给公主一个谜令,如果公主在次日天亮前能答出来,他愿意就死。谜题是:他的名字。公主同意了,鄂图王最后只好无奈地答应。

第 三 幕

图兰朵下了命令:当晚北京城无人能睡,直到找出陌生王子的名字为止。亦未入眠的王子听到这道命令("Nessun dorma"/无人能睡),期待着自己次晨的胜利。三位大臣前来,试图以成群美女和金银财宝,求王子离开中国。利诱不成后,又试图以情动之,告以王子若不泄露谜底,中国将永无宁日。王子不为所动。正在此时,士兵们带来了帖木儿和柳儿。王子连忙表示他们不知道自己的名字,混乱之时,公主亦到场,决定要对二人用刑,柳儿表示只有她知道王子是谁,但却不愿意讲。在用刑之下,柳儿依然不招,图兰朵不免问她为什么,柳儿答以为了"爱"(Tanto amore segreto/是秘密的爱情)。最后,众人唤来刽子手,柳儿绝望地告诉图兰朵(Tu che di gel sei cinta/冰块将你重包围),她终究会爱上王子,王子亦将再度获胜,只是柳儿自己看不到这一切了。说完,她抢过一位士兵的匕首,自尽而亡。众人均被此一景惊吓住,无言地逐渐退去,仅余王子和公主二人。

王子激动地斥责图兰朵的冷酷(Principessa di morte! 死神的公主!),决定要以行动将她自冷冷的星空带到人间。不顾图兰朵的抵抗,他奋力地吻了图兰朵,这一吻溶化了图兰朵冰冷的心,她终于尝到了爱的滋味,不禁热泪盈眶。激情过后,图兰朵承认王子赢了,要他带着他的秘密走,王子却主动地将自己的名字告诉她,图兰朵大为高兴。此时,天也亮了,两人共同到鄂图王面前,图兰朵向众人宣布她知道这位陌生人的名字,他的名字是"爱"(Amor)!

浦契尼歌剧作品简表

■《山精》(*Le Willis*)

　　1884 年 5 月 31 日于米兰(Milano)首演

　　新版本改名为 *Le Villi*，1884 年 12 月 26 日于图林(Torino)首演

■《艾德加》(*Edgar*)

　　1889 年 4 月 21 日于米兰首演

　　新版本 1892 年 2 月 28 日于费拉拉(Ferrara)首演

■《玛侬·嫘斯柯》(*Manon Lescaut*)

　　1893 年 2 月 1 日于图林首演

■《波西米亚人》(*La Bohème*)

　　1896 年 2 月 1 日于图林首演

■《托斯卡》(*Tosca*)

　　1900 年 1 月 14 日于罗马(Roma)首演

■《蝴蝶夫人》(*Madama Butterfly*)

　　1904 年 2 月 17 日于米兰首演

　　新版本 1904 年 5 月 28 日于布雷西亚(Brescia)首演

■《西部女郎》(*La Fanciulla del West*)

　　1910 年 12 月 10 日于纽约(New York)首演

■《燕子》(*La Rondine*)

　　1917 年 5 月 27 日于蒙地卡罗(Monte Carlo)首演

■《三合一剧》(*Il Trittico*)

《大衣》(*Il Tabarro*)

《安洁莉卡修女》(*Suor Angelica*)

《姜尼·斯吉吉》(*Gianni Schicchi*)

1918 年 12 月 14 日于纽约首演

■《图兰朵》(*Turandot*)

1926 年 4 月 25 日于米兰首演

浦契尼与他的时代（代序）

> ma io ho voluto una cosa umana e quando il cuore parla sia in China o in Olanda il senso è uno solo e la finalità è quella di tutti.

> 我想要的，是一个有人性的东西，当心灵在叙述时，无论是在中国或是在荷兰，方向只有一个，所追求的也都一致。

> ——浦契尼致希莫尼，1924 年 3 月 25 日

提起浦契尼（Giacomo Puccini），爱乐者立刻会想起他的《波西米亚人》（La Bohème）、《托斯卡》（Tosca）、《蝴蝶夫人》（Madame Butterfly）等作品，对中国人而言，更不会忘了还有《图兰朵》（Turandot）。但若问起浦契尼是哪一时代的人，恐怕很多人都会以为他和威尔第（Giuseppe Verdi）是同一时代的意大利音乐大师。事实上，若不是威尔第的长寿和旺盛的创作力，浦契尼应和他至少相差两代，而不会被看做是威尔第的接班人。许多人更不会想到，以上所提的作品中，就首演时间而言，只有《波西米亚人》于1896 年首演，其余全是进入 20 世纪后问世的作品。[请参考本书之《浦契尼歌剧作品简表》。]若是提到浦契尼逝世至今不过七十四年，更会令人惊异，浦契尼原来是一位离我们不算很远的音乐家。

再看 19 世纪末意大利歌剧世界的情形。在整个 19 世纪里，德、法的歌剧都有相当长足的发展，不仅"回销"至歌剧起源的意大利，并对意大利的歌剧创作、演出都有相当的影响。至 19 世纪末，瓦格纳（Richard Wagner）的作品亦登上意大利的舞台，加上被视为国宝的威尔第久无新作推出，意大利的歌剧发展出现明

显的断层现象。但看今日歌剧曲目中，在威尔第的《阿伊达》（*Aida*，1871年首演）和《奥塞罗》（*Otello*，1887年首演）之间的十六年间，仅有庞开利（Amilcare Ponchielli）的《娇宫姐》（*La Gioconda*，1876年首演）尚被演出，即可看出这一几乎是意大利歌剧发展真空时期的现象。而在意大利之外并不为一般人熟知的庞开利，也成了威尔第和浦契尼两代之间承先启后的人物。

1883年，米兰的出版商宋舟钮公司（Casa Sonzogno）举办了一个歌剧比赛，这项比赛其实有着商业竞争的时空背景。宋舟钮是个有近百年历史的大出版商，原经营一般性书籍的出版，自1874年起，亦开始走音乐出版的路，当时它的最大竞争对手为一直从事这一行的黎柯笛公司，也是威尔第的出版商。除此以外，黎柯笛又先后兼并数家音乐出版公司，声势浩大，几乎小有名气的意大利作曲家的作品皆由其出版，并且代理不少德、法音乐出版商。在这种情况下，宋舟钮想在这一行有所成就，必须设法培养、掌握新生代作曲家。办歌剧比赛的主要用意即在此，希望能借此发掘年轻一代的歌剧作曲家。比赛的作品范围限于独幕剧，得奖作品将由该公司安排演出，得奖者则可和该公司签约，对当时仍在音乐学院就读的学生或刚出道的音乐家而言，是一个很好的机会，消息传出，在米兰颇为轰动，年轻一代的佼佼者，几乎都报名参加，浦契尼也在其中。

宋舟钮的歌剧比赛将范围限定在独幕剧，一方面系基于演出经费考虑，可以降低演出成本，再者，亦试图以另一种舞台演出方式和瓦格纳歌剧相抗衡。1883年比赛的结果，浦契尼的作品因笔迹凌乱，根本没有入围。同样的比赛又在1889、1892和1903年举行，引起不少注意，是意大利音乐界在19世纪末20世纪初的大事之一。只是历次比赛的获奖者后来大半默默无闻，得奖作品中，亦唯有1889年的马斯卡尼（Pietro Mascagni）的《乡村骑士》（*Cavalleria rusticana*，1890年首演）至今能在歌剧舞台上占有一席之地，马斯卡尼本人一生的其他作品亦未能再超越这部

作品。但是,无可否认的是,独幕剧形式的歌剧对 19 世纪末 20
世纪初的歌剧演进却有某种程度的影响。另一方面,《乡村骑士》
的成功,不仅引来了两年后雷昂卡发洛(Ruggero Leoncavallo)的
《丑角》(*Pagliacci*,1892 年首演),[雷昂卡发洛在当时音乐家中,可算是
才子型的人物,曾在波洛尼亚(Bologna)大学取得文学学位。他试图师法瓦格纳,
为自己的歌剧写剧本,并打算以文艺复兴时代的题材,仿效《尼伯龙根的指环》
(*Der Ring des Nibelungen*)写一部连演三晚的大规模歌剧作品。黎柯笛看过第一
部分《梅狄奇家族》(*I Medici*)的剧本后,对他写剧本的才华颇为欣赏,请他参与
为浦契尼计划的歌剧《玛侬·㷇丝柯》的剧本工作。《梅狄奇家族》全剧完成后,黎
柯笛认为不佳,拒绝安排演出。雷昂卡发洛愤怒之余,决定走《乡村骑士》的写实主
义路线,在五个月内完成《丑角》的剧本和音乐,并将它提供给宋舟钮,后者欣
然接受,并尽快安排上演。由托斯卡尼尼指挥的首演果然非常成功,宋舟钮打铁
趁热,很快地推出《梅狄奇家族》。事实证明黎柯笛的眼光,这部作品并不成功,雷
昂卡发洛的大计划也就胎死腹中,不再继续。]亦反映了当时年轻一代歌
剧创作多元尝试的方向之一:写实主义(verismo)。

浦契尼参加 1883 年宋舟钮歌剧大赛的作品《山精》(*Le
Willis*)虽然落选,但在他音乐学院的老师庞开利和柏依铎(Arri-
go Boito)[威尔第最后两部作品的剧作家,不仅对当代意大利文学有很大的影
响,本身亦是一位作曲家,并由于他个人对瓦格纳的崇拜,将瓦格纳作品翻译成
意大利文,对瓦格纳作品传入意大利有相当重要的贡献。]的合力推荐下,黎
柯笛决定给予支持,促使该剧于次年在米兰首演,有很不错的成
绩。当时黎柯笛的经营者朱利欧·黎柯笛(Giulio Ricordi)[黎柯笛
至今依旧是意大利最大的音乐出版商,在意大利的乐谱出版上几乎居于垄断的
地位,对 19、20 世纪意大利的音乐发展有绝对重要的贡献。它的辉煌时期即是在
朱利欧主持的时代,今日的黎柯笛仅继续使用此一家族的名字,企业中早已无黎
柯笛家族成员。1994 年 8 月,BMG 集团买下了黎柯笛的过半股权,入主黎柯笛,
当时在意大利是一件相当轰动,且令意大利人颇感难堪之事件。]系一位本身
相当有人文素养的商人,他眼见当时意大利歌剧界青黄不接的
情形,以及威尔第年逾七十,创作频率愈来愈低,一时间又不见
可接棒者的现象,加上宋舟钮的竞争,对黎柯笛公司而言,实有

切身的忧患。浦契尼《山精》的成功，亦让朱利欧看好他的潜力，一心一意培养支持他，每月固定支薪，让他无后顾之忧，得以专心创作。浦契尼推出新作的速度一向不快，[请参考本书之《浦契尼歌剧作品简表》。]他的第二部作品《艾德加》(*Edgar*)在五年后才问世，而且很不成功。即使如此，朱利欧并未对浦契尼丧失信心，多方鼓励他，耐心地为他寻找合适的剧本和剧作家，更经常周旋于浦契尼和众多剧作家之间，解决他们的歧见，以求完成一部美好的作品。事实也证明，朱利欧对浦契尼的相知相惜，实是浦契尼日后成功的一大关键。

若看1892年的意大利歌剧史，更可以看到朱利欧的慧眼。这一年，威尔第的最后一部作品《法斯塔夫》(*Falstaff*)即将完成，浦契尼米兰音乐学院的同学马斯卡尼已因《乡村骑士》被一致看好，雷昂卡发洛亦因《丑角》的成功在乐坛上站稳了脚步。然而，年逾三十的浦契尼仍只是被出版商看好的"未来乐坛新秀"。

1893年，《玛侬·娜斯柯》(*Manon Lescaut*)在经过很戏剧化的创作过程后问世，这一部作品的成功，证明了朱利欧的眼光。三年后，1896年，在雷昂卡发洛之前，浦契尼抢先推出《波西米亚人》，[请参考 Jürgen Maehder 原著，罗基敏译《巴黎写景——论亨利·缪爵的小说改编成浦契尼和雷昂卡发洛的〈波西米亚人〉歌剧的方式》，《音乐与音响》，二○八期(1991年3月)，142—147；二○九期(1991年4月)，122—127；二一一期(1991年6月)，122—128；二一三期(1991年8月)，110–118。]获得的成功终于奠定了浦契尼在歌剧史上的地位，此时，浦契尼已经三十八岁了。[不仅和同一代的意大利作曲家相较，甚至和歌剧史上重要的作曲家相比，三十八岁成名都是非常晚的。试想莫扎特(Wolfgang Amadeus Mozart)活了不到三十八岁，威尔第三十八岁时已有了《拿布扣》(*Nabucco*)、《麦克白》(*Macbeth*)、《露易莎·米勒》(*Luisa Miller*)、《弄臣》(*Rigoletto*)等名作，更遑论其他的作品，瓦格纳三十八岁时则有《飞行的荷兰人》(*Der fliegende Holländer*)、《汤豪塞》(*Tannhäuser*)、《罗安格林》(*Lohengrin*)等，就可见到浦契尼的大器晚成。]从此以后，浦契尼的歌剧创作走上了巅峰，接下了威尔第的棒子，自然也为黎柯笛公司赚取无数的利润。

而浦契尼和朱利欧之间的私人感情亦超出了一般事业上合作者的关系,称之有如父子也不为过。1912 年,朱利欧去世,浦契尼不仅失去了事业上的一大伙伴,也失掉了精神上的最大支柱。不幸的是,继任的儿子帝多(Tito Ricordi)不仅缺乏其父之才,对浦契尼的久无新作很不耐烦,更认为年过半百的浦契尼已经过气,有意冷淡他,另行培植新人。二人之间的水火不容导致浦契尼将他的下一部作品《燕子》(La Rondine)交由宋舟钮出版。1919 年,帝多在合伙人的不满之下,交出公司经营权,浦契尼才又恢复和黎柯笛公司的合作,完成《三合一剧》(Il Trittico)和《图兰朵》。

在《波西米亚人》之后,浦契尼只不过又写了六部作品。综观其一生,他也不过共写了十部歌剧,但是除了前两部外,其他的八部在他生前、身后在世界各地被演出的频繁情形和受欢迎的状况,在歌剧史上难有人出其右。以如此少的产量,能在世界歌剧舞台上占有如此的地位,亦是一个异数。和前辈威尔第相比,浦契尼的作品取材方向适成其反,他很少以文学经典名作为素材,却经常受当代舞台剧感动,而将它们改写成符合他戏剧直觉的歌剧作品。不幸的是,浦契尼时常在创作的过程中始发觉到剧本的弱点,而要求剧作家修改剧本。然而,他本人并无很好的文学修养,无法恰当地表达个人的要求。因此,几乎他每一部作品都经过一波数折的过程,才告完成。其间,朱利欧在作曲家和剧作家中的周旋,经常是作品最后终于得以完成的关键。

因之,浦契尼的最后一部作品《图兰朵》创作过程的波折并非特例,只是这一次,却少了能理解他的朱利欧,让浦契尼抱憾以终,亦为后世留下永远无法解开的谜。

浦契尼留给后世的谜并不只这一个。如前所言,浦契尼虽然作品不多，但是它们被演出的频率和受欢迎的程度，在歌剧史上相当少见，这种情形在其逝世后依然，且至今无减少的趋势。值得玩味的是，浦契尼的作品受欢迎的程度和音乐学术界对浦契尼作品的研究却成反比。因此，有关浦契尼的著作虽多，谬误却也不少。直到近二十年，年轻一代的音乐学者开始对浦契尼的作品作认真研究，才发掘了许多真相。这些由不同国家学者日积月累的研究成果，让浦契尼在其《波西米亚人》首演一百年之后，终于获得爱乐者和学界共同的正眼评价，浦契尼的成功绝非仅来自他那些脍炙人口的美妙旋律，他的戏剧直觉及思考才是关键。

就《图兰朵》而言，由于浦契尼未能写完这部作品，以讹传讹的情形更显严重。即以第三幕结束部分为例，有宣称浦契尼逝世前已写好钢琴谱，阿尔方诺（Franco Alfano）仅依此写成管弦乐谱之说，亦有将阿尔方诺列入浦契尼弟子行列等等，诸多无稽之谈，难以遍举。直至 70 年代末 80 年代初，德国音乐学者梅乐亘（Jürgen Maehder）在米兰黎柯笛（Casa Ricordi）档案室里，找到了浦契尼逝世时留下的手稿以及承命续完《图兰朵》之阿尔方诺谱写的第一版本，始解开了浦契尼手稿和阿尔方诺音乐之间关系之谜。

和浦契尼之前的作品选材相比，"图兰朵"这个题材实是截然不同的方向。浦契尼为什么会选上它？他的《图兰朵》又如何成为今日的架构？这是

《波西米亚人》1896 年首演指挥托斯卡尼尼（Arturo Toscanini）

左起：马斯卡尼(Pietro Mascagini)、弗郎凯第(Alberto Franchetti)、浦契尼
(Giacomo Puccini)，照片登于 *Illustrazione Italiana*，1893 年 3 月 12 日。

另外的一个一直让人不解的问题。1987 年夏天，笔者亦在米兰找
到了浦契尼写给《图兰朵》两位剧作家之一希莫尼(Renato Si-
moni)所有信件之原件，以
及《图兰朵》剧本第一幕的
第一版本，配合已出版之
浦契尼写给《图兰朵》另一
位剧作家阿搭弥(Giuseppe
Adami)之信件，得以将《图
兰朵》剧本架构之来龙去
脉公诸于世，并对这部作
品未能完成的原因提供更
多的思考线索。

对中国人而言，接触
《图兰朵》时，都会对一再
出现的《茉莉花》旋律感兴

布鲁内雷斯基设计图十九：
儿童(队伍)(第一幕)

趣,亦会好奇于浦契尼由何处得知此旋律。不仅于此,《图兰朵》中还有许多听来确实很"中国"的长短不一的旋律,它们都是真正源自中国吗? 这些问题一部分由美国音乐学者魏佛(William Weaver) 于70年代在罗马找到的一个音乐盒里获得了答案,另一部分则由笔者在1987年夏天于米兰黎柯笛公司档案室中找到的一封浦契尼的亲笔信,而有了直接的证据和线索。

无论对于爱乐者或是演出者而言, 这些学术上的研究成果对于了解浦契尼之《图兰朵》均有关键性的影响。多年来,中国人中爱好歌剧人士甚多, 相关的文字资料却多半出自同是爱乐人士翻译出自国外爱乐人士以日文或英文写成之书, 形成多重文字及文化理解上的障碍,对作品本身的了解其实并无甚大助益,有时反有以讹传讹之弊。歌剧本身蕴含的丰富多元艺术内涵和文化意义,是其历久弥新甚至成为世界性文化一环的主要原因。希望这一本书的写作能将现有对浦契尼《图兰朵》的研究成果,直接带给中国的爱乐者及艺术文化人士, 让我们能直接进一步探索歌剧艺术的殿堂。[至于《图兰朵》"回到中国"的意义何在,就留待读者们阅读过本书后,自行解答了。]

本书之各章节分由罗基敏及梅乐亘执笔,梅乐亘之部分经由罗基敏译为中文,并视内容加入必要之文化背景说明。书中之所有外文之中译,亦皆出自罗基敏。书中在第一次提到之人名、作品名或较不为国人熟悉之地名时, 均将原文同时附于中文译名之后,第二次以上提到时,除非有特殊原因,均不再附原文。引述文学作品或歌剧剧本之诗句时,亦附上原文对照,以与通晓该语言之读者共享,信件以及非诗句之引述则因篇幅关系, 仅注明出处,不附原文。

全书之诉求重心在于探讨浦契尼的《图兰朵》之为跨越时空之音乐剧场艺术作品,因为唯有作品之存在,"图兰朵"才会是其他研究领域偶尔予以关注的对象,全书以《浦契尼之〈图兰朵〉与20世纪剧场美学》开始之用意即在于此。童话故事如何走上剧场舞台,再进入歌剧世界,是《由童话到歌剧》之重点,其间反映出不同文化背景相触碰时,对文化元素诠释、选择之复杂多元性,亦兼及讨论文类改写的问题。在《卜松尼的〈图兰朵〉》中,作者则试图讨论同样的题材在同一文化背景(意大利)生长的同一艺术领域(音乐、歌剧)创作者手中,会有如何不同的风貌和思考,其中,20世纪初的剧场美学扮演了重要的角色。全书的重点浦契尼的《图兰朵》则分为两大部分处理:第一部分针对浦契尼本身写完的部分,以音乐戏剧结构为中心作探讨;第二部分则解开浦契尼未能完成部分之续完之谜。

本书之二位作者在此对曾经提供收藏资料作研究的欧洲各大图书馆、档案室及其工作人员特别致谢,更感谢多位经由《图兰朵》而认识的多国友人,他们都直接、间接地给予协助,和我们自不同的角度作讨论,激荡出更多的思考。由于这些名字众多,故不在此一一列举。

谨将此书献给"1986年4月25日海德堡大学音乐学研究所"。

1998年夏天于柏林、萨尔兹堡

第一章 浦契尼之《图兰朵》与 20 世纪剧场美学

Un poète a toujours trop de mots dans son vocabu-
laire, un peintre trop de couleurs sur sa palette, un musi-
cien trop denotes sur son clavier.

诗人在词汇中有太多文字，画家在画板上有太多颜色，
音乐家在键盘上有太多音符。

——柯克多(Jean Cocteau)，《公鸡与阿雷基诺》
(*Le Coq et l'Arlequin*, 1918)

浦契尼的两位剧作家贾科沙（Giuseppe Giacosa）和易利卡
(Luigi Illica)在 1893 至 1904 年间，合作为浦契尼写的剧本里，尚
得以克服原来介于较高的诗作和音乐所需的诗文之间的美学层次
断层，两人勉力维持了意大利歌剧剧本的传统。[两人合作为浦契尼写
的歌剧剧本有《波西米亚人》、《托斯卡》与《蝴蝶夫人》。近一步之讨论请参考 Jürgen
Maehder 原著，罗基敏译《巴黎写景》，op.cit.。——译注]进入 20 世纪，情形有
了改变。20 世纪的第一个十年亦可称是意大利歌剧剧本传统转变
的时期。事实上，在法国和德国，歌剧剧本语言的危机在十年前就
已出现，并且带来了"文学歌剧"(Literatur oper)[("文学歌剧"意指直接
将文学作品用作歌剧剧本，不经过剧作家之手改写。——译注)有关"文学歌剧"请
参考 Sigrid Wiesmann (ed.)，*Für und Wider die Literaturoper. Zur Situation nach
1945*, Laaber (Laaber)，1982；Carl Dahlhaus，*Vom Musikdrama zur Literaturoper*,
München/Salzburg(Katzbichler)，1983。]的诞生；相形之下，意大利晚了至
少十年。[请参考 Jürgen Maehder，*The Origins of Italian "Literaturoper"*；*Gugliel-
mo Ratcliff*"，"*La figlia di Iorio*"，"*Parisina*"and "*Francescada Rimini*"，in: Arthur

Gross/Roger Parker (eds.), *Reading Opera*, Princeton (Princeton University Press), 1988,92—128。] 弗郎凯第（Alberto Franchetti）根据达奴恩齐欧 (Gabriele d'Annunzio)之同名戏剧作品写的歌剧《尤里欧的女儿》 (*La figlia di Iorio*,1906 年于米兰首演）为第一部意大利文学歌 剧,该剧首演时,浦契尼亦在座。文学歌剧里,剧情进行的节奏无 法不受诗人文字的影响,明显地,浦契尼并不欣赏。之后十年里, 虽有不少以达奴恩齐欧之作品写成的文学歌剧,[例如马斯卡尼的《巴 黎西娜》(*Parisina*,1913)、章多奈(Riccardo Zandonai)的《黎米尼的弗兰却斯卡》 (*Francesca da Rimini*,1914)。]浦契尼亦曾多次尝试和达奴恩齐欧合作, 但是,浦契尼的戏剧想像,显然无法和一部已经存在的文学作品 在音乐上作紧密的结合。[Marco Beghelli,*Quel"Lago di Massaciuccoli tan-to...povero d'ispirazione!"D'Annunzio Puccini:Lettere di un accordo mainato*,in: *NRMI*,20/1986,605—625。]

1910 年,当浦契尼前往纽约参加《西部女郎》之首演时,距离 他上一部作品之首演时间,已有六年之久。究其原因,《蝴蝶夫 人》第一版本首演时的大失败难脱关系,它促使作曲家抽回总 谱;在该作 1907 年于巴黎喜歌剧院(opéra comique)首演之前, 浦契尼改写了不下三次,这一段期间亦是作曲家陷入创作危机 之时。[Michele Girardi, *Giacomo Puccini.L'arte internazionale di un musicista italiano*,Venezia(Marsilio)1995,尤其是"Puccini nel Novecento"一章,259—326。] 这个危机虽由《蝴蝶夫人》之失败引发,但其主要原因实在于作 曲家之戏剧理念有了彻底的变化,这个变化源于自 19 世纪末 起,文学话剧剧场和意大利歌剧戏剧结构传统有着愈来愈强烈 之分歧走向。[Jürgen Maehder,*Szenische Imagination und Stoffwahl in der italienischen Oper des Fin de siècle*,in:Jürgen Maehder/Jürg Stenzl(eds.),*Zwischen Opera buffa und Melodramma*,Perspektiven der Opernforschung I,Bern/ Frankfurt(Peter Lang)1994,187—248。]1904 至 1908 年间,浦契尼曾尝 试过许多的歌剧计划,亦都很快地将它们放弃,直至他亲身经历 了贝拉斯科(David Belasco)之剧作《西部女郎》(*The Girl of the*

Golden West)的现场演出,印象深刻之余,决定以此题材创作下一部作品,这是一部以加利福尼亚为背景,并以欢喜大结局收场的歌剧。浦契尼决定第二次采用贝拉斯科的作品[《蝴蝶夫人》亦是源自贝拉斯科之戏剧作品。]作为歌剧素材,这可被视为作曲家在选择创作题材时,经常举棋不定的结果;由于贝拉斯科的作品已经成功过一次,[虽然《蝴蝶夫人》于米兰之首演为一大失败,浦契尼对作品音乐之艺术价值一直很有信心。]第二次应该亦会同样成功。

观察浦契尼于《蝴蝶夫人》和《西部女郎》之间曾经考虑过的创作素材,可以清楚地看到浦契尼晚期作品戏剧结构之诉求想像。在《蝴蝶夫人》于米兰首演后不久,浦契尼即打算要以易利卡之剧本《玛莉亚·安东尼叶塔》(Maria Antonietta)写歌剧。这一部剧本在 1900 年左右曾经被提供给浦契尼以及马斯卡尼,并在 1904 至 1907 年间被重新改写。[存于 Piacenza 之 Passerini-Landi 市立图书馆之剧本手稿的一部分曾经出版,见 Mario Morini(ed.), Pietro Mascagni. Contributi alla conoscenza della sua opera nel I° centenario della nascita, Livorno(Il Telegrafo),1963,287—315。]剧本以奥地利公主以及法国路易十六之皇后之生平为中心,易利卡的第一个版本有如一部"成长小说"(Bildungsroman)式歌剧,从这位法国皇后在奥地利皇宫之童年生涯,到她最后在法国大革命之恐怖气氛下,被送上断头台结束一生,剧本中涵括了主角生命旅程中所有重要的阶段。在第二版本里,浦契尼要求将剧情进行完全集中在一个重点上。[Marcello Conati, "Maria Antonietta" ovvero "l'Austriaca" – un soggetto respinto da Puccini. Con una considerazione in margine alla drammaturgia musicale pucciniana, in: Jürgen Maehder/Lorenza Guiot(eds.), Tendenze della musica teatrale italiana all' inizio del XIX secolo, Milano(Sonzogno),付印中。]皇后在被送上断头台之前的几个小时,要以一连串的景来呈现,但不要求剧情的完整性,也不需要传记背景之连续性叙述。易利卡努力了几年,结果是他的戏剧结构和浦契尼的剧场想像无法相容。另一方面,浦契尼担心同是取自法国大革命时期的歌剧剧情,会和同是出自易利卡之手的《安德烈·薛尼叶》[*Andrea Chénier*,乔丹诺(Umberto Giordano)谱曲,1896 年首演]形成竞争,这也可能是浦契尼最后决定放弃写作此一剧本之原因。

其他的计划,例如索当尼(Valentino Soldani)的《柯同纳的玛格丽特》(*Margherita da Cortona*)虽然未能付诸实施,但应对《三合一剧》的戏剧结构组合有所影响。[Dieter Schickling, *Giacomo Puccini*, Stuttgart(Deutsche Verlagsanstalt)1989, 277。关于当时意大利音乐剧场风行以中古时期托斯康纳(Toscana)地区题材写作之情形请参考 Letizia Putignano, *Il melodramma italiano post-unitario:aspetti di nazionalismo ed esotismo nei soggetti medievali*, in:Armando Menicacci/Johannes Streicher (eds.), *Esotismo e scuole nazionali*, Roma(Logos),1992, 155—166;Letizia Putignano, *Revival gotico e misticismo leggendario nel melodramma italiano postunitario*, NRM28/1994, 411—433;Jürgen Maehder, "*I Medici*"el'*immagine del Rinascimento italiano nella letteratura del decadentismo europeo*, In:Jürgen Maehder/Lorenza Guiot (eds.), *Nazionalismo e cosmopolitismo nell'opera tra "800e" 900. Atti del Ⅲ⁰ Convegno Internazionale di Studi su Ruggero Leoncavallo a Locarno*, Milano (Sonzogno), 1998,239—260。]浦契尼亦曾花多年时间在多得(Alphonse Daudet)以"塔拉斯空的大大任"(Tartarin de Tarascon)为主角写的三部作品上,然而,就如同对易利卡之《玛莉亚·安东尼叶塔》之法国大革命背景有所顾忌一般,浦契尼亦对"塔拉斯空的大大任"之主角的心理特质有所犹豫,他担心作品会变成"第二个法斯塔夫",因此,虽然浦契尼

《波西米亚人》三位创作者,左起:浦契尼(Giacomo Puccini)、贾科沙(Giuseppe Giacosa)、易利卡(Luigi Illica)

一直想写一部喜剧型的歌剧，最后还是放弃了，这个愿望直到1910年之创作《姜尼·斯吉吉》才告实现。

《西部女郎》首演后,浦契尼又开始重新寻找创作素材,当然亦对传统结构之悲剧剧情之可能性的怀疑日益增加。相较于文学歌剧之《佩列亚斯与梅莉桑德》(Pelléas et Mélisande)、《莎乐美》(Salome)以及《黎米尼的弗兰却斯卡》具有之人物之间互动关系的可能变化性,《西部女郎》之主角戏剧关系以及其和1848/1849年间加州淘金热之历史地理背景之结合设计,显得相当传统。剧中女高音、男高音和男中音之三角关系不脱意大利歌剧传统之框架,不仅如此,爱情故事、异国景象和散布于作品中之"国家旋律"在1910年间,亦了无新意。[Allan W, Atlas, *Belasco and puccini*: "*Old Dog Tray*"*and the Zuni Indians*, in:*MQ75/1991*,362—398。]相对地, 在贝拉斯科作品中已有之悲剧性冲突却以欢喜大结局解决之设计,就19世纪意大利歌剧传统而言,在本质上即是新的元素, 其后续之发展更超越了意大利歌剧之场域。[Michele Girardi, *I finale de "La fanciulla del West" e alcuni problemi di codice*, in: Giovanni Morelli/Maria Teresa Muraro(eds.), *Opera ε Libretto*, vol. 2, Firenze (Olschki), 1993, 417—437。]

浦契尼于第一次世界大战以后年间, 在寻找素材上遇到的困难, 亦正是欧洲歌剧剧本遇到空前危机时代的问题, 这个原因之重要性远超过浦契尼个

布鲁内雷斯基设计图三十九:群众

人之举棋不定。在歌剧史的前几个世纪里形成之对剧作家和作曲家都是理所当然之歌剧剧本文类理念，在此时逐渐失掉其承载能力。早在 19 世纪中叶于意大利半岛上，所谓"浪漫歌剧"(melodramma romantico)已在剧院之剧目中取代了"谐剧"(opera buffa)；观察 19 世纪前半米兰斯卡拉剧院之演出剧目，可以看到歌剧戏剧结构走向剧情之悲剧性收场之转变。除了威尔第的《法斯塔夫》和瓦格纳的《纽伦堡的名歌手》(Die Meistersinger von Nurnberg)之外，意大利谐剧传统在 19 世纪末已接近消失。这一个音乐剧场中整个剧种成为问题的情形，在法国亦可以同时看到，进入 20 世纪之时，"抒情戏剧"(drame lyrique)与"喜歌剧"(opéra comique)之传统界限亦不见了。德国独特之童话歌剧演进，由孔内流士(Peter Cornelius)之《巴格达的理发师》(Der Barbier von Bagdad)到齐格菲·瓦格纳(Siegfried Wagner)之童话歌剧，则反映了瓦格纳之后的这一代试图脱离瓦格纳传统之神话素材，走向一个"较轻的"音乐剧场剧种。

观察浦契尼在《西部女郎》之后曾经考虑过的素材，可以看到其中的多样性。德国作家郝普特曼(Gerhart Hauptmann)的《小汉娜的天堂之旅》(Hanneles Himmelfahrt) 和英国女作家魏达(Ouida,Louise da la Ramée 之笔名,1840—1908)的《两只小木鞋》(Two Wooden Little Shoes)，后者系由黎柯笛出版公司从作家后人手中取得，原本系给马斯卡尼写作，却先给了浦契尼，结果在浦契尼表示不再对此题材感兴趣后，依旧由马斯卡尼谱成了歌剧《罗德雷塔》(Lodoletta,1917)。此外，尚有郭德(Didier Gold)的《大衣》(La Houppelande,1910)，亦即是后来浦契尼歌剧《大衣》的素材来源。最后尚有写作一部维也纳传统轻歌剧的计划，浦契尼之所以对此感兴趣之最原始原因在于丰厚的报酬，完成的作品即是《燕子》。

在 1912 至《燕子》于蒙地卡罗首演之 1917 年间，发生了两件对浦契尼而言很重大的事件，它们严重地影响了他的创作。

1912年6月6日,浦契尼曾在一封信中称之为"兄弟、朋友与父亲"[Peter Ross/Donata Schwendimann-Berra, *Sette letters di Puccini a Giulio Ricordi*, in:NRMI13/1979,851—865。]的朱利欧·黎柯笛去世,浦契尼在得知此消息后, 发了一封难掩心中震撼的电报:"我们挚爱的朱利欧先生今晚咽气了,拥抱你。你的贾科摩。"[该电报原件藏于Piacenza之Passerini Landi市立图书馆。]电报系发给易利卡,这位曾经和浦契尼多次合作的剧作家,通知他朱利欧去世的消息,没有朱利欧的工作和父兄式的建议,无论是《玛侬·嫘斯柯》或是《波西米亚人》都不会是今天的情形。朱利欧的儿子帝多接掌黎柯笛后,作曲家和出版商之间的关系渐渐恶化,虽然当年正是由于帝多建议浦契尼要尽快赴巴黎,听取卡瑞(Albert Carré)的建议,才有《蝴蝶夫人》第四版本,亦是巴黎版本的诞生。帝多促成达奴恩齐欧和章多奈合作《黎米尼的弗兰却斯卡》的过程,可以看到帝多视章多奈为浦契尼后继者的情形,令浦契尼大为愤怒。[Claudio Sartori, *I sospetti di Puccini*,in:NRMI 11/1977,232—241。]

　　第二件和浦契尼创作有关的事件是第一次世界大战的爆发,让这位无政治细胞,只对自己的歌剧能在国际间出名的作曲家和好战及爱国的同行如雷昂卡发洛等人产生冲突,而陷入长期之忧郁中。[Matteo Sansone, *Patriottismo in musica:il "Mamel" di Leoncavallo*,in:Jürgen Maehder/Lorenza Guiot(eds.), *Nazionalismo e cosmopolitismo*……, op.cit.,99—112。]此时浦契尼已有了可称接近完成的《大衣》的剧本,却还找不到其他两部可以和其搭配,完成符合他《三合一剧》的戏剧理念。浦契尼《三合一剧》的原始理念系要将但丁(Dante Alighieri)《神曲》(*Divina Commedia*)的三段结构《地狱》(*Inferno*)《炼狱》(*Purgatorio*)和《天堂》(*Paradiso*)转化成三部短歌剧的架构;如同卡内(Mosco Carner)指出,完成的三部作品的剧情元素确实带有由犯罪、怀疑经过上帝的宽恕到开怀大笑的愉悦之理念过程。[Mosco Carner, *Puccini*;[3] London(Duckworth)1992,473—508;Nunzio Salemi, *"Gianni Schicchi." Struttura e comicita* Diss.Bologna 1995。]三部歌剧除了反映但丁之宇宙观外,浦契尼曾一再尝试,以高尔基(Maxim Gorki)的三个短小故事来写三合一剧的事实,亦对整部作品有本质上的影响。[Mosco Carner, *Puccini and Gorki*, in: *Opera Annual* 7/1960, 89—93。]

将三部在色彩和剧情进行之诉求上均完全不同的短歌剧合成一个较高的单元,就像它们在浦契尼的作品中首次得以被实践的情形,却不仅是和作曲家个人生命之过程有关,亦反映了20世纪初欧洲歌剧的美学条件。19世纪末,梅特兰克(Maurice Maeterlinck)和贾利(Alfred Jarry)之戏剧作品在巴黎演出的情形,引发了真正的"剧场革命",[Jürgen Grimm, *Das avantgardistische Theater Frankreichs*, 1895—1930, München(Beck), 1982。]欧洲戏剧剧场中戏剧结构的转换,于一战后几年里袭卷了欧洲剧场,并且至少在具文学传统的剧场中,排除了传统的、可被称为"和角色有单层面认同"的叙述方式。[Sebastian Kämmerer, *Illusionismus und Anti-Illusionismus im Musiktheater, Eine Untersuchung zur szenisch-musikalischen Dramaturgie in Bühnenkompositionen von Richard Wagner, Arnold Schönberg, Ferruccio Busoni, Igor Strawinsky, Paul Hindemith und Kurt Weill*, Anif/Salzburg (Müller-Speiser)1990。]大量的技术应运而生,以展开剧场想像天地,完成一个有距离的叙述方式,其中,观者经验的是一个想像的真实,且有意识地一直保持清醒。

卜松尼(Ferruccio Busoni)在他的《试论一个声音艺术的新美学》[Ferruccio Busoni, *Entwurf einer neuen Ästhetik der Tonkunst*, Trieste1907, [2]Leipzig1916。]里提出的非认同式的歌剧戏剧结构的美学前提,可称是第一篇对20世纪歌剧美学的讨论文章。[Claudia Feldhege, *Ferruccio Busoni als Librettist*, Anif/Salzburg(Müller-Speiser)1996。]卜松尼1917年于苏黎世首演的歌剧《阿雷基诺》(*Arlecchino*)与《图兰朵》,在时间上和浦契尼的《三合一剧》相去不远,实践了一个和演出剧情保持美学距离的理念,其中亦使用了音乐领域里可借用的音乐史上虚拟之可使用性。[Kii-Ming Lo, *"Turandot", una fiaba teatrale di Ferruccio Busoni*, Gran Teatro La Fenice 节目单, Venezia 1994, 91—137; Lo 1996, 233—288 以及本书第三章；亦请参考 Albrecht Riethmüller, "*Die Welt ist offen*", *Der Nationalismus im Spiegel von Busonis "Arlecchino*", in: Jürgen Maehder/Lorenza Guiot (eds.), *Nazionalismo e cosmopolitismo* …, op.cit. 59—72。] 在意大利歌剧史上早已走入历史之"谐剧"(opera buffa) 剧种，正因其历史性再度为作曲家们青睐。[Johannes Streicher, "*Falstaff" und die Folgen*: *L'Arlecchino molteplicato. Zur Suche nach der lustigen Person in der italienischen Oper seit der Jahrhundertwende*, in: Ulrich Müller et al. (eds.), *Die lustige Person auf der Bühne*, Kongreβbericht Salzburg 1993, Anif (Müller-Speiser), 1994, 273—288; Johannes Streicher, *Del Settecento riscritto. Intorno al metateatro dei "Pagliacci*", in: Jürgen Maehder/Lorenza Guiot (eds.), *Letteratura, musica e teatro al tempo di Ruggero Leoncavallo*, Atti del II° Convegno Internazionale su Leoncavallo a Locarno, 1993, Milano (Sonzogno), 1995, 89—102。] 这亦正是马斯卡尼以易利卡之剧本写作《面具》(*Le Maschere*, 1901)之出发点，该剧当年于六个剧院(米兰、罗马、威尼斯、热那亚、都灵、维罗纳)同时首演。马斯卡尼在尝试回到意大利 18 世纪剧场文化不成功后，希望易利卡能提供一部剧本，将"艺术喜剧"(commedia dell'arte)(请参考本书第二章)典型之面具角色重现于舞台上。当时的评论不仅无法了解作品中有意地结合日常生活的现实和历史性的面剧剧场，亦不能看到马斯卡尼的音乐和素材之间美学上的龃龉，而只看到表面上的重建 18 世纪：

> 喜剧必须也只能短小简单；它应该就局限在它时代的时间范围内，方能成为艺术作品以及在观者的眼里有其个性。和此点刚好相反，它那么长，使得必需的音乐造型完全背离素材之个性，原本应该尽可能留在背景中的东西，剧作家却认为必须要和现在的讽喻结合，大剌剌地摆在最前面，显得不合时宜；剧作家坚持，应将个性喜剧的传统造型呈现在观众眼前，但结果是正远离了它们的造型和时代，不仅在

前言中,亦在所有各幕里。布里盖拉(Brighella)大谈新闻界、议会政治和生病老百姓的梦想,就已不是喜剧男高音,而是布里盖拉;阿雷基诺则对人类之社会平等大发哲思。[Primo Levi L'Italico,*Paesaggi e figure musicali*,Milano(Treves),1913,297。]

卜松尼的《阿雷基诺》以适当之新古典音乐手法戏拟意大利谐剧,其《图兰朵》则对莫扎特的《魔笛》作陌生化的戏拟(请参考本书第三章)。虽然浦契尼不太可能看过卜松尼这两部于同一晚在苏黎世首演的歌剧,并因此有创作《图兰朵》的念头,但是他知道卜松尼写过一部《图兰朵》的可能性非常大。当时浦契尼经常来到卢甘诺(Lugano)和他的情人约瑟芬(Josephine von Stengel)约会,因之,他至少对瑞士歌剧院的状况有所认识。[Dieter Schickling,op.cit.,292f.。]

1919 年秋天或 1920 年春天,当浦契尼和阿搭弥(Giuseppe Adami)及希莫尼(Renato Simoni)见面时,他至少已花了两年的时间在寻找歌剧剧本上,却依旧徒劳无功。在《三合一剧》于纽约大都会歌剧院首演后,浦契尼曾经考虑过不同的素材,其中包括了佛昌诺(Giovacchino Forzano)的《斯籁》(*Sly*),[佛昌诺为《三合一剧》之《安洁莉卡修女》及《姜尼·斯吉吉》之剧作家。《斯籁》后来由渥夫费拉里(Ermanno Wolf-Ferrari)谱写,于 1927 年首演。]但却没有一部合他心

雷昂卡发洛 (Ruggero Leoncavallo,1857—1919)画像,A.Pasinetti 绘

威尔第（Giuseppe Verdi, 1813—1901），F.Menulle 绘

意。阿搭弥和希莫尼皆出生于维罗纳，均以威尼斯方言写作喜剧走上戏剧创作之路。希莫尼于 1903 年，以当年"剧场童话"（fiaba teatrale）《图兰朵》（*Turandot*, 1762）之作者勾齐（Carlo Gozzi）为对象，写了一部《勾齐》（*Carlo Gozzi*），这部作品让他得以晋身意大利著名戏剧作家之林；讽刺的是，阿搭弥的第一部喜剧作品是《郭东尼的孩子》（*I Fioi di Goldoni*, 1903），而郭东尼（Carlo Goldoni）正是 18 世纪威尼斯文学世界里勾齐的死对头。[Olga Visentini, *Movenze dellesotismo*: "*Il caso Gozzi*", in: Jürgen Maehder (ed.), *Esotismo e colore locale nell'opera di Puccini*, Attidel I[0] Convegno Internazionale sull'opera di Puccini a Torre del Lago 1983, Pisa (Giardini), 1985, 37—51；有关勾齐和"剧场童话"请参考本书第二章；有关郭东尼亦请参考罗基敏《由〈中国女子〉到〈女人的公敌〉——18 世纪意大利歌剧里的"中国"》，辅仁大学比较文学研究所丛书第二册，印行中）。——译注]因之，经由希莫尼和阿搭弥之笔，以勾齐之剧场童话为蓝本，写作一部异国风味之歌剧，其中将图兰朵内心感情世界的呈现和威尼斯艺术喜剧之怪诞造型结合，是很容易理解之事。

相对于卜松尼在他的短歌剧中，以讽刺的立场观察歌剧历史演变，理查·史特劳斯（Richard Strauss）之《纳克索斯岛的阿莉亚得内》（*Ariadne auf Naxos*）两个版本的基本理念，均在于将庄剧（opera seria）和谐剧[有关于"庄剧"与"谐剧"之并立与对立，请参考罗基敏《由〈中国女子〉到〈女人的公敌〉……》，op.cit.。——译注]同时混合呈现。

[Karen Forsyth, *"Ariadne auf Naxos"by Hugo von Hofmannsthal and Richard Strauss.Its Genesis and Meaning*, Oxford(Oxford Univ.Press), 1982。]剧中被庄剧之作曲家视为被一位有钱之维也纳暴发户虐待艺术之野蛮行为以及"神圣艺术"的世俗化现象,可以引阿当诺(Theodor W. Adorno)的一句话来作更清楚的说明:在莫扎特的《魔笛》之后,严肃和愉悦的音乐不再那么轻易地被强制结合。在浦契尼本身创作遇到危机的年代里,他对施特劳斯的创作一直密切地注视,多次前往慕尼黑和维也纳,观赏施特劳斯新作之演出。接触《纳克索斯岛的阿莉亚得内》之非分先后、而系同时呈现不同歌剧剧种之手法的心得,见诸作曲家以及剧作家在歌剧《图兰朵》中的设计。第二幕开始由三位大臣演出的一景即直接地反映出施特劳斯作品对《图兰朵》场景想像之影响。浦契尼于 1924 年 10 月 8 日写给阿搭弥的信中,即提到如何要以维也纳演出《纳克索斯岛的阿莉亚得内》之方式作为第二幕第一景舞台空间分割的典范:

　　……至于在剧情之外的三重唱,可以盖一个大理石支撑的栏杆,面对中央做出一道沟:

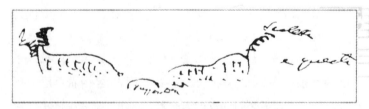

　　这个可以保留在第二景中,和那个大阶梯一起。这可以让面具角色或演或坐或伸展四肢或跨在栏杆上,我不太会解释,我知道在维也纳,施特劳斯的阿莉亚得内中,他们用像这样的方式处理意大利面具角色,但是他们由乐团席沿着两个梯子爬上来,或许在斯卡拉有可能这样做,让面具由旁边的梯子走下来进场。我想我们需要为这个三重唱找个伟大的想法;我们实在需要莱茵哈特[Max Reinhardt,1873—1943,

注]，他可以帮我们想办法。你们再讨论讨论……(Ep235,
Ep249 及 Ep299 页)

在另一封更早的自慕尼黑写给希莫尼的明信片中，亦显示了
《纳克索斯岛的阿莉亚得内》一剧对《图兰朵》之空间分配影响：

> ……我在此看了很好的演出。就《图兰朵》而言，我们要
> 为第二幕想些比剧本上要好的空间分配。呈现的情形要在
> 高处飘过，好像中国影子一般，或许我可以以爱的诡计来结
> 束第二幕；我对前面几景只有很微小的批评。……[Lo 1996,
> 388；该信未证明日期，其邮戳日期为 1921 年 8 月 21 日。]

素材试图呈现之超大型戏剧造型和 19 世纪末之文学、绘画
以及音乐之本质倾向互相溶合，其异国诉求出自希莫尼之笔，亦
有其特殊之处。他曾是《晚间
邮报》(*Corriere della Sera*)派
驻中国之特派员（请参考本
书第四章）；此外，《图兰朵》
首演之布景设计师基尼
(Galileo Chini) 在 1911 至
1914 年前，曾经是暹罗国王
的宫廷画师。[Natalia Grilli,
*Galileo Chini: le scene per Turan-
dot*, in: *Quaderni pucciniani*, 2/1985,
183—187; Alessandro Pestalozza; I
*costumi di Caramba per la prima di
"Turandot" alla Scala*, in: *Quaderni
pucciniani*, 2/1985, 173—181。] 不

浦契尼画像，Arturo Rietti 绘

浦契尼的图兰朵

基尼(Galileo Chini)为《图兰朵》首演时之舞台设计,第二幕

同于其他带有远东地方色彩的歌剧，如马斯卡尼之《伊莉丝》
(*Iris*, 1898)和浦契尼自己之《蝴蝶夫人》，剧情都有一相当清楚
的时间背景，《图兰朵》的童话中国距离当下有着最遥远的时空
距离：童话时间和地理之遥远似乎要实践19世纪歌剧的梦想，
将观者带离他的真实世界。在一个不确定空间中演出的童话亦
是写作剧本上的一个难题；"图兰朵"[为区分本书中使用"图兰朵"一词
时所表示的不同意义，将以""表示素材，以《》表示作品(含文学及音乐)，不加任
何符号表示人物。]素材的人工中国(请参考本书第二章)固是理想
的世纪末氛围，但却必须和后写实主义歌剧之心理个性化艺术
之挑战达成和解。三位大臣平、庞、彭源自威尼斯艺术喜剧的四
个造型，暗示着怪诞的讽刺，是很难融入一部大型异国场面歌剧
之理念的。[Kii-Ming Lo , *Ping*, *Pong*, *Pang*.*Die Gestalten der Commedia del-*
larte in Busonis und Puccinis *"Turandot"-Opern*, in: Ulrich Müller et al.(ed.),
Die lustige Person der Bühne, Anif/Salzburg, 1994, 311—323.]面对浦契尼作
品之国际性观众，以使用不同方言做人物地方式之个性化，是不
可能的事情。对剧作家而言，为三位大臣由不具逻辑之童话故事
中，创造有可信性的剧情动机，经常会陷入进退两难的境地：
协助请求柳儿，并难脱其致死之责，实在有违威尼斯喜剧角色
造型之心理层面。

　　在浦契尼抱着兴奋为此一新素材写作第一幕音乐之时，他
先后写了以下的两首诗寄给希莫尼，[Lo 1996, 366 与 369；第一封信可
由内容看到日期为1920年12月31日，第二封信则无日期，诸多迹象显示，应在
1921年2、3月间，详见 Lo 1996, 369。]其中之在忧郁和玩笑中徘徊之情
形，反映出新的待创作之戏剧结构的讽刺之基本情境。浦契尼和
其歌剧中之角色保持距离之情形，宣告了一个新的、就事论事的
戏剧结构，实和20年代之音乐剧场有着密切的关系。

ALLA"TAGLIATA"

=Torre della Tagliata[地名，浦契尼经常在此打猎。——译注]

朱利欧·黎柯笛（Giulio Ricordi，1840—1912）

马斯卡尼（Pietro Mascagini）
1893 年之照片

SCIROCCO! [意大利文称来自南方的热风,会将北非海岸边之尘土带上来,并令人感到非常不舒服。——译注]……

Spleen maremmano dell'ultimo dell'anno 1920.	1920 年最后一天于 Maremma 之 Spleen
O falsa primavera di maremma!!!	噢 Maremma 错误的春天!!!
……	……

Planan pel cielo i falchi ad ali tese　　天上老鹰展开宽宽的翅膀
Pecore a branchi e vacche tutta flemma　　成群的牛羊安静地
disseminate fino a Maccarese.　　走到 Maccarese。

Coraci corvi spolpano carogne;　　瘦鸦啃食着腐尸;
dai paludi vicini odor di fogna!　　邻近沼泽飘来废气!

Mare che tronchi ed alghe lascia a riva　海洋将树根与海草推到岸边
e avanzi di tragedie della stiva.　　和船难残余的船身一同。

Boschi di cerri,sondri e di mortelle,　橡树、夹竹桃和桃金娘的森林,
marruche che ti strappan　　荆棘树丛扯开你的皮肤!……
via la pelle! …

Oggi scirocco marcio,fiacca schifa!!　　今天懒惰的 scirocco,
　　　　无力的恶心!

lontan grugna il cignal,stride la fifa.　远处野猪低吼,嘶叫出害怕。
E quei cavalli stanchi　　　　疲倦的马匹
sul margine dei fossi?　　　　在水坑的边缘?
Com'è Pesante l'aria!　　　　多沉重的空气!
come ti stanca gli ossi!　　　　多疲倦的骨头!
O amici state attenti alla malaria!!!! …　噢,朋友们,小心疟疾!!!!

PENSANDO "TURANDOTTE"
想着"图兰朵"

Simoni con Adami　　　　　　　　　希莫尼与阿搭弥

si stizzano il cervello　　　　　搔着他们的脑袋

si toccano i cascami　　　　　　摸着他们的臭屁

per adornar d'orpello　　　　　要金光闪闪地装饰

la bella porcacciona　　　　　　那可爱的小女人

che volgarmente nomasi,　　　　她在传说中,

come l'antica nemesi,　　　　　有如古时的复仇女神,

regina della notte　　　　　　　夜之后

　　　　　Turandotte!

Brighellà e Pantalone　　　　　布里盖拉与潘达龙内

insieme con Tartaglia　　　　　和塔塔里亚一同

formano la canaglia　　　　　　建立狐群狗党

vicina e anche lontana　　　　　远近皆然

della plebe italiana　　　　　　下层的意大利人

Renà, Puccini, Adami,　　　Renà[即希莫尼名字 Renato 之缩

　　　　　　　　　　　写。——译注], Puccini, Adami,

tre membri in adunanza　　　　　三员相聚

disputansi ad oltranza　　　　　讨论至厌烦之至

rinchiusi in una stanza　　　　　关在一房间里

di chi sarà la ganza!　　　　　　谁该得到新娘!

Sarà forse Puccini　　　　　　　或许是浦契尼

che la godrà di più　　　　　　最能享受她

perchè vivrà con essa　　　　　因为他要和她生活

e non andrà a Viggiù!　　　　　而不要去 Viggiù!

Adam resta con Eva　　　　亚当[将 Adami 之姓去掉最后一字母,

　　　　　　　　　　即是 Adam。——译注]留在夏娃身边

pei vicoli a palpar　　　　　　触碰她秘密的角落

e leva metti e leva　　　　　　他进进出出

finisce e se ne va! ...　　　　完事后,就走了! ……

浦契尼创作《图兰朵》时，摄于钢琴旁

第二章　由童话到歌剧：“图兰朵”与19世纪的《图兰朵》歌剧

Welche Größe, welch tiefes, reges Leben herrscht in Gozzis Märchen. …Es ist unbegreiflich, warum diese herrlichen Dramen, in denen es stärkere Situationen gibt als in manchen hoch belobten neuen Trauerspielen, nicht wenigstens als Operntexte mit Glück genutzt worden sind.

多么伟大，多深刻动人的生命充满在勾齐的童话里。……令人不解的是，这些美好的戏剧里有着比一些被高声赞颂之新的悲剧更强有力的状况，为什么它们没能被成功地写成歌剧作品。

——霍夫曼（E.T.A.Hoffmann），《一位剧院总监的特殊苦痛》(Seltsame Leiden eines Theaterdirektors, 1818)

提起“图兰朵”，无论中国人或外国人都会想到是一个中国公主招亲的故事，也会立刻想到这是意大利歌剧作曲家浦契尼未完成的遗作。事实上，这个名字之所以能广为人知，确实系由于浦契尼《图兰朵》一作的成功所致。它的成功不仅让外国人相信这是中国的故事，也让许多中国人以为“图兰朵”真的是中国公主，甚至进而猜想究竟是哪个朝代的故事。然而，“图兰朵”真是中国公主吗？在这一章里，笔者先探索“图兰朵”的“出身”，再对19世纪的几部《图兰朵》歌剧作一探讨。

一、"图兰朵"的诞生

(一)欧洲和中国的接触

由于地缘的关系,在 16 世纪以前,欧洲和中国的接触一直很零星,而且多半经由中亚。[马可·波罗(Marco Polo)对中国的报道属于少数的例外之一。]15 世纪末,欧洲对外探索得到的新发现,例如 1492 年哥伦布(Cristoforo Colombo)发现新大陆,1497 年达·伽玛(Vasco da Gama)成功地航行过好望角,提高了欧洲人对欧陆以外世界之兴趣。各国政府希望开拓新的疆域,教会希望拓展教区,商人希望多做些生意,种种错综复杂的原因促成了后来欧洲殖民主义的兴起,在如此的时代背景下,中国亦成了欧洲诸国向外拓展的目标之一。16 世纪末,天主教神职人员利玛窦(Matteo Ricci)和中国士大夫接触的成功,为外国人得以深入中国内地打下一个很好的基础。[关于天主教在中国发展的情形以及对中西文化交流的影响请参考德礼贤《中国天主教传教史》,上海(1933?);重印本台北(商务),1983;方豪《中西交通史》,二册,台北,1953,重印本台北(文化),1983 以及 Jacques Gernet,*Chine et Christianisme,action et réaction*,Paris,1982。]

在欧洲,和中国直接接触的初步结果首先见诸于法国宫廷,并很快地遍及全欧。中国的瓷器、漆器、丝绸等成了宫廷的最爱,中国式的拱形桥、凉亭、高塔等成为

布鲁内雷斯基设计图四十一:
百姓(第一幕)

当时欧洲庭园时尚的装饰，这一股自17世纪开始流行的"中国风"(Chinoiserie)的遗迹，至今在欧洲各大城市依然可见。[请参考李明明《自壁毯图绘考察中国风貌：18世纪法国罗可可艺术中的符号中国》，辅仁大学比较文学研究所丛书第二册，印行中。]18世纪里，经由传教士、商人、旅人等不同渠道，中国的文学、哲学思想亦开始传到欧洲，带给欧洲的文学、哲学界一个新的视野。这一切虽然未造成决定性的影响，但对欧洲而言，中国不再是一个似有若无的名词，他们对中国的兴趣和好奇心也比以往增大许多，这一个演变对于以中国为背景的舞台作品之诞生自有很大的影响。[请参考罗基敏《由〈中国女子〉到〈女人的公敌〉……》，op.cit.。]

另一方面，18世纪初，以法国为首，欧洲的文学界对异地，尤其是"东方"[必须一提的是，对欧洲人而言，"东方"一直是中东，中国、日本是"远东"，更远了一层。70、80年代里，文化研究领域的"东方主义"(Orientalism)之根源亦是以中东为中心，中国或亚洲国家仅为边陲地区。]的一切都很感兴趣，重要的异国童话故事纷纷以不同的渠道传入欧洲。当时最著名的阿拉伯童话故事《一千零一夜》(Les mille et une nuits，1704—1717，中文又名《天方夜谭》)和波斯童话故事《一千零一日》(Les mille et un jours，1710—1712)，均先译成法文印行，之后，于很短的时间内再被转译成各国文字流传，广受欢迎。至今，《一千零一夜》可称是世界童话故事，并经由不同的方式，如卡通、电影、电视影集等媒体陆续地被阅读，《一千零一日》却很可能在进入19世纪时，就已逐渐被遗忘了。然而，"图兰朵"的诞生却和这个波斯童话故事集有很密切的关系。

(二)《一千零一日》中的"中国公主"

波斯童话故事集《一千零一日》系由法国人德拉克洛瓦(François Pétis de la Croix)译成法文，再经由雷沙居(Alain René Lesage)改写后，以《一千零一日》之名问世。虽然今日知道这个童话集的人士几稀，但在18世纪里，它提供剧场人士许多灵感,例如雷沙居本身即以其中诸多童话为素材,完成许多剧场作品,集结成《市集剧场或喜歌剧》(*Le Théâtre de la Foire ou l'Opéra Comique*)〔Alain RenéLesage, *Le Théâtre de la Foire ou l'Opéra Comique*, Paris 1721—1773,共十册。其中第七册(121—212)中有一剧名为《中国公主》(*La Princesse de la Chine*,1729 年 1 月 15 日于巴黎首演),只是此公主笛雅马汀(Diamantine)不似图兰朵,在王子解开三个谜后,即承认自己对王子的爱;剧中三个谜的谜底是"冰"(Glace)、"眼"(Yeux)与"丈夫"(Époux)。〕出版,共十大册,对法国 18 世纪新兴歌剧剧种"喜歌剧"(l'opéra comique)的发展有很直接的影响。

《一千零一日》的大结构类似大家所熟悉的《一千零一夜》,亦有一个故事交待《一千零一日》的来由:

法如康兹,克什米尔国王东姑拜的美丽女儿,有一次做了一个梦,梦见一只公鹿掉入陷阱里,被一只牝鹿救出,牝鹿自己却不幸掉入陷阱中,然而这只公鹿竟掉头而去,弃这只牝鹿于不顾。梦醒后,公主相信是柯塞亚神在警告她,要小心男人的不忠,于是拒绝了各地王室来提的亲事。国王很害怕女儿的举动会带给国家灾难,于是命令她的奶妈苏勒美玛想办法改变法如康兹的想法。……

因此,奶妈每天早上花一个钟头讲一个故事给公主听。

"图兰朵"的故事其实是《一千零一日》中《王子卡拉富与中国公主》的一段,这一段又是波斯王子卡拉富很长的冒险故事中的一段,系由一位老者口中说出。整个卡拉富的故事可分为两大段,第一部分描述这位"亚洲的英雄、东方的凤凰"原本是如何的风光,不幸国家遭外人侵入,卡拉富和父母逃难至贾伊克(Jaick),被这位说故事的老者收容,第二部分才是叙述卡拉富只身前往中国,希望能找到他的幸运,终能如愿娶得美眷,并得以复国,亦即是"中国公主"在这一部分才出现。其故事大意如下:

落难王子卡拉富来到大都之时，正逢中国公主图兰朵以谜题招亲，答对者可娶其为妻，答错者则将失去生命。王子一见公主画像，即爱上了她，决定冒险一试。他轻易地解开了图兰朵给的三个谜：太阳、海洋、年。当图兰朵继续要出第四个谜时，皇帝出面阻止，要公主认输，后者却以死要挟，于是卡拉富提出条件：若公主能猜出他的出身，他愿意放弃。图兰朵答应第二天解谜。卡拉富自信城里无人认识他，快乐地和皇帝去打猎。回来后，有一位美丽女子在他房间里等他，称自己是图兰朵身边的侍女，原是某可汗之女，其国被中国征服，方沦落至侍奉图兰朵。她告知卡拉富，图兰朵计划命人于次日清晨谋杀他，以解决图兰朵要面对的问题。卡拉富吃惊之余，喊出自己和父亲的名字，慨叹命运多舛。这位女子请卡拉富和她一同逃走至其亲戚之国，却被拒绝。次日清晨，卡拉富并未遇到任何危险。在官殿里，图兰朵解了他的谜，亦立刻承认自己已爱上他，愿嫁给他，并且承认

布鲁内雷斯基设计图三十八：仆人(第三幕)

谜底是她的侍女告诉她的。侍女见破坏二人好事之计策不成，自己又复国无望，于是出面承认自己的计谋后，自杀而死。图兰朵伤心地喊出侍女的名字：阿德玛(Adelma)。皇帝下令厚葬阿德玛，之后，王子、公主成婚。中国皇帝随即命人接来卡拉富的父母，并大力助王子复国。

卡拉富终于得以回国登基，图兰朵为他生了两个儿子。

很典型的一场皆大欢喜式之童话故事收场。整个故事主要由三个动机组成，每一个个别动机都经常可在不同民族的童话故事中看到：

（1）一位拒婚的皇室女子之婚姻条件为求婚者必须完成她所给的三个任务；

（2）未能完成任务的求婚者将被处死；

（3）一位陌生的求婚者完成任务后，以自己的身世作为谜底出谜。

当三个动机都出现时，就完成了"图兰朵"的故事。[Albert Köster, *Schiller als Dramaturg*, Berlin, 1891, 147—148；然而，Köster 认为，将未完成任务者的头颅高挂墙头示众，为第二个动机的重点，其实是错误的。因为在《一千零一日》的"图兰朵"童话中，并无此说。相反地，童话中清楚地叙述牺牲者如何被厚葬于宫廷花园中，皇帝并为其哭泣，因之，"斩首"以及"示众"结合为一动机，系经由勾齐才进入"图兰朵"主题里。另一方面，"斩首示众"动机倒是常在古希腊神话中见到：请参考 Angelo Brelich, *Turandot in Griechenland*, in：*Antaios, Zeitschrift für eine freie Welt*, I, Stuttgart, 1959—1960, 507—509。]

观察《一千零一日》的各个故事，可以看到其中对中东地方各地风土民情、生活习俗之描绘，一般而言，相当地详尽。即以《王子卡拉富与中国公主》这一段来看，可以看到在第一部分里，卡拉富和父母的逃亡路程有着清楚的交待，甚至可以对着地图，画出其路线。正因为如此，故事的第二部分里对卡拉富如何到达大都的过程，却只写着"史书上没提"，而没有进一步的交待；前后相较之下，不能不启人疑窦。不仅如此，在后面这一段故事里，中国皇帝亦没有一定的称法，有时被直呼其名"鄂图"（Altoum），有时以"君侯"称之，有时又是"中国国王"，不过，最常见的应是"可汗"（Khan）了。在服装上，大臣们的穿着系以"白色羊毛"材质为主，只有鄂图可汗和图兰朵穿的是"丝质"衣裳；换言之，"丝"代表了某种尊贵地位。诸此种种写法，都反映出非中国人看中国的"异国情调"笔触。另一方面,故事中诸多人士不时向"阿拉"祷告或到清真寺祭拜,更显示了故事中的"北京"似乎不在中国,也会让人质疑"图兰朵"究竟是何方的"中国"公主?

在阅读不同研究领域之有关"图兰朵"童话的资料时,经常会看到的字眼是"东方",却很少见到"中国"。另一方面,早在《一千零一日》之前,波斯文学作品中就先后有使用"图兰朵"之三个动机的作品,[例如 Nizami 的 *Haft Paiker*(《七美女》1198/99)中的俄国公主用了三个动机的前两个;Mohammad'Aufi 作品集(1228)中,前来解谜的王子则出了一个谜题给希腊公主猜;Lari(?—1506)则在作品中提到了一位中国公主;详见 Fritz Meier, *Turandot in Persien*, in: *Zeitschrift der Deutschen Mor-genländis-chen Gesellschaft*, Bd. 95, Leipzig, 1941, 1—27。]可被视为是其前身;只是在这些作品中,公主都没有名字,直到《一千零一日》里,公主才被称作"图兰朵"。这个名字 Turandot 是否又有什么特殊的意思呢?

查阅不同的文学以及波斯文字典,可以得到以下的答案:Turandot 系由 Turan 和 dot 合成。Turan 即是我们说的土耳其斯坦,在波斯的史诗及传说中可以看到,这个字系根据其建国国王 Tur 命名,表示其所统治之地,指的是土耳其和中国;dot 来自 dukht,有女儿、处女的意思,也含能干、力量等用意。因之,在波斯文里,Turandot 一字正是"中国公主"的意思,整个"图兰朵"的故事其实展现的是波斯:一个古老伊斯兰世界里的"中国风"(Chi-noiserie)。[详情请参考 Lo 1996,33—36;有关波斯之中国风,请参考 Edward Horst von Tscharner, *China in der deutschen Dichtung bis zur Klassit*, München, 1939;有关波斯史诗,请见 Jules Mohl, *Le livre des Rois par Abou'lkasim Firdousi*, traduit et commenté par jules Mohl, 7 Vol., Paris, 1876; Vol. 1, Préface, XXIIff。]

(三)勾齐的"剧场童话"《图兰朵》

18 世纪里,欧洲市民阶级的逐渐兴起,促使剧场演出内容自英雄美人的世界转变为市井小民的天地。例如在意大利,新兴的歌剧剧种"谐剧"(opera buffa)经常以讽刺贵族世界为能事,不仅能和旧有的"庄剧"(opera seria)相抗衡,更有取而代之之势,[请参考罗基敏《由〈中国女子〉到〈女人的公敌〉……》, op.cit.。]这一个现象甚至可被看为是法国大革命的先兆,如此的情形在水乡威尼斯(Venezia)亦不例外。在当地出生、成名于法国的喜剧作家郭东尼受到法国喜剧风潮的影响,亦在意大利推出这一类的作品。他的戏剧作品以及以他的剧本完成的歌剧作品均很受欢迎,对逐渐没落的贵族阶级而言,自是难以消受,于是出身于威尼斯贵族世家的保守主义者勾齐决定投身剧场工作,试图同样以舞台作品对这一切提出反击。

勾齐认知到时代的改变,要赢得这一场战争必须借助于喜剧类的舞台作品,他所使用的武器为自16世纪中即在意大利民间广为流传但已日趋没落的"艺术喜剧"(Commedia dell'arte)。[关于艺术喜剧以及其在18世纪的情形请参考 Berthold Wiese/Erasmo Perropo, *Geschichte der italienischen Litteratur von den ältesten Zeiten bis zur Gegenwart*, Leipzig/ Wien, 1899; Allardyce Nicoll, *The World of Harlequin. A Critical Study of the Commedia dell'arte*, Cambridge, 1963; WolframKrömer, *Die italienische Commedia dell'arte*, Darmstadt, 1976; Manlio Brusatin, *Venezia nel Settecento. Stato, Architettura, Territorio*, Torino, 1980; Ludovico Zorzi, *L'attore, la Commedia, il drammaturgo*, Torino, 1990。]这一类作品的特征在于剧情只有一个大纲,对话等全由演员现场即兴开讲,所有的故事都由固定的几个角色演出,而剧团中的主要演员则始终固定演某一个角色;更特别的是,每一个角色都有特殊的地方背景来源,例如源自大学城波洛尼亚(Bologna)的博士先生、源自水乡威尼斯的商人潘达龙内(Pantalone)、源自出苦力著名的贝加摩(Bergamo)的仆役角色阿雷基诺和布里盖拉等等,都是意大利人耳熟能详的不同典型的角色。由于这些角色的名字和角色特质不变,他们亦经常被以"面具角色"(mask)称之。这一项民间艺术一直未受到学院派的重视，也未能进入宫廷府邸，然而在它极盛期的17、18世纪，甚至流传到法国、葡萄牙、西班牙等国，受欢迎的程度不亚于在意大利。

18世纪里，受到郭东尼等人之新型喜剧的冲击，艺术喜剧的生存受到很大的威胁，身为没落贵族的勾齐以艺术喜剧还击的构想暂时挽救艺术喜剧于危亡之中。勾齐和当时很著名的艺术喜剧团沙奇(Sacchi)携手合作，试图改良艺术喜剧，以增加它的文学价值。1761年推出的第一部作品《三个橘子之爱》(L'Amore delle tre Melarance)［该剧即为浦罗高菲夫(Sergej Prokofiev)同名歌剧(1921年于芝加哥首演)的素材来源。］很受欢迎。之后，在短短的1761至1765年间，勾齐为这个团体又写了九部作品，总称其为"剧场童话"(Fiaba teatrale)。这些作品在当时虽可称轰动一时，但是只是短暂的胜利，历史证明郭东尼在戏剧史上的地位，远非勾齐所及，甚至早在18纪末，勾齐的作品在他的家乡意大利即已被忘怀。

勾齐的"剧场童话"依旧保留了艺术喜剧即兴的特质，但是，不同于传统的艺术喜剧，勾齐为剧中面具角色之外的其他属于贵族阶级的主角写了固定的台词。另一方面，一般而言，18世纪的欧洲文学界展现

布鲁内雷斯基设计图二十二：神职人员（第一幕）

出对异国文学很高的兴趣,意大利文学基本上却不在此行列,唯一的例外在威尼斯。由于地缘以及历史上长期和外界接触之故,不同于其他的意大利城市,威尼斯经常可见异国文学的意文译本,这些异国童话故事就成了勾齐"剧场童话"经常取材的对象。它们为这些作品建立的奇幻境界和异国情调,应是这些作品在当时大受欢迎的主要原因之一。在无意间,勾齐也成了当时的意大利文学家中,唯一在作品中引进这些素材的作家。

但是,勾齐本人却并不认为他的作品有任何特殊的文学价值,其目的只是想借这些作品"移风易俗";[请参考 Carlo Gozzi, *Memorie inutili*, Venezia 1802。]对他而言,之所以创作剧场童话,只是希望能对日渐没落的贵族社会尽一分心力。因之,他的作品中不时可见统治阶级的道德观以及对出生地威尼斯的推崇和热爱。然而时不我予,勾齐的剧场童话争得了一时,却未能够争得千秋。有趣的是,勾齐必然未曾想到,他在意大利很快被遗忘的作品,经过他人翻译成德文后,竟会获得德国浪漫主义文学界的赞赏,其中的第四部作品《图兰朵》更因着席勒(Friedrich Schiller)的改写,搬上舞台后,引起 19 世纪音乐世界的注意,而促使许多《图兰朵》歌剧的诞生,也让勾齐的名字得以名留青史。而依旧未能逃避没落命运的艺术喜剧,却在 19 世纪末、20 世纪初同时获得戏剧和歌剧界的青睐,得以以不同的方式再生,为这两种剧场注入"新血"(请参考本书第一、三、四章)。

勾齐的剧场童话《图兰朵》保留了童话故事主要的剧情,但在人物互动上作了

布鲁内雷斯基设计图三十一:仆人(第二幕)

改变,加入了王子的老师和父亲:

> 卡拉富在大都先遇到了他的老师巴拉克(Barak),并经由巴拉克听到图兰朵以谜题招婚之事。卡拉富解谜并另出谜题后,被接入宫,此时,他的父亲帖木儿(Timur)也来到大都,但只见到卡拉富的背影,未正式相遇。帖木儿正在担心儿子的命运之时,亦和巴拉克相识;未几,两人都被图兰朵逮捕,她试图问出王子出身,却不成功,最后还是经由阿德玛的计谋才得知王子的出身。次日,图兰朵答出谜底后,王子失望之余,试图自尽,却被图兰朵拦阻,并向他承认自己对他的爱。早在自己宫廷中已见过王子并爱上他的阿德玛见计不成,意图自杀,却被王子、公主拦阻,两人一同向皇帝求情,不仅还她自由,亦还她国土,她感激涕零地还乡。图兰朵亦告诉王子,帖木儿亦在大都,又是一场皆大欢喜的收场。

由剧中人物及剧情细节上的一些变动,可以清楚地一窥勾齐写剧场童话的贵族道德观和爱乡诉求:

(1)仆人要对主人无条件地忠心:因而有巴拉克和卡拉富父亲的出现;

(2)统治阶级对仆人宽宏的贵族情操:阿德玛不仅未死,还得以复国;

(3)图兰朵给王子的第三个谜题之谜底为"威尼斯的翼狮",明显地呈现了勾齐对威尼斯的热爱。

(四)席勒的《图兰朵》

1775年,在一次威尼斯之行中,德国文学大师雷兴(Gotthold Ephraim Lessing)观赏了勾齐的作品,大加赞赏之余,决定将它引进德国。1777至1779年间,勾齐的作品被以散文的方式译成德文，[Friedrich August Clemens Werthes, *Theatralische Werke von Carlo Gozzi*, in：*NA*，Vol .14，1—135.]在德国文学界引起广泛的注意和讨论，德国文学界认为勾齐的作品很有浪漫主义的精神。影响所及，在 18 世纪末至 19 世纪 20 年代间，许多德国浪漫文学的大师都模仿此种风格写作不少戏剧作品。不仅如此，勾齐的作品也曾被 19 世纪的德国作曲家用作歌剧的素材。[例如瓦格纳年轻时的作品《仙女》(*Die Feen*)即以勾齐的作品《蛇女》(*La donna serpente*)为素材。]在这许多对勾齐感兴趣的人当中，歌德 (Johann Wolfgang von Goethe)和席勒亦赫然在列。

歌德在他执掌魏玛(Weimar)剧院期间，决定要以世界性的戏剧作品扩展德国观众的视野，建立一套可以流传后世的剧目，当时和他合作最得力的人手为席勒。[魏玛为德国历史上重镇之一，该地之皇家剧院建于 1791 年，至今仍是德国文学界、戏剧界朝圣之地，剧院前广场上歌德、席勒两人携手并肩而立之雕像，令人观之，无不缅怀当年魏玛剧院的盛况。]席勒在看了勾齐的《图兰朵》德文译本后，甚为着迷，于是在很短期间将它改编成诗文，于 1802 年 1 月 30 日于魏玛首演；[请参考 Johann Wolfgang von Goethe, *Weimarisches Hoftheaer*, in：*Gedenkausgabe der Werke*, *Briefe und Gespräche*, 27 Vol., Zürich (Artemis), 1950—1971, Vol.14, 62—72。]之后，亦很快地在德国其他城市上演。尽管歌德和席勒对这一个尝试都兴致勃勃，并多次为不同的演出写不同的谜题，但无论在当时或后世，无论是观众或文学界对这部作品的评价都是毁誉参半，至今都不被视为席勒的代表性作品之一。[关于当时的各方反应，请参考 *NA*, Vol.14, passim。]尽管如此，席勒的《图

诗人兼作曲家的霍夫曼 (E.T.A.Hoffmann, 1776—1822)为看到勾齐作品"歌剧性"之先驱者。

兰朵》对勾齐的作品在19世纪德国戏剧舞台上得以占有一席之地,有其一定的贡献;另一方面,席勒之不被文学界看好的《图兰朵》却打开了"图兰朵"之得以跻身歌剧舞台之路,这是席勒本人必然未曾想到的。

　　席勒改编的《图兰朵》在剧情上几乎完全依着勾齐的作品来,主要的改变在于男女主角个性的塑造上。席勒笔下的图兰朵出场时,说明她以谜题招亲,失败者将失去生命的理由:

Ich bin nicht grausam. Frei nur will ich leben.	我并不残忍。只想自由生活。
Bloß keines andern will ich sein; dies Recht,	就是不想要别的:这个权利,
Das auch dem allerniedrigsten der Menschen	这个就算对最低阶层的人而言
Im Leib der Mutter anerschaffen ist,	在母亲躯体里已被赋予的权利,
Will ich behaupten,eine Kaiserstochter.	我要坚持,一个皇帝的女儿。
Ich sehe durch ganz Asien das Weib Erniedrigt,	我看到在整个亚洲, 女性被轻视,
und zum Sklavenjoch verdammt,	被套上奴隶枷锁诅咒着,
Und rächen will ich mein beleidigtes Geschlecht	我要为我被虐待的同性们
An diesem stolzen Männervolke, dem Kein andrer Vorzug vor dem zarten Weibe Als rohe Starke ward…	向这些骄傲的男性族群报复, 他们在温柔的女性前 展现的长处
Als rohe Starke ward…	只是原始的力量……[Ibid.,41, 775—785 行。]

　　由图兰朵上场的这一段话可以看到,席勒强调的是图兰朵

浦契尼的图兰朵

公主的骄傲和她以天下女性为己任的立场。[以此点观之，席勒可列名最早的女性主义者之一。]他的图兰朵具有之明显的悲剧作品女主角的气质，是勾齐的作品中所没有的，经过如此的强调，图兰朵内心的骄傲和爱情的冲突益发强烈。另一方面，席勒也将勾齐作品中看到图兰朵画像即陷入情网的王子作了改变，卡拉富固然承认图兰朵的美丽，但是他决定报名猜谜的原因，主要在于希冀借此改变自己的不幸命运；直到听到图兰朵出场的一席话后，卡拉富才因欣赏图兰朵高尚的悲剧个性，开始爱上了她。简而言之，勾齐原作中王子公主一见钟情，童话式的爱情故事到了席勒手中，成了骄傲和爱情在内心的争战，爱情终于得胜。表面上观之，如此之人物个性的改变并不影响剧情的进行，但对日后的歌剧改写却有本质上的影响。

布鲁内雷斯基设计图二十五：贵族（第一幕）

除了男女主角个性塑造的更动外，在席勒改写《图兰朵》的过程中，勾齐所强调的爱乡

布鲁内雷斯基设计图四十二：群众中之女士（第一、二、三幕）

（威尼斯）情结也消失了，取而代之的是有文化含义的中国色彩，来强调故事发生的地点背景。席勒本身对中国的认知很可能来自于由穆尔（Christoph Gottlieb von Murr）所翻译的小说《好逑传》（*Haoh Kjöh Tschwen*，1766）。[该小说于 1761 年被译成英文出版，穆尔即系由英译本再翻成德文。有关席勒对中国的认知请参考 Köster, op.cit., 199—202。]比较席勒《图兰朵》中一些不同于勾齐之细节上的描述，确实可以看到《好逑传》的影响。[请参考 Lo 1996, 53—58。]最明显的例子是图兰朵的第三个谜，谜面为：

Wie heißt das Ding, das wen'ge schätzen,	那物件叫什么，很少人重视它，
Doch ziert's des größten Kaisers Hand?	但是它装饰了皇帝的手？
Es ist gemacht, um zu verletzen,	它被制造，用来伤害，
Am nächsten ist's dem Schwert verwandt.	和它相近的剑。
Kein Blut vergießt's, und macht doch tausend Wunden,	不流血，却有上千口，
Niemand beraubt's und macht doch reich,	没人抢它却会富裕，
Es hat den Erdkreis überwunden,	它战胜了大地，
Es macht das Leben sanft und gleich.	它让生命温柔并平等。
Die größten Reiche hat's gegründet,	最大的帝国由它奠立，
Die ält'sten Städte hat's erbaut,	最老的城池由它建造，
Doch niemals hat es Krieg entzündet	但它从未引起争战
Und heil dem Volk, das ihm vertraut.	并且护佑信任它的百姓。

谜底为：

Dies Ding von Eisen, das nur wen'ge schätzen,	这个铁做的物件，很少人重视它，
Das Chinas Kaiser selbst in seiner Hand	中国皇帝自己持于手中
Zu Ehren bringt am ersten Tag des Jahrs,	在每年元旦尊崇它，
Dies Werkzeug, das, unschuld'ger als das Schwert,	这个工具，它比剑无罪，

Dem frommen Fleiß den Erdkreis unterworfen——	将虔敬的努力深植于大地中——
Wer träte aus den öden, wüsten Steppen	谁由鞑靼的荒原、大漠
Der Tartarei,wo nur der Jäger schwärmt,	那只有猎人想去的地方,
Der Hirte weidet,in dies blühende Land	牧人游牧之处,到此富裕之地
Und sähe rings die Saatgefilde grünen	并且环绕着撒下种子新绿
Und hundert volkbelebte Städte steigen,	上百百姓居住的城市升起,
Von friedlichen Gesetzen still beglückt,	安静愉快地活在和平的法律中,
Und ehrte nicht das köstliche Geräte,	谁不尊崇这宝贵的工具,
Das allen diesen Segen schuf–den Pflug?	它创造了所有的护佑——犁?[NA,Vol.14,49—51。]

席勒的谜面和谜底呈现的是中国的祭地之礼,在穆尔的书中有详细的描述[亦请参考《礼记·月令篇》。]亦经常见诸于 18、19 世纪欧洲有关中国的书及文章中。

1804 年,席勒还继续地为《图兰朵》写了一个新的谜,谜底为"万里长城"。由这些都可以看到,席勒所关注的"中国色彩"实不同于一般的异国情调风味,而系以文化、礼仪为中心,这亦反映了他和歌德对魏玛剧院应具有的文化教育功能的理念。可惜的是,席勒的《图兰朵》虽然将"图兰朵"推向歌剧舞台,但是没有一部《图兰朵》歌剧回应他的这个理念。

二、由戏剧到歌剧——19 世纪的《图兰朵》歌剧

席勒的《图兰朵》在德国多处上演之时,曾有多位音乐家为之配乐,其中不乏著名之士如韦伯(Carl Maria von Weber)。[请参考 Lo 1996 请参考,65—132。有关韦伯之《图兰朵》,亦罗基敏《这个旋律"中

国"吗？——韦伯〈图兰朵〉剧乐之论战》,东吴大学文学院第十二届系际学术研讨会会议论文集,台北,1998,74—101。]另一方面,席勒的《图兰朵》也吸引了众多19世纪音乐家的注意力,纷纷将其予以改编成歌剧剧本,搬上歌剧舞台。虽然这些作品在当时并未造成轰动,在今日亦被忘怀,但由这些作品对"图兰朵"这个素材的处理方式,我们可以看到这个素材中吸引歌剧创作者的地方。

　　19世纪以"图兰朵"为素材写的歌剧很多,除了以《图兰朵》命名外,亦有些系使用其他名称者;另一方面,亦有称作品为《图兰朵》,其实内容和"图兰朵"无甚相关的作品,这两类的作品均难以穷其究竟。不仅如此,被称为《图兰朵》,亦以"图兰朵"为素材的作品中,许多都不完全。因之,在此仅能对五部至少留下了剧本的《图兰朵》作一简单的探讨,这五部作品的作曲者和首演时间、地点依首演时间排列如下:[请参考Lo1996,133—232;关于各部作品内容之详细情形,亦请见该书。]

作曲者	作品名	首演时地
丹齐(Franz Danzi)	*Turandot*	1816年,卡斯鲁(korlsruhe)
莱西格(Carl Gottlieb Reissiger)	*Turandot*	1816年,德勒斯登(Dreszden)
何芬(J.Hoven)	*Turandot*	1838年,维也纳(Wien)
巴齐尼(Antonio Bazzini)	*Turanda*	1867年,米兰(Milano)
雷包姆(Theobald Rehbaum)	*Turandot*	1888年,柏林(Berlin)

　　就今日眼光看来,这五位作曲家都属默默无闻,事实上,在他们的时代,每位都曾享有相当的声誉。丹齐是韦伯的忘年好友,并对韦伯最终走上音乐之路有很大的影响;莱西格接下韦伯在德勒斯登的棒子,对演出早期的瓦格纳作品有很大的贡献;何芬为奥地利当时一位重要官员蒲特林根(Johann Vesque von Püttlingen)的笔名,由于当时奥地利政府规定官员不得抛头露面从事音乐创作,他化名为何芬,写了不少甚获赞赏的德文艺术歌

曲和一些歌剧,不仅如此,身为法律学者和爱乐者,何芬对音乐创作的版权化有很大的贡献;巴齐尼为著名的小提琴演奏家和作曲家,曾为米兰音乐学院院长,也是浦契尼在该院就读时的老师之一;相较于前面四位,雷包姆可称为五位中最不出名的一位,却也曾为音乐学院的老师,在当时的柏林音乐界享有盛名。

五部作品中,只有巴齐尼的作品以意大利文写成,其余均为德文,显而易见,它们均以席勒的作品为蓝本。另一方面,根据巴齐尼的剧作家在剧本前面的声明,这一部歌剧系以勾齐的作品为素材,但他也提到了勾齐的作品因席勒的改编而在德国著名,有趣的是,歌剧中图兰朵的三个谜题却是依席勒的《图兰朵》而来,可见巴齐尼的《图兰朵》事实上仍是源自席勒的作品。

若不看人名的变动,只依角色的选取方式来看,五部作品可分为三组:

第一组为变动很小的丹齐和莱西格的作品,莱西格未加任何删减,丹齐则只去掉了巴拉克的妻子;

第二组为何芬和巴齐尼,女性角色中去掉了巴拉克的妻子和她的女儿——巴拉克的继女才莉玛(Zelima),也是图兰朵身边的两位贴身侍女之一(另一位为阿德玛);男性角色中去掉了卡拉富的父亲、被砍头之波斯王子的老师,四位"艺术喜剧"的角色只剩下一位,换言之,在这两部《图兰朵》中,对人物做了很大幅度的删减;

第三组为雷包姆的作品,他去掉了阿德玛,保留了巴拉克的妻子和继女,其他的变动和第二组相同。

由于戏剧作品为五部歌剧共同之出发点,以下先简列出五幕之剧情进行重点作为比较之基础:

第一幕:卡拉富和巴拉克在北京的重逢、卡拉富决定冒险娶图兰朵为妻;

第二幕:匿名王子卡拉富答出图兰朵三道谜题后,图兰朵不愿履行承诺，卡拉富提出给图兰朵一个公平悔婚的机会，出谜题让她猜他的名字和出身；

第三幕：皇帝劝女儿接受匿名王子的谜题、图兰朵要身边两位侍女设法找出答案、阿德玛私下表白她对王子的爱、图兰朵对自己面对王子的奇特感觉感到迷惑；

第四幕：不同人士试图以不同的计谋得知王子的出身；

第五幕：图兰朵答题后，嫁给王子。

比较五部歌剧在剧情内容上的选取，可以看到，戏剧作品中的第一幕和第二幕的剧情进行在所有的作品中都被使用；第三幕则仅在丹齐的作品中被以简化的方式全盘接收，在其他的四部歌剧中，只见到不同的选择性之安排，甚至有全部将此幕删去者。戏剧第四幕中的各种试图得知王子出身的尝试可在所有的歌剧中见到，但是方式各有不同，有接收自原戏剧的，也有完全另外安排的。第五幕里，公主答题后，嫁给王子，也是所有作品共通的结局，但在巴齐尼和雷包姆的作品中，有些细节上的更动。

在歌剧分幕方面，分为二幕的前三部作品都是以王子也出谜题给公主猜之后，结束第一幕。巴齐尼的作品则

布鲁内雷斯基设计图三十七：高丽奴隶（第三幕）

为四幕,以王子决定去猜谜为第一幕,王子猜谜和出谜题给公主为第二幕,公主设法找出答案为第三幕,公主解谜后,却仍答应嫁给王子为第四幕;和前面三部相较,巴齐尼的作品系将它们的第一、第二幕各分为两幕,原则上并无很大的不同。较为特别的是雷包姆的三幕分法,第一幕为王子决定去猜谜,第二幕在王子猜谜和出谜题给公主后,继续演至公主设法找出答案为止,第三幕则为公主解谜,虽然没猜对,王子依旧愿意娶她。

就改编的幅度而言,丹齐和莱西格主要只作了删减,没有很大的变动。何芬将地点背景作了改变,他的《图兰朵》是席拉丝(Schiras)的公主。除此以外,何芬还特别强调了巴拉克的忠心,而赋予此角色相当重的分量,他亦凸显图兰朵不听父亲的劝,而引发一场父女冲突场景。巴齐尼的作品也将地点改变,王子是印度王子,故事则在波斯发生,剧中的公主试图以魔法得知王子的出身失败后,

布鲁内雷斯基设计图四十:众人(第一、二、三幕)

却很偶然地由王子的梦话中听到他的姓名。次日于朝中,公主则要求和王子独处,告诉他自己已知道他的出身后,立刻承认自己对他的爱,愿意嫁给他。在这两部作品里,何芬强调仆人的忠心和父女之间的冲突,是在当时盛行于法国巴黎的“大歌剧”(Grand Opéra)中常可见到的动机;巴齐尼剧中的施法镜头和舞

蹈场面,也是"大歌剧"中常在舞台上呈现的噱头,由这几点可以一窥"大歌剧"在19世纪歌剧演进中扮演的重要角色。

变动最大的则是雷包姆的作品,剧情可简述如下:

第一幕:王子捕回了公主心爱的鹦鹉。两人一见钟情,王子不要赏赐的金钱,却要公主胸前的玫瑰为报酬,公主也答应了。另一方面,王子也正是曾经杀死老虎,救了国王的人。经王子的朋友巴拉克的引见,国王见到了他的救命恩人。为了报恩,答应实现王子的一个愿望,王子却要求解图兰朵的谜。

第二幕:王子轻易地解开三道谜后,包括图兰朵在内的众人都很高兴,准备举行婚礼,王子却要图兰朵也猜一个谜,因为"只有聪明的女人才配得上他"。图兰朵乔装成侍女去问巴拉克谜底,被巴拉克看穿,要求给他三个吻,才告诉她。图兰朵给他两个吻后,要求先知道答案,才给第三个吻。巴拉克给了她一个假答案,正在等第三个吻时,被巴拉克的老婆发现,于是一场混乱,甚至惊动了国王。在混乱中,图兰朵总算能不露痕迹地溜走。

第三幕:次日,图兰朵答出答案后,竟然是错误的,于是当庭质问巴拉克,才知道原来王子告诉他的名字就是假的。图兰朵终于承认,人心中的爱情比聪明才智都可贵。之后,王子宣布他的真正出身,并向她求婚。

由剧情可以看到,这是一个被解构了的《图兰朵》,很有轻歌剧的味道。其中的王子像个情场老手,图兰朵不仅完全没有那份骄傲和高贵,反倒有些轻佻。第二幕结束时的混乱场面明显地受到瓦格纳《纽伦堡的名歌手》第二幕的影响。如同传统喜剧型歌剧作品中,常可见到两对社会地位不同的情人,和王子、公主这一对相对的另一对为巴拉克和他的妻子,后者亦仅因为此一原

Giacomo Puccini

Turandot

RICORDI
OPERA FULL SCORE SERIES

席勒(Friedrich Schiller)，他的《图兰朵》将"图兰朵"推上歌剧舞台。

歌德(Johann Wolfgang Von Goethe)与席勒合作之时代，为魏玛(Weimar)剧院之黄金时期。

因而存在,对剧情的主线进行并无直接影响。[例如莫扎特(Wolfgang Amadeus Mozart)的《魔笛》(*Die Zauberflöte*)中的捕鸟人和他的妻子亦然。]换言之,经过雷包姆的手,《图兰朵》转化成了有轻歌剧味道的喜剧,这也应是他的《图兰朵》在柏林皇家歌剧院首演后不乏好评的原因之一,首演半年内演出八次的成绩,可称相当不错。

由对这五部作品的简单比较可以看出,削减人物、缩减或变动剧情,是将戏剧改写成歌剧之不可或缺的过程。这些《图兰朵》作品经过改写后,牺牲最大的为源自艺术喜剧中的四个面具角色,他们的戏剧特质和幽默讽刺的特性全部消失,剩下的只是表面上的臣子或后宫太监的角色,他们甚至可以是任何名字。简言之,在这五部《图兰朵》中,面具角色虽保留了原作中的名字,但

Sylvano Bussotti 以 Galileo Chini 之《图兰朵》首演时之舞台设计以及 Umberto Brunelleschi 之服务设计为蓝本,为 1982/1983 年透瑞得拉沟(Torre del Lago)浦契尼音乐节(Festival Pucciniano)演出浦契尼《图兰朵》之制作。转载自 Sylvano Bussotti/Jürgen Maehder, Turandot, Pisa(Giardini)1983;Jürgen Maehder 提供。第三幕第一景柳儿逝后之葬礼进行曲。

已无该角色在艺术喜剧中原有的特质，例如丹齐和莱西格的作品即是如此。另一方面，被改了名字后的角色仅只是一个首相或宫中的仆人，更少见面具角色的影子，例如后三部作品的情形。

而由这五部作品在剧情选取上的共同性，可以看出剧情进行的重点依序为：

(1)王子在异乡和故人重逢；

(2)王子见到图兰朵的画像或本人，而决定冒险猜谜；

(3)匿名的王子解了三道谜，也给图兰朵一道谜：猜他的姓名和出身；

(4)图兰朵设法找出答案；

(5)图兰朵解谜后，嫁给王子。

至于如何串接这些场景和安排人物间的互动，则各有巧妙不同。

这五部19世纪的《图兰朵》虽然在剧本上各有千秋，但由于音乐上并无很特别的成绩，故在首演后很快地自歌剧舞台消失了，甚至连总谱都未曾印行。但由它们的首演时间几乎贯穿整个19世纪、地点分在不同的大城市的现象观之，不仅可看到19世纪歌剧创作和演出的盛况，也可对"图兰朵"在19世纪，尤其在德语系国家曾经颇受欢迎的情形一窥端倪。

第三章　卜松尼的《图兰朵》：
一部剧场童话

Ein Stoff wie "Faust" ist das Ergebnis von Kulturen und Generationen, und selbst der Ursprung der weit bescheideneren "Turandot" wurzelt in entferntesten Zeiten und Ländern.

像"浮士德"是文化和世代的产物，就算是像"图兰朵"那么简单的素材，其本源亦根植于遥远的时间和国家。

——卜松尼，1921

莫扎特(Wolfgang Amadeus Mozart)之《魔笛》(*Die Zauberflöte*)为卜松尼之《图兰朵》之戏拟对象。

19世纪末20世纪初著名的钢琴演奏家卜松尼(Ferruccio Busoni)也是一位出色的作曲家，他提笔写下的个人音乐观，更是研究20世纪初音乐美学之人士必读之著作。[Ferruccio Busoni, *Von der Einheit der Musik*, Berlin 1922。]卜松尼生于意大利，求学于维也纳，在柏林住了很长的时间，又在第一次世界大战时流亡瑞士，如此的人生历炼，自然展现在他的创作和著作中。他流利的德文能力是大部分的意大利作曲家所没有的,他的著作、和友人、妻子的往来信件多以德文写下,即为明证。血液中的意大利成分又使得他对很多事物的看法有别于德国人,这一个生活在两个文化之中和两个文化之间的特质,在他的《图兰朵》创作中明显地展露出来。

一、组曲—剧乐—歌剧:卜松尼的"图兰朵"缘

卜松尼于 1894 年定居柏林后,除了自己的演奏和教学外,他还致力于当代新作的演出,对当时新音乐的发展贡献良多。[例如荀白格 (Arnold Schönberg)*und Ferruccio Busoni* 1903—1919 (1927), in: *Beiträge zur Musikwissenschaft*, 1977, vol.3, 163—211。]他以"图兰朵"为题材的第一部作品为《图兰朵组曲》(*Turandot*-suite),作品 41 号,也在这一系列的新音乐音乐会中首演,为 1905 年 10 月 21 日的压轴戏,由卜松尼亲自指挥。

早于 1904 年,卜松尼已开始着手这一部作品的创作,由他给妻子的信中,可以得知主要的创作工作于 1905 年 7、8 月间完成,[见 Ferruccio Busoni, *Briefe an seine Frau*, Zürich/Leipzig1935。(以下缩写为 Briefe)有关卜松尼的《图兰朵》系列创作的详细过程及各作品之细节请参考 Lo, 1996, 233—287。]其中更可以看到卜松尼在写这部作品时的愉快和忘我。例如 1905 年 8 月 6 日,他写道:

> 我是如此地投注在工作中,以至于无法想别的事,甚至在有访客以及在弹奏时,我都会不知不觉地走回房间,也常常中断用餐。现在已经有一百页了,而第二幕才结束。

8 月 19 日,组曲的写作宣告完成。两天后,卜松尼写信给他的母亲:

我一直留在柏林，而且很忙，一向如此。在这段期间，我写了新作品，前天刚完成。爸爸可能会很高兴听到，我重新尝试写剧场作品，但是是以不寻常的方式，不是一部歌剧，而是写给话剧的描述性音乐。

我为这个目的选择的作品是一个由古老童话写成的剧作，由我们的勾齐写的悲喜剧。没有比以一位意大利作家的作品来做尝试来得更自然了，他现在已可列入古典（而且，因为他曾经被遗忘，所以又成了新题材）。只是，很不幸的，我们国家目前的状况，实在没什么希望。

就制作而言，不仅需要一个上好的剧团，还需要在服装和布景上具有盛大华美和优秀的品位，而且进一步地，要有一流的乐团。勾齐是妈妈的祖母告诉她的童话故事的作者。《三个橘子之恋》、《美丽的绿鸟儿》(*L'Augellin Belverde*)以及其他洛可可时代时尚的伟大作品，它们无影无踪地消失了。我选了那残忍、诱惑的中国（或波斯，谁知道）公主图兰朵童话，她要求追求者解开三个谜题，如果失败了，就得失去头颅。就像英雄和东方角色，威尼斯面具也以喜剧人物出现：潘达龙内、布里盖拉[稍后由卜松尼自行写作的剧本中并没有布里盖拉，而用了塔塔里亚。]和楚发丁诺(Truffaldino)。

我花了两个半月时间，全心投入这件工作，其间我无法专注在任何其他事情上。现在它完成了，我必须做其他有意思的事和工作了。……[Ferruccio Busoni, *Selected Letters*, translated, edited and with an introduction by Antony Beaumont, London/Boston, 1987,（以下缩写为 *Selected Letters*）, No.50。]

在他 1910/1911 年间在美国的演奏旅行中，卜松尼遇到了马勒(Gustav Mahler)，后者在其音乐会中指挥演出了卜松尼的《图兰朵组曲》；卜松尼对马勒的诠释大加赞赏，誉其为"完美的《图兰朵》演出"，[1910 年 5 月 28 日给马勒的信。]但对乐评的反应却不是很满意：

> ……报纸不想很严肃地看这个作品，可是有那么多令人失望
> 的看法和误解！《魔笛》里大部分的音乐也一样只是轻描淡写的描
> 述。不会有人对像《我是个捕鸟人》(*Ein Vogelfänger bin ich ja*)有
> 更高的评价……[*Briefe*,op. cit,1910 年 3 月 12 日。]

在 1911 年 2 月 19 日给其妻的信中，卜松尼表达了他希望
看到《图兰朵组曲》在话剧舞台上演出。[Ibid.]很可能当时他已经
和柏林剧院签了约，以他的组曲作为配乐演出勾齐的《图兰朵》；
而整个事情已经筹备许久。

1907 年，当时著名的剧场工作者莱茵哈特(Max Reinhardt)
打算在柏林演出勾齐的《图兰朵》，要以卜松尼的组曲为配乐，却
因乐团人手不足和没有适当的德文译本而作罢。四年后，1911 年
10 月 27 日，这两个问题都获解决，勾齐的《图兰朵》以佛莫勒
(Karl Vollmoeller)的译本配上卜松尼的音乐在柏林演出。[在这个
印行的剧本里，特别标明此剧的演出权中，包含了使用卜松尼的音乐。]卜松尼
在原有的音乐之外，又加写了一曲，并于 11 月 13 日亲自指挥演
出。在半年内，这个制作演出了五十二次，可说非常成功。但对大
部分剧评家而言，卜松尼的音乐太多、太重也太吵了。而卜松尼
自己却在多次观赏该剧不同的演出后，对戏剧演出之无法表达
他音乐理念的现象非常感慨。1913 年 1 月，卜松尼在伦敦再一次
观赏该剧的演出，由他给妻子的信可以见到他的愤怒：

> 图兰朵会有多美！(或许我何不宁愿以现有之音乐写一
> 部歌剧？)但不能像昨天在伦敦这样，我在第二幕之后，就受
> 不了走了！我看了《舞蹈与歌唱》,[组曲中的一曲，详见后。]他们
> 在舞台上演出它，但是后来我终于走了，至于怎么结束的，
> 成不成功，我今天还不知道，明天就可以读到了。

跟话剧导演是好不起来的。[*Briefe*,op.cit.,1913 年 1 月 19 日。]

《图兰朵》的音乐比话剧成功,比这还差的东西大概很少!想想看:一个二十人的乐团,演得荒腔走板,有的曲子连续重复四五次,有的被去掉,或者跳过去,整个都是以被改编的方式演出。对导演来说,这一次音乐不够,所以在中间插入圣赏和林姆斯基·高沙可夫的音乐!想想看!

你觉得《图兰朵》作为歌剧如何,而且以意大利文,根据勾齐……"我宁愿死或娶图兰朵"(差不多这样,我想……)。

[Ibid.,1913 年 1 月 21 日。最后两名话,卜松尼系以意大利文写的。]

卜松尼这一个因受不了戏剧演出之不尊重他的音乐,和戏剧演出之不合他个人理念,而产生以现有的音乐为基础,写一部歌剧的念头,并未立即付诸实施,直至 1915/1916 年他旅居瑞士期间,才因偶发状况而终于实现。

1914 年间,卜松尼已开始写一部歌剧剧本,定名《阿雷基诺》(*Arlecchino*),却因第一次世界大战爆发,而暂告停笔。1916 年,卜松尼旅居苏黎世,始完成了这部作品。1916 年春天,他在意大利之旅中,经验了意大利偶戏的演出,引发的感慨和思考不仅对正在写作中的《阿雷基诺》,亦对稍后开始着手之《图兰朵》有着明显的影响:

我刚从(昨天晚上)罗马回来……

很特别的是,完全不同中心的生活圈,能突然互相作用!一个由新成立的偶戏团"小小剧场"的演出引发我深深的感动。他们演出罗西尼二十岁时(就表现力而言,是个奇迹!)写的一部两幕谐剧;整个制作令人惊讶。歌唱部分(由看不见的声音演出)完美无瑕。我觉得好像获得解脱——终于!——从那些我在生命中一直无法避免的自以为是的众神中解脱出来。我重新发现——可以这么说——我的剧场和这剧场。

这是个很重要的经验,对完成我的独幕歌剧而言,是最恰当的时刻。(他们打算以我的音乐演出《图兰朵》。在意大利,木偶可以第一次让《魔笛》普遍化。难道世界转向它正确的一面了?)……[*Selected Letters*, op.cit., No.199, 1916 年 3 月 7 日,给 Egon Petri。]

此时,卜松尼尚未决定将写一部《图兰朵》歌剧的念头付诸实施;在同年 11 月 9 日给友人的信中,则可以看到歌剧《图兰朵》已在孕育中:

> ……重要的问题是应以哪一部作品来搭配长为一小时的《阿雷基诺》,才足够一晚的演出。我综合愈来愈多的困难和试图建立一个具长久性的结构让我作了很仓促的决定,以现有《图兰朵》的材料和本质完成一部两幕歌剧。几星期以来,我很辛勤地经营着这个令人喜悦的工作,为一部《图兰朵》歌剧写剧本和音乐。我完全独立地重新写作剧本,并让它接近一个默剧或话剧剧场。工作的困难度比我原来想像的要高,但现在渐渐容易了。
>
> 二者均有的面具角色让两部作品可以被结合在一晚(虽然两部的面具角色彼此是那么的相对)。……[Ibid., 1916 年 11 月 9 日,给 Egon Petri。]

之后的三个月里,卜松尼继续写作《图兰朵》;1917 年 2 月里,终告完成。在一封给朋友的信中,卜松尼再一次表达他感受到周遭人士对如此之歌剧作品之不同反应:

> ……不同的人,就我已经能观察到的而言,对我的《阿雷基诺》有不同的反应。……

两部作品以"新艺术喜剧"(La nuova Commedia dell' arte)之名结合在一起,意思是将意大利面具角色重新引入剧情中。……[Ibid.,1917 年 4 月 15 日,给 José Vianna da Motta。]

两部作品于 1917 年 5 月 11 日在苏黎世市立歌剧院,由卜松尼亲自指挥首演;之后,如同马斯卡尼的《乡村骑士》和雷昂卡发洛的《丑角》般,卜松尼的这两部作品亦经常被放在一起演出,直至近年,如此的结合才时而被打散。[例如威尼斯的费尼翠剧院于 1994 年演出卜松尼之《图兰朵》时,即将该剧和史特拉汶斯基(Igor Stravinsky)的《佩儿西凤》(Perséphone)摆在同一晚。]

由当时的演出评论可以看到,卜松尼的《图兰朵》并不被看好及接受,主要原因在于他的歌剧美学诉求并不能为人理解。不幸的是,数年后,浦契尼的同名作品问世,卜松尼的《图兰朵》就一直笼罩在浦契尼的《图兰朵》阴影下。直至近年来,歌剧之剧场性开始被体会及重视之际,卜松尼的作品才逐渐获得其应有的诠释及评价。

由 1905 年动手写组曲到 1917 年歌剧的完成,卜松尼一直陆陆续续地思考着"图兰朵",并为不同的目的不时加以改写或增添;为 1911 年莱茵哈特的戏剧演出,卜松尼加写了《怀疑与顺命》(Verzweifung und Ergebung,1911 年印行);1918 年,在歌剧首演后,鄂图王之咏叹调(No.4)被改写,和另一首曲子一同组成《两首为一个男声与小乐团的歌曲》(Zwei Gesänge für eine Männerstimme mit kleinem Orchester);另一首小咏叹调(No.6)被改写成《鄂图王的警告。图兰朵组曲之附录二,为第八曲之另一版本》(Altoums Warnung. Zweiter Anhang zur Turandot-Suite als Andere Version von Nr.VIII)。[在相关研究资料中,经常将这一曲错误地列入系为莱茵哈特 1911 年之演出所谱写;例如 Hans Heinz Stuckenschmidt,Ferruccio Busoni,Zeittafel eines Europäers,Zürich,1967,38 或 Sergio Sablich,Busoni,Torino,1982,161。]

二、组曲与歌剧之音乐戏剧结构关系

卜松尼之《图兰朵组曲》原有八曲,后来加入两个附录,其内容如下:

Ⅰ.行刑,城门,告别(第一幕之音乐)

Die Hinrichtung,Das Stadttor,Der Abschied (aus der Musik zum I.Akt)

Ⅱ.楚发丁诺(序奏与怪诞进行曲)

Truffaldino(Introduzione e marcia grotesca)

Ⅲ.鄂图王,进行曲 Altoum,Marsch

Ⅳ."图兰朵",进行曲"Turandot",Marsch

Ⅴ.女士闺房。第三幕导奏

Das Frauengemach.Einleitung zumⅢ.Akt

Ⅵ.舞蹈与歌唱 Tanz und Gesang

Ⅶ.午夜圆舞曲(第四幕之音乐)

"Nächtlicher Walzer"(aus der Musik zum Ⅳ.Akt)

Ⅷ."如同葬礼进行曲"与"土耳其风格终曲"(第五幕之音乐)

"In modo di Marcia funebre"e "Finale alla Turca" (aus dem Ⅴ.Akt)

附录一:怀疑与顺命 Anhang I:Verzweiflung und Ergebung

附录二:鄂图王的警告 Anhang Ⅱ:Altoums Warnung

歌剧则有两幕,每一幕中又以连续编号之方式分成两景,亦即是一至四景;歌剧回到 18 世纪末、19 世纪初德国 "歌唱剧" (Singspiel)剧种,如同《魔笛》般,除了音乐之各曲外,尚有人物之间的讲话式的对白。表一示意出勾齐原作和组曲及歌剧之间的剧情和音乐内容关系:

浦契尼的图兰朵

表一

勾齐　组曲(1905 至 1921)	歌剧(1917 至 1921)

第一幕　　　　　　　　　　　　　　　　　第一幕第一景

　　Ⅰ. 行刑,城门,告别 ⟶ No.1

　　（第一幕之音乐）　　　　　　　　　　No.2

　　　　　　　　　　　　　　　　　　　No.3*

　　　　　　　　　　　　　　　　　　　No.4

第二幕　　　　　　　　　　　　　　　　　第一幕第二景

　　Ⅱ. 楚发丁诺(序奏与怪诞进行曲) ⟶ No.1

　　　　　　　　　　　　　　　　　　　No.2

　　Ⅲ. 鄂图王,进行曲 ⟶ No.3

　　　　　　　　　　　　　　　　　　　No.4

　　　　　　　　　　　　　　　　　　　No.5

　　　　　　　　　　　　　　　　　　　No.6

　　Ⅳ. 图兰朵,进行曲 ⟶ No.7

　　　　　　　　　　　　　　　　　　　No.8

　　　　　　　　　　　　　　　　　　　No.9

第三幕　　　　　　　　　　　　　　　　　第二幕第三景

　　Ⅴ. 女士闺房。第三幕导奏 ⟶ No.1

　　Ⅵ. 舞蹈与歌唱 ⟶ No.2

　　　　　　　　　　　　　　　　　　　No.3*

第四幕　　　　　　　　　　　　　　　　　No.4

　　Ⅶ. 午夜圆舞曲 ⟶ No.5

　　（第四幕之音乐)) ⟶ No.6

　　　　　　　　　　　　　　　　　　　No.7

　　　　　　　　　　　　　　　　　　　No.8

　　附录一:怀疑与顺命(1911)

　　附录二:鄂图王的警告(1917/1921)

第五幕　　　　　　　　　　　　　　　　　第二幕末景

　　Ⅷ. "如同葬礼进行曲"与 ⟶ No.9

"土耳其风格终曲"

（第五幕之音乐）

箭头表示音乐之间关系如下：

[实线]：表示两曲完全相同；

[虚线]：表示两曲具有主题或动机使用之关系。

　*由藏于柏林国家图书馆音乐部门之卜松尼《图兰朵组曲》草稿[笔者在此特别感谢柏林国家图书馆音乐部门 (Staatsbibliothek zu Berlin-Preußischer Kulturbesitz, Musikabteilang mit Mendelssohn-Archiv) 提供馆藏作为研究使用，并应允得以将相关之研究出版。有关该批卜松尼《图兰朵》系列作品之草稿详情，请参考 Lo 1996, 247 ff.]可以看到，这一曲的构思在组曲时代已经存在，但直到谱写歌剧时才被使用。

　　为了便于区分组曲与歌剧作品内容，以下将以罗马数字表示组曲之各曲，阿拉伯数字表示歌剧单曲。

　　由组曲 I 的标题即可看到，卜松尼为勾齐的第一幕只写了一首曲子，它后来成为整个歌剧第一幕的音乐基础。组曲系以一个定音鼓的动机 ♩♩♫♩ 开始，[这个动机和韦伯《图兰朵剧乐》(op.37)中之主要动机之一颇为相似；于卜松尼在其言论著述中，亦曾提到这部作品，韦伯之作品或许对其《图兰朵》创作有所影响。有关韦伯该作品，请参考罗基敏《这个旋律"中国"吗？……》，op.cit.。]亦见诸于歌剧第 4 曲之开始，歌剧则是以另外两个动机开始：

谱例一

1. Introduktion und Szene.

行刑动机

城门动机

在此,"行刑动机"系由木管乐器奏出,音阶上下起伏之"城门动机"则来自组曲之第55小节以后的音乐。之所以以此二名词称此二动机系根据卜松尼自己于其草稿中之命名,观察此二动机在歌剧中的使用情形,可以看到行刑动机经常在和死亡有关的时刻出现,例如第一幕第一景第2曲《悲歌》(Lamento)之导奏、第一幕第二景第5曲《对话》(Dialogo)鄂图王试图劝阻卡拉富时,或者之后之第7曲《进行曲与场景》(Marsch und Szene)之最后,当猜谜一景开始时;城门动机则在第一幕第一景第1曲中间,卡拉富和巴拉克重逢时,以及之后第2曲萨马尔罕王子之母上场时可以听到,二者均以城门为其场景。在歌剧第二幕终曲里,卜松尼再一次结合了两个动机:图兰朵当众宣布了王子的出身和姓名后,众人大惊,鄂图王失望地咒骂"谋杀父亲的凶手"(Vatermörderin!),楚发丁诺幸灾乐祸地暗自高兴"这下整个游戏可快乐地结束了"(Somit Wär' das Spiel nun glücklich aus),合唱团反复唱着谜底,乐团则奏出行刑动机和城门动机,一切仿佛又回到开始。

大键琴前之卜松尼

歌剧第1曲标题为《导奏与场景》(Introduktion und Szene),表示了导奏直接进入正戏,而无独立的序曲。在该曲中间幕启,卡拉富以"跳着出现在城门之前"(sorengt herein vor das Tor)的方式上场时,乐团奏出卡拉富动机(见谱例二),这一段音乐在组曲Ⅰ中即已存在,但在歌剧里才可见其音乐戏剧构思之意义。

谱例二

卡拉富动机

组曲之Ⅱ、Ⅲ曲完全被接收在歌剧之相关场景中：第Ⅱ曲成为第一幕第二景第1曲《导奏与小咏叹调》(*Introduktion und A-rietta*)，为宦官头子楚发丁诺上场的一曲；第Ⅲ曲则是之后不久的第3曲《皇帝上场》(*Einzugdes Kaisers*)。以组曲之第Ⅳ曲为基础，卜松尼不仅写了歌剧中图兰朵上场的第一幕第二景之第7曲，还继续以原有的材料延伸出整个猜谜场景之第8曲。图兰朵上场的歌词透露了她对这一位追求者之特殊感觉，上场的旋律在剧中代表着图兰朵，故称之为"图兰朵主题"：

谱例三

图兰朵主题

Weh, andren gleicht dieser nicht.	怎么,此人和他人不同。
Was berührt mich jäh so fremd	是什么让我觉得陌生又新颖?
und neu?	
Seltsam wirkt des Knaben Gesicht,	这男孩的脸给我奇怪的感觉,
Es anzusehn macht fast mich scheu.	凝视它几乎让我羞怯。
Wie mild es zu mir spricht!	它多温柔地对我诉说!
Weh mir!	我怎么啦!
Noch einmal sein will ich Turandot,	我要再做一次图兰朵,
Sein Tod wird auch mein Tod.	他的死亡亦是我的死亡。

之后不久,在图兰朵和卡拉富的二重唱段落里,图兰朵重复着其歌词,卡拉富则表达其宁愿以生命做赌注,获取图兰朵的决心。在音乐中可以看到,两人的旋律最先个别独立进行,最后则以平行的方式结束,预示亦暗示了两人已有之对对方的好感:

谱例四

KALAF: 卡拉富:

Von Glück erschimmert ein Gesicht,   幸运地闪耀着一个脸庞,

mein Leben spiel'ich gegen ein Gedicht,   我将生命赌在一首诗上,

在猜谜场景里,图兰朵出第三个谜题后,揭开脸上面纱,使得卡拉富一时因其美丽而眩惑,陷入迷惘中不能自已,而无法立即解谜。[这一段在勾齐和席勒的《图兰朵》中均有,并非卜松尼新创。]在卡拉富喊着"噢,光辉! 噢,幻像!"(O Glanz! O Vision!)时,乐团奏出图兰朵主题,当他逐渐恢复神智时,乐团里则响起他的动机,表示他又回到正常状况了。

组曲的第Ⅴ曲《女士闺房》虽提供了歌剧第二幕第三景第1曲《有合唱之歌曲》(*Lied mit Chor*)之基础,但二者却在多方面有很大的出入。组曲在乐器上仅使用了长笛、小号、定音鼓、三角铁和竖琴,并交互着以长笛和竖琴奏出《绿袖子》(*Green sleeves*)之歌曲旋律;[Edward J.Dent 曾指出,白辽士(Hector Berlioz)之《耶稣之童年》(*L'Enfance du Christ*) 系组曲此首之配器参考来源,关于此点在后面会继续讨论;至于《绿袖子》为何在此出现,亦会在后面提及。]在歌剧中,乐团部分还加上单簧管、英国管和弦乐,歌曲旋律则由一位女声领唱和合唱呈现。除此以外,在细节之动机处理、旋律运用、乐器使用上,二者都有很大的出入。最明显的差别则在调性进行上:组曲以G大调开始,自第七小节起,转入e小调;歌剧则以e小调开始,在到《绿袖子》旋律第一次出现,并完整地被呈现之时,调性一直徘徊在f小调和e小调之间;在该曲结束时,又由E大调经过e小调转到G大调上。由于歌剧此曲之长度要比组曲第Ⅴ曲来得短,其复杂转调过程赋予作品明显的不安定性。这些种种差异应源于该曲在组曲和歌剧中担负了不同的戏剧功能,在组曲里,该曲仅描绘出"女士闺房",故而是轻柔地以小行板(Andantino)进行;在歌剧里,它则预示了之后不久的第3曲里,图兰朵心中的不安,以小快板(Allegretto)演出。同样作为一幕的开始,卜松尼在写作歌剧时,明显地有着不同的戏剧思考。

组曲第Ⅶ曲《午夜圆舞曲》之内容可以清楚地分成三段,根据卜松尼之草稿,应该描绘三个午夜场景:楚发丁诺上场、小小的跳跃动机(第一个梦)以及热情的动机(第二个梦);场上的人物除了楚发丁诺外,还有阿德玛。[Lo 1996, 254。]这一曲之音乐在歌剧中被分散使用在第二幕第三景第3曲《宣叙调与咏叹调》(*Rezitativ und Arie*,亦是图兰朵之咏叹调),以及同一景之第8曲《间奏曲》(*Intermezzo*)里;在两曲中间,卜松尼加写入的场景则和他在写作组曲时的思考略有出入:不仅楚发丁诺、阿德玛先后和图兰朵对话,鄂图王亦和潘达龙内及塔塔里亚上场,试图改变图兰朵的心意。

卜松尼为莱茵哈特柏林演出《图兰朵》所加上的组曲之《附录一:怀疑与顺命》使用了原有诸曲中之不同动机,其音乐内容本身则分别被置入歌剧之两幕之第9曲中。在歌剧完成后才加写的《附录二:鄂图王的警告》仅有三十二小节,在卜松尼的设计中,它在组曲里亦不是独立的一曲,而是:

> 和其他组成《图兰朵组曲》以及话剧配乐之九曲不同的是,这新的一曲来自歌剧《图兰朵》。好说话的父亲和皇帝不再有耐心,并对女儿图兰朵的倔强真的感到累了。在这一景中,他以庄严的举止上场,在她迈出最后不理智的一步前,警告她,原有的土耳其风格终曲,和原有的以及新的音乐一起,进入展开的欢畅。[写于1920年11月,见 *Fünfundzwanzig Busoni-Briefe*, eingeleitet und hrsg. von Gisela Selden Goth, Wien/Leipzig/Zur ich 1937, 53。]

在组曲总谱之最后,则有下列的说明:"稍后进入的其他乐器在这32小节中暂时休息,在《图兰朵组曲》第Ⅷ曲号码43处再继续演奏,直到结束。"[Breitkopf & Härtel 总谱编号 B.1976a,版权年份1918。]换言之,附录二并非独立的一曲,而系要插入原有之第Ⅷ曲中演奏的。这一曲系以"送葬进行曲"(Marcia funebre)[卜松尼草稿中,此曲被标上"八、错误的哀伤"(8.Die falsche Trauer),Lo 1996,255。]开始,它亦是歌剧末景的开始,以图兰朵主题为其中心;在全曲中间部分,图兰朵主题开始逐渐变化,拥有愉悦的味道,并一直继续至带入最后的《土耳其风格终曲》。

谱例五

在歌剧中,介于"送葬进行曲"和《土耳其风格终曲》之间,则是图兰朵解卡拉富的谜、图兰朵的转变以及卡拉富的"最后一个谜"。[有关歌剧《图兰朵》中所有的谜会在后面提到。]在"土耳其音乐"响起时,舞台上则是图兰朵换装的典礼以及准备婚礼的场景;由作曲家之草稿可以看到,这一段在创作组曲时已在构思中,但在歌剧中才获得实践。

另外一个亦是在组曲时已构思,但在歌剧中才写作的构想为"画像",即是卡拉富看到图兰朵画像时的曲子,其中开始的小节确实在歌剧第一幕第一景第 3 曲《咏叹式》(*Arioso*)中被使用,之后可见图兰朵主题以三连音的方式出现,这一个乐思则在歌剧中未被完全接收。此外,组曲草稿中有关猜谜的乐思则在组曲和歌剧中均未被使用。

由以上组曲与歌剧之对照分析可以理解,卜松尼于其 1916 年 11 月 9 日之信中所言"以现有《图兰朵》的材料和本质完成一部两幕歌剧。……我完全独立地重新写作剧本……工作的困难度比我原来想像的要高,但现在渐渐容易了"之意所何指。明显地,组曲之音乐戏剧构思透过歌剧之继续铺陈方得以彰显,而歌剧之音乐戏剧结构则系建立于已有之组曲音乐戏剧内涵上。

三、卜松尼《图兰朵》之异国情调

在卜松尼于 1905 年 8 月 21 日写给他母亲的信中,我们读到:"我选了那残忍、诱惑的中国(或波斯,谁知道)公主图兰朵童话。"这一句话透露出,在卜松尼的《图兰朵》创作中,他要建构的是一般的异国色彩,而非纯粹的中国氛围。在莱茵哈特筹划演出勾齐的《图兰朵》于柏林首演以前,卜松尼写了一篇《谈图兰朵的音乐》(*Zur Turandotmusik*)。[*Zur Turandotmusik*, in: Ferruccio Busoni, *Von der Einheit der Musik*, op.cit., 172/173.]说明他对这个题材的看法和他谱写音乐的出发点。在有关音乐素材方面,他提到:

我只使用了原始的东方动机与用法，并相信避免了一般习惯的剧场异国情调。

韦伯(Carl Maria von Weber, 1786—1826)曾为席勒的《图兰朵》写作话剧配乐。

在其组曲之草稿中，可以找到卜松尼这一句话的答案："见第十一曲 Ambros 与 111 页 6.18.63/64/65/69/73"。[Lo 1996,257。] Ambros 意指安布罗斯(August Wilhelm Ambros)之《音乐史》(Geschichte der Musik)第一册，其中的八个旋律被用于卜松尼的作品中。[August Wilhelm Ambros, Geschichte der Musik, [1]Breslau 1862;亦请参考 Peter W. Schatt, Exotik in der Musik des 20. Jahrhunderts, München/Salzburg(Katzbichler), 1986, 138; Antony Beaumont, Busoni the Composer, Bloomington, 1985, 81。以下会在谱例说明中标出旋律出自安布罗斯该书之页数。Schatt 在其书中(53—60)只提到了六个旋律，其中四个用在组曲中，显然他未将附录一计入组曲，该曲使用了两个旋律，不仅如此，以下提到之第一及第七首安布罗斯的旋律，Schatt 在其书中亦未提及。此外，在卜松尼之组曲草稿中还有另一首出自安布罗斯该书第 93 页之旋律，但最后未被使用。]根据安布罗斯该书之出处说明，这些旋律除了是"中国的"之外，亦有"土耳其的"，甚至"印度的"。

谱例六

安布罗斯,109 页

卜松尼

第一幕第二景第二曲

第一幕第二景第三曲

在第一幕第二景第 2 曲，楚发丁诺之《宣叙调》(*Rezitativ*)近结束时，出现一号角动机，它宣告皇帝驾到，并且衔接了下一曲第一幕第二景第 3 曲皇帝的上场。在其中，这个旋律系由博士们唱出。这一个旋律为土耳其旋律，同样地，皇帝上场时的旋律亦出自安布罗斯之书，亦是土耳其旋律：

谱例七

安布罗斯，110 页

卜松尼

《舞蹈与歌唱》一曲中则用了一首土耳其及一首印度旋律。土耳其旋律在曲子一开始即出现,亦即是"舞蹈"之部分,由单簧管奏出。此处,卜松尼使用了小鼓、铃鼓等在欧洲音乐史中长久以来被认为是"土耳其"的节奏乐器。

谱例八

安布罗斯,111 页

在该曲之中间,出现了单声部的女声合唱;至合唱之中间部分,歌词"女孩们,欢欣吧!"("Mädchen, freuet euch!")之段落,人声部分继续着 2/4 拍,乐器则改以 6/8 拍演奏,其中长笛、单簧管、双簧管奏出一首印度旋律。卜松尼之所以在此使用此旋律,应和安布罗斯对此旋律之说明有关:"儿童式的愉悦,好像快乐地跳着舞的年轻女孩。"在曲子的最后,歌词之"新郎"(Bräutigam)一字时,又回到土耳其旋律上,亦回到 2/4 拍。

谱例九

卜松尼

安布罗斯,70 页

在卡拉富出谜题以及全剧最后的一个谜里,卜松尼结合了两首印度旋律,这个卡拉富谜题的主题在组曲附录一中即可看到。卜松尼本身以略带"东方味"的语气说明了这个主题:

在戏剧作品中,这首曲子衔接第四幕结束处至第五幕开始处。卡拉富被捕并由守卫带走。虽然如此,可以听到外面传来号角声,这是符合他皇室出身的。他突然有一股怀疑的情绪,伴随着另一个复杂的回忆,其中东方哲学的听天由命排除了这些情绪。他又坚强起来,毅然决然地踏入大厅,幕拉起,第五幕开始。

在音乐会组曲中,此曲应介于第Ⅶ曲和第Ⅷ曲之间。

谱例十

安布罗斯,69页

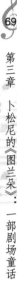

安布罗斯,62 页

卜松尼

卡拉富动机则来自一首波斯旋律之最后两小节：

谱例十一

安布罗斯,104,

105 页

由安布罗斯《音乐史》选取的旋律中，只有一首是中国旋律，它即是图兰朵主题的来源。

谱例十二

安布罗斯,34 页

除了以上八首出自安布罗斯《音乐史》的旋律外，卜松尼尚使用了其他的旋律。第二幕第一景第 1 曲之主旋律即是著名的爱尔兰民歌《绿袖子》：

谱例十三

卜松尼本人对此曲之使用并未有特别之说明，在相关研究资料中，则有认为很可能因为"绿色"象征"不幸"的说法：

……十分可能的是,《绿袖子》的意义在于绿色和其象征。卜松尼确实知道这首曲子的标题和其来源。当他终于接到《图兰朵》要在柏林剧院以其音乐为配乐演出时，他在日记中(1910 年 10 月 9 日)写着：在家，回首看并希望着"有绿

袖子的女士"。（最后这一句用英文写的）这个谜在由 Emil
Orlik 设计的总谱封面继续被传递着：在红、黑和金色之外，
还有第四个颜色，只为了给图兰朵一件有着长长的、飘飘的
绿袖子的服装。[Beaumont, *Busoni the Composer*, op.cit., 82。]

其他还有一些可以被看做是"中国"或至少是"异国"的主
题。第一幕第一景第 3 曲，卡拉富的画像咏叹调系以小提琴之五
声音阶音型开始，它亦是该曲前半部分之顽固音型：

谱例十四

歌剧第一幕里，在卡拉富解开第三个谜后，众人即开始以
"土耳其风"之音乐欢庆，却被图兰朵之拒婚打断；至第二幕最
后，大事既定，众人高呼"爱"(Liebe)之时，这一个在第一幕中未
能继续之音乐才继续下去；全剧结束在《土耳其风格终曲》上。

不仅是音乐，在剧本里，"中国"亦未有重要的分量。根据卜
松尼的看法，"关键字"之存在就够了，[详见后。]剧中偶尔出现的
字眼如"北京"、"城墙"、"孔夫子"、"茶"等等，已足以表示剧情背
景之所在。对作曲家而言，一个混合的、热闹的、无确定所在的异
国氛围要比明确的中国色彩来得更重要。卜松尼对萨马尔罕王
子之母上场的描述即是一例：

　　一位摩尔人，以灿烂的鸵鸟羽毛奇妙地装饰着，坐在一
　　抬轿子上，晃啊晃地，后面跟着一群悲歌女子，仓促地走过。

在萨马尔罕王子之母的《悲歌》中，有一个在律动上和叹息动机相反的悲叹。[此处之"恸啊"（Weh！）和马勒《旅者学徒之歌》（*Lieder eines fahrenden Gesellen*）之第三曲中的"噢，恸"（O Weh！）即为相似。]人声部分仅使用很有限的、无导音的音程，女声合唱为 $^ba^1$–b^1– c^2–$^bd^2$–$^be^2$，王子之母则是 $^bd^2$–$^be^2$–f^2–$^ba^2$。除了这些元素营造出之伪异国氛围外，《悲歌》一曲里尚有三全音音程之使用，这个在欧洲音乐史上的"魔鬼音程"象征着死亡和不幸，在此曲中，它伴随着王子之母悲伤的诅咒：

谱例十五

O Fluch, diesen Mauern,

diesem Lande!

Dreimal verflucht sei die Ungeheuere,

die ihn verdarb!

噢，诅咒，这些墙，

这个国家！

三倍诅咒这个怪物，

这个毁了他的怪物！

四、《图兰朵》与《魔笛》：卜松尼的音乐剧场美学

在卜松尼之《谈图兰朵的音乐》一文中，可以看到他视其《图兰朵组曲》为一剧场作品，借着它，卜松尼要"描绘"勾齐的《图兰朵》：

在德国的音乐作品中，有一些针对话剧戏剧写的古典范例：贝多芬的《艾格蒙》（*Egmont*）、舒曼的《曼弗瑞德》（*Manfred*）、门德尔松的《仲夏夜之梦》（*Sommernachtstraum*）；此外，尚有珍贵的韦伯之半歌剧《欧伯龙》（*Oberon*）。相反地，我在意大利音乐里看不到这一乐种和形式，因之，我可将我针对勾齐之《图兰朵》写的音乐视为第一个尝试，以音乐"描绘"一部意大利话剧。[*Zur Turandotmusik*, op.cit., 以下两段引述亦然。]

让卜松尼着迷的是"素材中之童话特质"：

> 勾齐本身即要求许多音乐，不仅是自然存在的进行曲和舞蹈的节奏，最主要的是素材中之童话特质促使我如此做。事实上，一部"童话戏剧"没有音乐，是很难想像的，尤其是在《图兰朵》里，没有施法过程，音乐担负着重要必须的角色，来呈现这个超自然的、非一般性的元素。

他批评席勒的改编，并以意大利人的身份表达他对勾齐的赞赏：

> 当我谱写《图兰朵》时，我自然而然地以意大利原文为对象，丝毫不管席勒的改编作品，因为我视席勒作品为改编，而非翻译，因而会觉得，如果我使用席勒之作，会让我远离勾齐的精神。对我而言，最本质的是：一种感觉，一切一直是一个游戏，就算是可被列入悲剧性行列之场景亦然，而这一点在席勒的作品中完全看不到。为了达到此效果，对意大利人而言很熟悉的面具角色有很大的贡献，他在威尼斯观众和幻想的东方之间搭起一座桥梁，而去除了一个真正事件的想像。特别是潘达龙内负有这个中介的功能，他代表着威尼斯人的机敏，以他对家乡的影射以及其使用之地方习惯用语，无有间断地提醒着真实的地方所在。这种持续地在激情和游戏之间、在真实与非真实间、在日常生活与异国幻想之间的变换，正是让我对勾齐的"中国剧场童话"感兴趣的地方。

卜松尼的写作《图兰朵组曲》的诉求，经常不为当代人士理解，唯一能够透视其美学理念的一篇文章，出自邓得(Edward J. Dent)针对1911年1月9日之组曲演出所写的评论：

清楚地决定自己想要的，并且直接去做：这是每个意大利人的天性。在节目单里，勾齐的《图兰朵》被描述为一个"中国童话"，较好的说法应是"中国风味"。它不是真正的中国，而是18世纪欧洲的中国，就像我们所熟悉的梅塔斯塔西欧(Pietro Metastasio)之《中国英雄》(*L'Eroe cinese*)［请参考罗基敏，《由〈中国女子〉到〈女人的公敌〉……》，op.cit.。］或者德勒斯登(Dresden)的瓷器，卜松尼在其剧乐中所反映的，正是这种从容不迫的怪诞和扭曲的艺术。就像装饰家将算是中国细节使用在法国洛可可或意大利巴洛克形式中，就像梅塔斯塔西欧将Lo-Hung和Li-Sing改成Loango和Lisinga，并让他们像荻朵(Dido)与安涅斯(Aeneas)般地，说着高度艺术化的意大利文，卜松尼让我们在其奇特的和声和更奇特旋律之多元色彩光辉下，看到了一部莫扎特式框架作品。以"东方色彩"惊吓观众很容易，但要实现一个属于怪诞的课题，且没有一个未计算到的效果，没有一个比例上的错误，则需要几乎天才般的智慧。第五曲——图兰朵的女士闺房——是唯一对我们而言以正常音乐语汇呈现的一曲。它的配器为两支长笛、两支小号、三角铁和两架竖琴，这个方式很可能是受到白辽士之《耶稣之童年》(*L'Enfance du Christ*)影响，卜松尼呈现了他自己是位意大利人，并且是在古典的一边。［Edward J.Dent,*Music in Berlin*,in:*The Montlhy Musical Record*,February 1,1911,32.要一提的是，这篇评论系早于卜松尼自己所写之《谈图兰朵的音乐》。］

最后一句话让我们联想到卜松尼个人于1905年8月21日

写给他母亲的信之内容。邓得的评论深获卜松尼之认同,后者在
1911 年 5 月 10 日写信给前者:

> 你对《图兰朵》的评论是所有对此作品之评论中最审慎
> 的……
>
> 没有一位柏林评论者理解到你正确地称之为"莫扎特
> 式框架作品"的意思,他们也不懂你所清楚定义的李斯特的
> 传承, 更没有发现来自《耶稣之童年》之部分…… [Selected
> Letters, op.cit., No.98。]

分析卜松尼之《图兰朵》歌剧,可以对这两段讨论的内容有
更清楚的了解。比较勾齐的五幕原作和卜松尼的两幕歌剧作品
显示,卜松尼自勾齐作品的每一幕里选用了本质性的元素,完成
一个直线式的剧情进行。歌剧的第一幕包含了卡拉富和巴拉克
的重逢场景以及猜谜、解谜及出谜场景,这两个场景亦分别是勾
齐一、二幕的中心;勾齐三至五幕的中心场景:图兰朵房间、以诡
计得知谜底、鄂图王试图劝阻图兰朵、解谜以及图兰朵的转变则
完成了歌剧的第二幕。这些场景均只短暂地被呈现,整个进行的
方式或可用卜松尼自己的用字"关键字"(Schlagwort)来解释:

> 有如"关键字"在歌剧中担负的成效功能,一般而言,亦
> 可以将它以变化的方式使用在剧情上。就音乐而言,则主要
> 在于创造一个状况,而非给予其逻辑之进行。举例言之,剧
> 情中的一个关键字可以是上场的"对手";观众一看到出现
> 的角色,就清楚地知道是"对手",因而,状况就被创造出来
> 了,而不论此人由何处来以及究竟是何人…… [Entwurf eines
> Vorwortes zur Partitur des "Doktor Faust"enthaltend einige Betrachtungen
> über die Möglichkeiten der Oper, Berlin, 1921 年 8 月, 收录于 Busoni, Von
> der Einheit der Musik, op.cit., 309—333; 此处所引见 328。]

虽然这一段话并非直接针对《图兰朵》而言,但可以解释为何卜松尼未使用一些可以在歌剧中制造音乐戏剧效果的场景,例如猜谜规则之宣布或图兰朵为何要如此做的说明。[这两段在浦契尼的作品中都有着重要的分量。]在卜松尼的《图兰朵》里,这两段都仅在卡拉富和巴拉克的对话中,简单交待过去;卡拉富还未到北京之前,就已经听说了这"天方夜谭"(alberne Fabel)。图兰朵上场时,亦不像勾齐或席勒作品中的情形,她丝毫未提她的想法。不仅如此,作品中的"关键字"更以"关键音节"之方式被使用,以单音节之母音取代清楚的歌词,例如以 la 代表唱歌、o 代表哭泣,或者如三位面具角色经常唱 La tra-la-la 或 Schrum tu-tu-tum等,仅有某种声音效果诉求,而无确实文字内容诉求之地方。

关键字式的处理亦可在图兰朵之转变中看到,如同勾齐一般,卜松尼丝毫不考虑为什么,仅是呈现此一转变而已;[相反地,浦契尼则在此点上大费苦心,终于导致其《图兰朵》之未能完成;请参考本书有关此作品之部分。]此一情形亦可以卜松尼自己的话解释:

在歌剧的领域里,有一种状况,它以任何一种服装、在任何一个时代、在任何一个环境中,都展现同样的、大家熟悉的相貌,(爱情就是这样!)它不会引起任何人的兴趣;最不感兴趣的应是这两位相爱的人自身,他们不能感觉到什么,因为他们自己的经验教给他们不同的东西!……情色根本不是艺术的题材,它是生命的事件。倾向它的人,应该去经验它;但是不要描述它,更不要读那些描述的东西,最不必要的是将它写成音乐…… [*Entwurf eines Vorwortes zur Partitur des* "*Doktor Faust*"……op.cit.。]

如同席勒之《图兰朵》当年在魏玛演出时,歌德和席勒二人均兴致勃勃地写新的谜题一般,卜松尼在他的歌剧里,亦自行新写了谜题,这些谜对作品而言,有着重要的意义。图兰朵给卡拉富之三个谜的谜底分别为"人类的理解"(Der menschliche Verstand)、"风俗"(Die Sitte)和"艺术"(Die Kunst),反映了歌剧创作者的人生观。在音乐上,无论在人声或乐器部分,卜松尼皆以逐渐升高之原则写作这一段。卡拉富给图兰朵猜的谜则以卡农手法写出,很轻地(ppp)结束在"谁"(wer)一字上。除了这四个谜外,卜松尼还意犹未尽,在第二幕终曲时,让卡拉富、图兰朵、合唱团先后唱出一个谜,并且立刻自行解答:

KALAF, TURANDOT UND CHOR:	卡拉富、图兰朵与合唱:
Was ist's, das alle Menschen bindet,	是什么,结合所有人类,
vor dem jedwede Kleinheit schwindet,	在它之前,每件小事都消退,
wogegen Macht und List zerschlägt,	面对它,权力和诡计均破碎,
das Ceringe zum Erhabnen Prägt,	微小展现伟大,
das treibt den Kreislauf der ew'gen Weiten,	将循环驱至永恒的宽广,
umschliesst die Gegensätzlickeiten,	涵括各种相对,
das überdauert alle Triebe,	胜过所有欲望,
das uns vereinte: ist die Liebe!	它让我们成为一体:就是爱!

卜松尼在人物上的处理则显示了他的《图兰朵》兼具"悲喜"(tragicomico)剧之特质。较次要的角色仅被关键字式地提及或昙花一现式地上场。例如卡拉富的父亲帖木儿仅在卡拉富和巴拉克的对话中被提及,但自始至终均未出现;巴拉克亦仅在第一幕之重逢场景出现,之后并未被逮捕及刑囚,换言之,他作为一位忠心仆人的功能在此被去除。其他较重要的角色则各具悲或喜或二者兼具之戏剧性。

阿德玛,图兰朵身边的仆人,在人物表中被说明为"她的亲信"(ihre Vertraute),提供了卡拉富之姓名及出身,因为阿德玛在第一眼看到卡拉富时(第一幕第二景第7曲),就认出了他是她的梦中情人:

ADELMA(*für sich*)：

Das ist ja jung Kalaf,	这是年轻的卡拉富，
der Traum meiner Schulzeit,	我念书时的梦，
er gefällt mir noch immer!	我还是喜欢他！
Ich gewinn'ihn mir zürück.	我要赢回他。

　　卜松尼给予阿德玛的诡计系以卡拉富之姓名出身交换自身之自由，并且能得到卡拉富，是一个一石二鸟之计：

ADELMA：　　　　　　　　　　　　　阿德玛：

Ihr nennt mich Freudin,ja,ich bin's zueuch.	你称我做朋友，是的，我是。
Ich darf es sein,da ich von Kön'gen stamme;	我有资格，因为我来自王室；
doch hält ihr mich als Sklavin,gebt mich frei,	但是你待我为仆人，给我自由，
ihr soll erfahren,was ihr glühend wünscht zu kennen!	你应该知道，你急切想知道的！
Ich schenk euch Freiheit,schenkt mir drum die meine:	我给你自由，你也给我自由：
Zwei kluge Mädchen kommen leicht ins reine.	两位聪明女孩轻易解决一切。
Freiheit gegen Freiheit!	自由换自由！

TURANDOT：　　　　　　　　　　　　图兰朵：

Das wär Verrat!	这是背叛！

ADELMA(*gepresst*)：　　　　　　　阿德玛(受打击地)：

Er hat mich einst verlacht,	他曾经讥笑我，
als ich,ein kind,die Arme nach ihm streckte…	当我还小时，向他表示好感……
ich hab'es nie verwunden!	我一直未能消受！
Nun ist an mir die Reihe,ja,nun ist's	现在轮到我，是的，轮到我。

an mir.

Nun ist's an mir, willigt ein!	现在轮到我，答应吧！
TURANDOT:	图兰朵
Du hast gelitten…!	你受到痛苦……！
Du hast erduldet…!	你忍耐许久……！
das macht allein dich zur Furstin	这可让你成为王室的人(温柔地)
(zärtlich)	
Sei fortan meine Schwester.	现在起，你是我姐妹。
ADELMA:	阿德玛:
O Dank *(beiseite)* O mein Triumph!	噢，谢谢(在一旁)噢，我的胜利！
Und jetzt, Prinzessin Turandot,	现在，图兰朵公主
Süsseste Schwester, horch auf…	好姐妹，仔细听好……
(Sie flüstert Türandot in das Ohr.)	(她在图兰朵耳边低低说着。)

[第二幕第三景第 7 曲。]

当"她在图兰朵耳边低低说着"之时，乐团奏出卡拉富动机。阿德玛工于心计且轻佻的个性在终曲时更清楚地被呈现；当她看到用计不成时，并未有任何悲剧式的举动，如自杀或以咏叹调表达其愤怒，反而不气馁地说着："耐心，耐心(轻轻地)我会找另外一个（下场）。"(Geduld, Geduld (leicht)ich werd'mir einen andren suchen.(ab))因之，阿德玛虽是王室出身，在剧中系符合其仆人身份，为一喜剧型角色。

勾齐原作中被斩首之萨马尔罕王子的老师在此被王子之母亲取代，这是唯一由作曲家自己创造的新角色，亦是剧中唯一可称是纯悲剧型的角色，虽然她上场时的场景说明[请参考前段《卜松尼〈图兰朵〉之异国情调》中有关《悲歌》一曲之部分。]多少亦具有喜剧的味道。她的《悲歌》一曲虽然短小，却无论在歌词及音乐内容上，都关键字式地指涉了莫扎特《魔笛》中的夜之后，两位母亲在她们的曲子中哭诉失去子女的悲恸，并留给在场的王子一张公主的画像，王子看到画像后，立时爱上画像中之人，决定接受三个考验,解救公主。另一方面,以王子之母代替王子之师亦建构了剧中和鄂图王相对应的女性角色,完成了人物结构上的对称排序,亦呼应了《魔笛》中的夜之后与萨拉斯妥(Sarastro)之关系。

中国皇帝鄂图王则是一个悲喜兼具的角色,他的悲剧性见诸于其上场之进行曲(第一幕第二景第 3 曲)以及先后之两首咏叹调《鄂国王之祷告》(*Altoums Gebet*,第一幕第二景第 4 曲)和《鄂图王之警告》(第二幕第三景第 6 曲),两曲皆清楚展现了统治者的气质。由合唱团唱的进行曲为 F 大调,和萨拉斯妥上场前之合唱团音乐调性相同,鄂图王之咏叹调亦和萨拉斯妥之《在这圣洁之殿堂里》(*In diesen heil'gen Hallen*) 有诸多音乐上之相似性。鄂图王的喜剧性则多在其和他人之对话中展现,但又很快地转换为悲剧性,来回变换得很快,例如他首次上场时和两位大臣之对话(第一幕第二景第 3 曲和第 4 曲之间):

鄂图王:

这典礼还是如此盛大,谢谢,谢谢,我亲爱的!

但是看啊,孩子们,这里有股让人难忍的压力,它让我自己连美丽宫廷的旗帜都受不了。因为看着,孩子们,我没有别的意思,我必须爱我的女儿,可是我不是为了残忍而生的!

潘达龙内:

陛下的心有如浸在蜂蜜中的吸水纸——

塔塔里亚:

棉、棉、棉花加猪油——

鄂图王(语带责备地):

潘达龙内?……塔塔里亚?　　(两人欠身行礼)

唉!这一切,我还要看多久?它让我会早死。

当卡拉富对鄂图王问及其出身答以"皇上,一位童话王子"(Sire,ein Märchenprinz)之时,鄂图王说着"(自言自语)看来,他和我女儿一样顽固。（大声说）"〔(für sich)Es scheint, der ist ein ebensolcher Starrkopf als meine Tochter.(Laut)〕

卡拉富的这一个回答让人联想起《魔笛》中，王子塔米诺(Tamino)回答捕鸟人巴巴基诺(Papageno)问题的情形，亦是《图兰朵》中多处呈现卡拉富"童话性格"诸多手法之一。卜松尼将其歌剧标为"一个中国童话"(eine chinesische Fabel)之内涵其实大部分经由卡拉富展露。无论在其台词或对其动作之场景说明都赋予此角色年轻童话王子之特质。卡拉富不仅跳着上场，他的第一句歌词是："北京！奇迹之城！"(Peking! Stadt der Wunder!)在歌剧中，难以找到更可爱的上场方式。卜松尼并常常使用"男孩"(Knabe)一词来指称王子，例如图兰朵上场时，王子说"(稚气地)她来了！"〔(knabenhaft)Sie kommt!〕；图兰朵看到王子时，歌词中有一句"这男孩的脸给我奇怪的感觉"；终曲，当图兰朵解开他的谜时，他并未像在勾齐原作中那样要自杀，而是说："输了！啊！输了！让我走吧！在战争的纷乱中，我寻找死亡……或许忘怀……我还年轻！再会！大家再会！（转身要离开）"〔Verloren! ach verloren! So laβt mich ziehen! Im Wirrsal des Gefechtes such'ich den Tod···vielleicht Vergessenheit···noch bin ich jung! Leb wohl! Lebt alle wohl! (wendet sich zum Gehen)〕如此的设计使得卡拉富一角与其称其是"英雄严肃"，不如说是"可爱轻松"。

图兰朵亦是一个隐性的悲喜兼具的角色，其特色系经过图兰朵主题之处理而展现出来。这个主题第一次系以变化的方式出现于卡拉富的"画像咏叹调"(第一幕第一景第3曲)里，亦即是在图兰朵上场之前，她的主题已经出现了。在她上场所唱的一曲之最后一句"他的死亡亦是我的死亡"时，伸缩号吹出卡拉富动机，一方面强调了图兰朵和卡拉富之关系其实自此时起，已难以分离，另一方面亦预示了几小节之后，阿德玛认出卡拉富之事实。图兰朵主题不仅伴随着她展现其内心之矛盾，并且预告以后剧情进行之情形，亦在全剧开始时即瓦解了图兰朵成为一个完全悲剧性角色的可能。第二幕里图兰朵的咏叹调(第二幕第三景第3曲)更清楚地表达出她内心的挣扎。曲子分为两大部分，每一部分皆以弦乐抖音(tremolo)开始，加上图兰朵本身旋律中之大跳音程，呈现了图兰朵内心之不安：

谱例十六

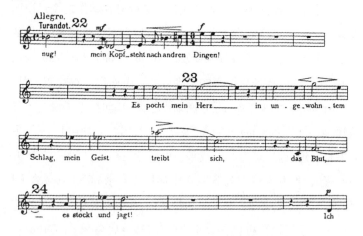

勾齐原作中之四个面具角色中，布里盖拉被去掉了，其他三个角色则明显地各有其特色。在组曲中只见楚发丁诺之名字，在歌剧中，潘达龙内和塔塔里亚亦上场了；潘达龙内随时不忘表露他原为威尼斯商人的出身，塔塔里亚则一路口吃下去，例如第一幕第二景在第3曲和第4曲之间的对话：

潘达龙内：

在我们意大利，陛下，当在剧院里演出谋杀和死亡之场面时，每一个人都会狂喜。但是我能理解，这证明了残忍的口味。

塔塔里亚：

亲爱的陛、陛、陛下，我知道一个英文作品，那里面一个黑得像炭的黑人杀死了一个百合花般白的女士。[这里明显意指莎士比亚的《奥塞罗》(*Othello*)。]那、那、那只是糖和杏仁,若和一位让七位男士先、先、先后被砍、砍、砍头的公主相比。

卜松尼自然不会忽视面具角色之旁观评论功能。在图兰朵首次上场时,潘达龙内即表示"宁愿单脚站在马可教堂之塔尖,也不要躲在这可爱年轻人的裤子里",(Möchte lieber gar auf einem Bein auf der Spitze stehen des Markusturms, als in dieses lieben Jungen Hosen stecken)此处的"马可教堂"自是指威尼斯的标志圣马可大教堂(San Marco);在第二幕第三景里,潘达龙内和塔塔里亚陪鄂图王上场,不仅是二人的台词,尚有场景说明都展现面具角色的特质:

马斯卡尼(Pietro Mascagni),Antonio Piatti 绘。他的《面具》(*Le Maschere*)亦出自 18 世纪的艺术喜剧。请参考本书第一章。

（鄂图王上场,潘达龙内和塔塔里亚跟随在后,两人留在门后,好奇地观望着,观众可以看得到他们。）

鄂图王:

我的孩子! …

图兰朵(保守地):

父王有何吩咐?

潘达龙内(在门后):

青蛙!

塔塔里亚:

没、没、没教养!

……

图兰朵:

父王,我知道或不知道那名字……那是明天

在大殿上即分晓的事。

鄂图王(激动地):

硬骨头!

潘达龙内:

这下她好看了。

鄂图王:

不懂事。

塔塔里亚:

他脾、脾气来了。

鄂图王:

不知羞耻!(他又很庄重)那——

潘达龙内和塔塔里亚总是同时上场,一搭一唱地,相对地,宦官头子楚发丁诺则具有一个独特的怪诞个性,组曲之第Ⅱ曲即以他命名,这亦是他在歌剧里上场的一曲;不仅如此,在第二幕第三景里,他尚有第二首独唱曲(第5曲),于此可见作曲家对此角色之兴趣;在这一首曲子里,楚发丁诺向图兰朵描述他以魔草试图得知王子姓名出身的经过,这亦是只有在卜松尼的《图兰朵》歌剧里才有的场景。曲子的前半是楚发丁诺的叙述,结果并不成功,图兰朵怒斥他"无能的(男)人"(Unfähiger Mann),命他离开;曲子的后半,楚发丁诺委屈地自我解嘲一番,表达对图兰朵的忠诚。在卜松尼歌剧草稿里,有许多页均是有关楚发丁诺的设计,其中一页关键字式地清楚展现了作曲家对这个角色的设计:

楚发丁诺在幕前

楚发丁诺和刽子手

楚发丁诺刺探着

楚发丁诺小铃铛

这四点在歌剧中被呈现的情形如下：

（1）楚发丁诺上场一曲（第一幕第二景第 1 曲）系"在幕前"
演唱；

（2）第一幕第二景第 8 曲中，当卡拉富因眩惑于图兰朵的美
丽，一时未能回答第三个谜题时，楚发丁诺立即把"刽子手"找来；

谱例十七

（3）前面提到的第二幕第三景第 5 曲的前半，即是楚发丁诺
"刺探"卡拉富之经过和结果；

4）在图兰朵宣布每一个谜题前，都由楚发丁诺"摇响一个小
手铃三次"（"Klingelt dreimal mit einer kleinen Handglocke."），

并宣布猜谜开始。

和其他两个面具角色相比，楚发丁诺明显地有着更重要的戏剧地位，他不仅有两首独唱曲，两曲间尚有动机上的关系，他上场的第一幕第二景第 1 曲(见谱例十七)的动机亦在第二幕里他再度上场时被使用。

楚发丁诺的坏心眼、卑躬曲膝的下人个性与《魔笛》里的摩尔人摩诺斯塔多斯(Monostatos)相似，而楚发丁诺的铃铛更可能来自巴巴基诺的魔铃。他的两首咏叹调都属于谐剧的模式，亦让人联想起莫扎特《后宫诱逃》(*Die Entführung aus dem Serail*)里的欧斯敏(Osmin)一角。

在写作面具角色时，卜松尼意大利的一面明显地被突显，除了前面叙述的剧本内容外，尚值得一提的是楚发丁诺首次上场的歌词虽是以德文写的，但其诗文结构却是明显的意大利诗的八音节(Ottonario)结构：

Rechts zunächst der groβe Thron,	右边先摆大皇座，
Links darauf der kleine Thron,	在它左边小皇座，
In die Mitte stellt acht Sessel	在正中间八把椅子
Für der Richter Weisheitskessel,	排给聪明公正法官，
Kehr mir flink den Boden rein,	快给我打扫干净，
Leget Teppich',groβ und klein,	再铺上大小地毯，
Macht,daβ Lampen sei'n bereit	注意，灯笼准备好
Zur Erhellung dunkler Zeit;	照亮昏暗的时刻；
Hurtig,nicht den Takt verlieren.	赶快，不要乱了脚步。
Wollt ihr's nicht am Hintern spüren,	你们不想挨一屁股，
Regt die Belne,spannt die Schenkel,	动动手脚，动动腰身，
Schurken,Diebe,faule Bengel!	无赖，小偷，一群懒鬼！

由卜松尼在创作《图兰朵》系列作品之前、当时及之后的不同文字著述中，可以对他的歌剧美学以及其在《图兰朵》里被实

践之情形一窥端倪。在一篇文章《谈歌剧的未来》(*Von der Zukunft der Oper*,1913)里,卜松尼写着:

> 在谈到歌剧未来的问题时,必须要能经过此问题得到其他的清楚概念:"在什么时刻舞台上一定要有音乐?"明确的回答带来讯息:"舞蹈、进行曲、歌曲以及——当剧情中出现非比寻常之事时。[in:Ferruccio Busoni, *Entwurf einer neuen Ästhetik der Tonkunst*, Trieste, 1907, 190。]

这里解释了歌剧第二幕开始的两曲《有合唱之歌曲》和《舞蹈与歌唱》存在之原因,它们和剧情进行几乎无甚关系,完全系为了歌剧的游戏个性而写。1921 年,卜松尼将终曲中一段原为对话之段落改写成音乐,亦有此用意,因为这里发生了一件"非比寻常之事",众人均以为卡拉富必胜,正高兴着,图兰朵一声"尚未!"(Noch nicht!)打断了欢庆。由谱例十八可以看到歌词本身就是一个音乐游戏。

早在《谈歌剧的未来》一文中,卜松尼已表达了他认为歌剧应呈现超/非自然之事件,并且观众对舞台上之演出不应感同身受之看法,这两点在他谈《浮士德医生》之文章中(1921)继续发展。在后者里,他对歌剧创作的理念更形清晰,他检讨话剧和歌剧在素材选择上的不同:

> 重要的是,歌剧不能和话剧没有分别……
>
> 对我而言,最高的条件是题材的选择。话剧题材有着几乎无限的可能,相对地,歌剧只有特定的恰适"素材",那些没有音乐不能存在、不能完全表达、需要音乐并只有经过音乐才能完整的素材。……和古老的神秘剧再度相连,歌剧应将其形塑为一个非日常生活的、半宗教性的、高举的,并因此激发且有娱乐性的仪式。就像一些最古老的、最遥远的民

族之宗教仪式里，以舞蹈传达讯息；就像天主教由向天主的崇敬演变出半个戏剧般：知道如何聪明且经常有特殊的品位、以神秘之戏剧性来使用音乐、服装和肢体语言。[*Entwurf eines Vorwortes zur Partitur des "Doktor Faust"* …, op.cit., 以下两段引述亦同。]

卜松尼的歌剧剧本均出自他之手，此点亦属于他个人之歌剧理念之一：

歌德(Johann Wolfgang von Goethe)，提西绘。歌德之《浮士德》(*Faust*)引发后世多位作曲家之创作灵感。

因之,作曲家可以指示剧作家很多东西,剧作家则几乎没什么能指示作曲家。最后,只有一个最理想的结合能解决,就是作曲家亦是自己的剧作家,如此,他就不会面对任何异议,在创作时顺着音乐的进行删减、增添、改换文字及场景。

卜松尼更对观众本身之理解能力提出思考:

　　我还要确定的是,歌剧作为音乐创作应一直由一系列短小完整的曲子组成,并且不应有其他的形式。对由一条线不间断地编织、连续进行三到四小时的情形,无论是人类的构思或是接受力,都是不够的。

　　所以,对歌剧而言,关键字是一个难以估计的工具,因为对观众而言,面对的是同时观看、思考和谛听的工作,一位平常的观众(粗言之,观众大部分都是如此)一次只能做到三样中的一样。因此,对位之情形要依所要求的注意力简单化,当剧情最重要时(例如决斗),文字与音乐就退居一旁;当一个思想被传达时,音乐与剧情要留在背景中;当音乐发展其线条时, 剧情和文字就得谦卑。歌剧毕竟是集观看、诗文与音乐于一体的,在其中声音的和画面的作用完成的个性,使得它与没有舞台和没有音乐亦能存在之话剧戏剧,有着清楚的差异。就因为此,诗文的限制是其条件。

　　将这些对歌剧的讨论推到《图兰朵》上,即可看到,在组曲里已有的关键字式的剧情架构以及其音乐内容奠定了歌剧之基础,歌剧的各曲里,音乐、剧情和思想各有其不同之比重。在完全的歌唱形式和完全的说话形式之间,卜松尼依音乐、剧情和思想的重要程度, 不时变换使用了近似说话的歌唱或让歌唱过渡至说话等等手法。卜松尼长年地不时思考"图兰朵",终于使其谱写出歌剧之《图兰朵》。在创作期间的一封信,间接地显示了《魔笛》

可能有的影响：

在气温急速变化（绝无仅有的经验）中，我再度彻底地研究了《魔笛》的总谱，作为一部令人钦佩的作品，它是——作为一整体——较次于莫扎特的其他东西的。

它在三个段落里超越了较早的作品——序曲、三位男孩第一次上场的声响和两位武装男士的神秘气质，此外，相较大家对他的期待，旋律并不会有何差异或较不高贵，而结构上则是草稿性的。夜之后突然开始嘎嘎叫的情形，让我想到爱伦·坡（Edgar Allan Poe）的《塔尔教授与费瑟博士的系统》（*The System of Prof. Tarr and Dr. Fether*）。但是那高度简单地解决此种问题的方式又让人惊讶。

我个人认为此种以对外向的偏好，创造一种冷静安详的艺术之拉丁美德，更为清新。[1915 年 12 月 6 日，给 Egon Petri, *Selected Letter*, op.cit., No.191。]

而《魔笛》正是卜松尼歌剧美学的典范：

我只能想到唯一的一部和此理念最相近的例子，就是《魔笛》。在其中，它综合了教育的、场面的、神圣的和娱乐的于一身，并且还加上一个束缚着的音乐，或者更清楚地说，飘浮于其上并将其综合在一起的音乐。依我的感觉，《魔笛》"就是"歌剧，并且很惊讶地看到，它，至少在德国，竟未能成为歌剧发展的指标！……施康内德（Emanuel Schikaneder）懂得如何思考一个文字内容，其中有音乐，并且能将音乐挑战出来。仅魔笛和魔铃就是音乐的、导引声音的元素。但是除此之外，三位女士的声音、三位儿童的声音是如何聪明地被置入剧本里，"奇迹"如何吸引来音乐，"火与水的试验"如何依着声音的誓言魔力放置，两位武装的守卫者在大门前的警告,系成于一首古老圣咏曲的节奏上!在这里,观赏、道德和剧情携手并进,以在音乐中刻下结合的印章。……[*Entwurf eines Vorwortes zur Partitur des "Doktor Faust"*…, op.cit.。]

早在组曲时代的一页草稿里,就可看到以后之歌剧和《魔笛》之相似性:

> 相当导奏:残忍的(划掉改以)阴郁的画面,在开始时
>
> 三个谜
>
> 爱情与美丽
>
> 经过挣扎成为
>
> 欢喜与解答
>
> 此外:个性的
>
> 阿拉伯进行曲与舞蹈音乐
>
> 面具的喜剧性
>
> 主题"东方"

组曲的"莫扎特式框架作品"的特性在歌剧中继续发展,终于完成了这一部拟讽东方的《魔笛》之《图兰朵》。

1921年5月,卜松尼至柏林参加《阿雷基诺》和《图兰朵》演出之排练工作,并发表演说。在演说中,他完全没提《阿雷基诺》,亦仅在谈到歌剧素材选择时,略微提到《图兰朵》:

> ……仅在素材选取上,就得花几个月的时间,甚或几年,去寻找、求证、选择,但是素材本身却早经由时间和人们准备好了。像"浮士德"是文化和世代的产物,就算是像"图兰朵"那么简单的素材,其本源亦根植于遥远的时间和国家。
>
> 古老的传承经由意大利人勾齐、德国人席勒而有所改

变；韦伯亦早已为席勒的改编作品写了配乐。[*Künstlers Helfer*, Berlin，1921 年 5 月， 收 录 于 Busoni, *Von der Einheit der Musik*, op.cit., 305—308；此处所引见 305。]

或许一直到此时，卜松尼才正式结束了他的"图兰朵"时期，走向《浮士德》的创作。

浦契尼于创作《图兰朵》时

UCKINGHAM PALACE AND VICTORIA MEMORIAL, LONDON

浦契尼写给希莫尼明信片之正反面(Sim 9)；
系 1920 年 6 月 5 日发自伦敦。

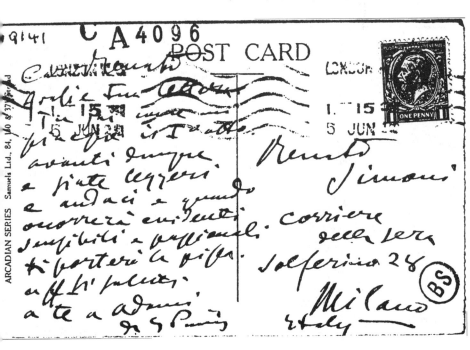

浦契尼写给希莫尼明信片之正反面(Sim 40);根据

邮戳系 1921 年 8 月 21 日发自慕尼黑。

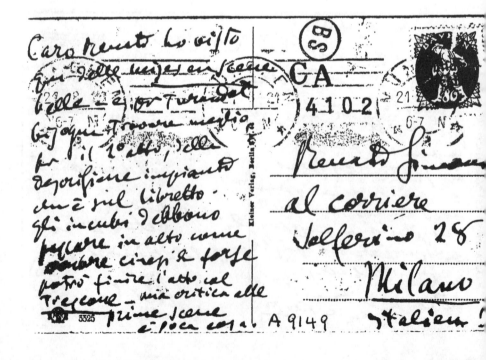

第四章 《图兰朵》:浦契尼的天鹅之歌

Insomma io ritengo che Turandot sia il pezzo di teatro
più normale e umano di tutte le altre produzioni del
Gozzi—In fine: Una Turandot attraverso il cervello moder-
no il tuo, d'Adami e mio.

总之，我认为图兰朵应该是勾齐的作品中最正常又富
人性的戏剧作品。最后:一部经过现代头脑,由你、阿搭弥和
我共同创造的图兰朵。

——浦契尼致希莫尼信,1920 年 3 月 18 日

一、孕育至难产

《图兰朵》的两位剧作家阿搭弥与希莫尼和浦契尼有着不同
的合作关系,至 1919 年之时,阿搭弥已经为浦契尼写过《燕子》
和《三合一剧》中的《安洁莉卡修女》,希莫尼虽然早在 1905 年已
经认识浦契尼,也曾谈过合作的可能,但一直未能付诸行动。[有
关两人之背景,亦请参考本书第一章。]1919 年 9 月 18 日,浦契尼写给希
莫尼一封信, 它很可能就是这位剧作家和作曲家正式开始合作
的前奏:

亲爱的希莫尼:

你答应过我有一天会来透瑞得拉沟 (Torre del Lago)
[地名,风景秀丽,浦契尼长期居住于此,亦是其钟爱之地,他经常在附近打
猎、泛舟。1921 年底,浦契尼始搬至维阿瑞久(Viareggio)。透瑞得拉沟原房

舍今日成为浦契尼纪念馆,大门前有一浦契尼叼着烟的全身像。];我期待着这一天,并且请你事先告诉我。我们可以驾船到湖上去,猎一猎那些稀有动物。太阳大的话,什么都比较慢。不过没关系,我们可以聊天,享受湖上风光……(Sim 4)

比较同时期里浦契尼给阿搭弥的信,可以看到,希莫尼很可能确实应邀去了透瑞得拉沟,并谈起多年前两人就曾有过之合作的构想(Sim 1—3),阿搭弥亦很可能在场。浦契尼和不同人士丰富之信件来往内容显示,作曲家寄予两人深切的厚望,盼能有如同当年易利卡、贾科沙的合作结果。半年后,1920 年 3 月 18 日浦契尼自罗马寄信给希莫尼,内容如下:

我读了图兰朵。

我相信,我们不应该不管这个素材。昨天我和一位外籍女士聊天,她告诉我,在德国,莱茵哈特以很独特之方式演出此剧,她会试着帮我拿到照片,这样我们可以看到,究竟是怎么回事。依我看来,我们应该继续考虑此题材;减少幕数、予以改编,让它短一点、更有效果些,最重要的是要突显图兰朵热情的爱,她一直隐藏在她高度骄傲之后的爱。在莱茵哈特的制作里,图兰朵是一位很小的女人,被高大男人包围,这些人系特别为此目的而找来的;大座椅、大家具,在这之间这位小女人像条蛇以及其独特的充满歇斯底里的心……总之,我认为图兰朵应该是勾齐的作品中最正常又富人性的戏剧作品。最后:一部经过现代头脑、由你、阿搭弥和我共同创造的图兰朵。[Sim 8(CP 766):信封上的邮戳日期则是 1920 年 3 月 17 日。在此特别感激斯卡拉剧院图书馆 (Biblioteca Livia Simoni del Museo Teatrale alla Scala, Milano) 馆长 Giampiero Tintori 先生和工作人员给予必要之协助以及同意浦契尼致希莫尼信件之出版。]

这封信提供了浦契尼决定采用勾齐之《图兰朵》作为其下一部作品素材之最早的证据，从此开始了长达四年以上的创作工作。写这封信时，浦契尼必然未曾想到，到1924年11月29日逝世时，这部歌剧竟然仍未能完成；不仅是未完成的第三幕，甚至全剧的创作过程都一直是浦契尼研究中的"谜"。

即以决定以《图兰朵》作为素材而言，就有许多说法。给希莫尼的信提供的是浦契尼的初步决定，但并未能告诉我们整个过程，阿搭弥的回忆则提供了一个模糊的过程：

浦契尼来到米兰，就像他多次的兴之所至的行程一般，每一次抵达时，就巴不得立刻回家，套用他自己的话，回到他钟爱的松树间。1920年，一个春天的早上，还有几小时，浦契尼就要回去了，希莫尼不带希望地问他："勾齐呢？……如果我们再想想勾齐？……一个童话，或许由不同的童话合成一个典型的童话？……我不知道……充满幻想、时间遥远、以人性的敏感诠释和以现代的色彩呈现？……"

星星之火竟点燃了灵感的火光，在热切的讨论下，由灰烬里，那残忍公主的名字灿烂地升起，在中国角色的环绕下、异国情调的芬芳中、18世纪的馨香里，显赫尊荣、魅力高雅、扑朔迷离的图兰朵，是最美的。

浦契尼带了一本书离开，是席勒改编勾齐之《图兰朵》。[为 Andrea Maffei 翻译的意大利文译本：Macbeth, *Turandot*, Trage-dia di Gugliemo Shakespeare, Fola

本书作者之一罗基敏摄于透瑞得拉沟之浦契尼的铜像旁

tragicomica di Carlo Gozzi, imitate da Frederico Schiller e tradotte dal Cav.Andrea Maffei, Firenze(Felice le Monnier) 1863.]几天之后,他决定选择此一题材。(Ep,252页)

比较阿搭弥的回忆和浦契尼自罗马写给希莫尼的信的内容,可以证实阿搭弥回忆的可信度相当高:"人性"和"现代"应是打动浦契尼的关键字眼。虽然当时没有人提到希莫尼曾经在1912年由《晚间邮报》派驻北京的经历,但是这段短暂的中国之旅对浦契尼的《图兰朵》确实有相当重要的影响。有关之细节会在后面继续讨论。

然而,阿搭弥的回忆中有许多待理清的细节,例如确实的时间,浦契尼离开米兰后去那里,他读的《图兰朵》是哪里来的等等,都曾在不同的浦契尼传记及研究中有不同的揣测。根据多项近年来找到的资料显示,三人在米兰的聚会应在2月底至3月初,希莫尼的建议引起浦契尼的兴趣,他并赶在火车开动前,将席勒之《图兰朵》的意大利文译本交给浦契尼;之后,浦契尼回到透瑞得拉沟,待了很短一段时间,3月15日则到了罗马,在那里,他决定采用这一个素材。[Dieter Schickling,op.cit.,433;Lo 1996, 289/290.]由给希莫尼的信中可以看到,虽然浦契尼读的是席勒的《图兰朵》,但对他而言,"图兰朵"依旧是勾齐的作品;虽然他对图兰朵"隐藏在她高度骄傲之后的爱"很感兴趣,而这一点其实系在席勒作品中非常被强调的。[请参考本书第二章。]

决定素材之后的几个月里,浦契尼与不同人的信件往来显示了他对终于又可以开始创作歌剧的快乐和期待。1920年7月,浦契尼开始构思音乐(Sim 11);1921年春天,剧本第一幕定稿,他的出版商黎柯笛[此时黎柯笛公司和浦契尼来往的主要人士为瓦卡伦基(Renzo Valcarenghi)与克劳塞提(Carlo Clausetti),该公司之两位总经理。]依往例,排版印出第一幕供作曲家与剧作家使用;[la bozza di stampa(印制校稿);详见后。]5月里,黎柯笛开始准备为浦契尼印他专为写这部歌剧所需要的总谱谱纸,[MrCC,1921年5月19日。黎柯笛并非为每位旗下的作曲家都做如此的服务,由此可见浦契尼对该公司的重要性。在此要特别感谢已过世之米兰黎柯笛档案室之前任主任 Carlo Clausetti(他与其叔公,前黎柯笛总经理同名)之协助,方能找到相关信件以及顺利进行解读信件之工作。]可见浦契尼对配器都已成竹在胸。1921年8月1日,浦契尼告诉一位好友史纳柏(Riccardo Schnabl)第一幕已完成(Sch 84)。至此为止,工作进行非常顺利,同时间,浦契尼继续和剧作家进行讨论第二、三幕的细节,也在此时,问题慢慢浮现出来。

问题的症结点在于《图兰朵》究竟该是两幕或三幕?两幕又是如何的两幕?三幕又是如何的三幕?在当年的9月至12月间,浦契尼就深陷在此问题中,无法工作。这一个问题虽在当年年底有了初步的解决,但却因整个剧本架构的大更动,而有许多后续的工作,待两位剧作家完成。[详见后。]进入1922年,浦契尼一方面就手边已有的剧本内容继续谱曲,一方面分头催促阿搭弥和希莫尼,尽早完成一、二、三幕之剧本。由他和两位剧作家之信件往来,我们

浦契尼出生地 Lucca 为纪念其逝世七十周年,特别于1994年11月29日,于其出生之房屋前的广场上立其铜像;本图为铜像之正面,图之右方建筑即为浦契尼出生处。

看到一、二幕的剧本在这一年里终于先后完成定稿；亦正因为此，1922年整年里，浦契尼的谱曲工作几乎局限在第一幕。1922年8月，浦契尼以及两位剧作家开始和黎柯笛讨论签约之事，却直至11月才一切定案；10月29日，作曲家问及制作钢琴缩谱人选一事(CP 846)；11月11日，他在给阿搭弥的信中，提及要请布鲁内雷斯基(Umberto Brunelleschi)设计服装；[Ep 207。这个著名的布鲁内雷斯基的设计却因诸多原因，在米兰之首演时未被使用，而在首演同年(1926)稍晚于罗马之首演(Teatro Constanzi di Roma)才被用到，但设计本身至今依旧被看做是一项艺术创作；请参考Pestalozza, op.cit.。]1922年11月22日，浦契尼通知黎柯笛公司，他的儿子东尼(Tonio)将第一幕总谱带往米兰；换言之，今日的《图兰朵》第一幕在那时已经完成。不仅如此，由当年下半年，诸多和《图兰朵》相关之事如火如荼进行之状况看来，作品之完成可说指日可待。因之，在浦契尼生命尚存的两年里，他竟然没能完成这部作品，实在是很不可思议的事情。

在1922年下半年，浦契尼就不时向剧作家询及第三幕剧本之事，并提出一些想法。11月3日，浦契尼写信给阿搭弥，信的内容一方面显示作曲家的举棋不定——他又徘徊在二幕、三幕的问题中，另一方面亦显示浦契尼直觉式的戏剧思考：

我终于起床了，可是还不是很好，一直到最近都在发烧，希望能很快复原。我心情很坏，也很没劲。《图兰朵》躺在这儿，第一幕写完了，可是对其他部分，我看不到一点光亮，那么黑，可能永远都黑下去！我想过放弃这个创作。就剩下的部分来说，我们走错了路，我们想的第二和第三幕，我看来是个大错误。所以我想回到两幕的方式，所有的都要在第二幕解决。基础是二重唱，它要充满想像，有最大的想像力，甚至可以有些夸张。在这伟大的二重唱里，图兰朵的冰块渐渐溶化，场景可以在一个封闭的空间，并慢慢地转变为一个巨大的环境，充满花朵、大理石像和美妙的景象……那里群众、皇帝、宫廷和所有典礼所需之物均已齐备,等着听图兰朵之爱的呼喊。我相信柳儿要因她的痛苦而牺牲,我想,如果不让她在行刑时死去,是不可能发展这个想法的,为什么不呢? 这个死亡对公主的溶化会有作用……我好像在无边的海洋里航行,这个题材让我才智耗尽,我希望你和 Renato 赶快来这里,我们谈一谈,可能一切还有救。如果像这样下去,就让图兰朵安息吧! ……(Ep 206)

换言之,柳儿的死亡系浦契尼一念之间的决定,目的在于为他要写的"一个伟大的二重唱"作准备,虽然他还不知道究竟要怎么写这个二重唱。由这封信可以看到,全剧的重要剧情到此时均已定案。1923 年 5 月间,阿搭弥来到维阿瑞久,和浦契尼共同完成第三幕之大纲(Sch 120)。之后,由于浦契尼时常生病,工作进度减慢,但还算顺利。11 月 18 日,在给希莫尼的信中,浦契尼告诉他,谱曲已进行到柳儿的送葬进行曲(Sim 57)。12 月 10 日,作曲家开始进行第二幕总谱的配器及完稿工作;[根据浦契尼手稿上之日期。]1924 年 3 月间,[CP 886 及 Sim 61,均写于 3 月 25 日。]全剧的音乐部分已进行到第三幕的一半,亦即是柳儿自尽后的地方,但是浦契尼对两位剧作家写成的二重唱歌词却很不满意, 至少打了四次回票,仍然无法定稿。7 月里,在一封给克劳塞提(Carlo Clausetti)的信中,作曲家表示,或许由他自己将已经有的不同版本拼凑一个版本出来,再请阿搭弥帮忙润饰。[MrCC,1924 年 7 月 19 日。]直到 10 月里,浦契尼才在给阿搭弥的信中表示,希莫尼的歌词不错(Ep 235);10 月 22 日,浦契尼告诉阿搭弥:

……《图兰朵》在这里。希莫尼的诗句很美,我觉得这就是我想要的,我一直梦寐以求的。其他的那些,像柳儿呼唤图兰朵,是没有效果的,你说得没错:如此的二重唱是完整的。或许图兰朵在这一段里话有点多。再看吧,当我从布鲁

塞尔回来后,继续工作时,就知道了。……(Ep 237)

11 月 4 日,他带着这份歌词和记着一些乐思的谱纸启程赴布鲁赛尔接受放射线治疗喉癌,手术虽然成功,浦契尼却因心脏衰竭,于 11 月 29 日突告死亡,终于未能写完这出歌剧,留下无限遗憾!

虽然浦契尼未能写完这首二重唱,但由剧本内容可以看到,他试图使用的音乐戏剧元素主要是吻、宣布名字以及在幕后的声音。而这些元素也确实被阿尔方诺使用,只是在经过复杂的诞生过程之后,今日较通行的阿尔方诺第二版本里,宣布名字和幕后的声音失掉了它们音乐戏剧上的意义。[详见本书第五章。]

由整个创作过程可以看出浦契尼谱写《图兰朵》的瓶颈完全在于剧本,他对剧本架构的不确定,试图求新求变的心理,在整个创作过程中均可见到。自始至终,他没有在乎过卡拉富如何爱上图兰朵,但如同他在 1920 年 3 月 18 日给希莫尼的信中所强调的,"要突显图兰朵热情的爱,她一直隐藏在她高度骄傲之后的爱",浦契尼找到的管道是这首未能完成的"伟大的二重唱"。观察《图兰朵》的音乐戏剧结构,可以发现浦契尼的思考何在。

二、音乐戏剧结构

浦契尼的《图兰朵》每一幕之架构均不同。第一幕之剧情仅自宣旨、故人异地重逢至异国王子报名猜谜为止,和其他的《图兰朵》歌剧相较,要简单得多。然而浦契尼却不以直线的方式铺陈,而系以其相当擅长的多层次架构来写作:以宣旨官宣布解谜不成的波斯王子将被砍头,群众期待行刑、等图兰朵现身的群众场景为背景,在这背景之前演出帖木儿和卡拉富父子异地重逢的剧情,并且轻描淡写地交待帖木儿身旁侍女柳儿的爱屋及乌之忠心行为。重逢的喜悦亦未被多加着墨，紧接着就是行刑场景，图兰朵远远地现身，卡拉富爱上她，决定冒死解谜。就场景分配而言，独唱角色和合唱群众交互出现在前景，图兰朵则不论是否在舞台上，都一直是个很大的阴影，盘踞在后景。然而，在如此的激动中，浦契尼亦适当地建立抒情的暂停段落，卡拉富和柳儿的独唱将各方激情暂时延宕，之后，又是另一波的激情，一直推到第一幕之浩瀚结束。

如此的多层次架构仅能透过音乐戏剧结构之分析方能理解，在直线进行的宣旨场景之后，合唱团的杂沓段落里，冒出柳儿请求帮忙的呼声，而带入故人异地重逢之场景，而这个过程有一大部分系和刽子手仆人上场之音乐重叠，最后在柳儿的乐句"因为有一天，在宫里，你曾对我一笑"(Perchè un di nella reggia, mi hai sorriso)甫落，声音尚未尽之时，重逢场景就被合唱盖过去，而告结束。谱例十九为父子重逢后，帖木儿对儿子叙述两人失散后的遭遇，乐团里之中低音木管乐器和中低音弦乐器支撑着他的叙述，打击乐器则伴随着刽子手仆人之上场，在音乐

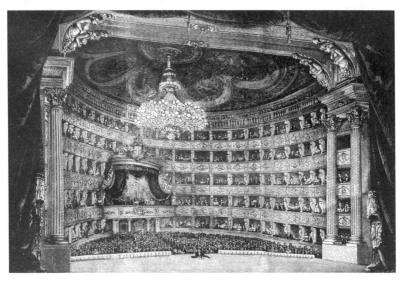

《波西米亚人》1896年首演之图林剧院内部

谱例十九

上即形成两个场景重叠的效果。

第一幕的后半部分系由三位大臣平、彭、庞主导,这三个角色源自勾齐作品中的面具角色。在剧情上,他们是主要试图在卡拉富击锣前劝退他的人;在音乐结构上,他们则和卡拉富、帖木儿和柳儿以及合唱团一同,建构了第一幕以传统方式写成的终曲(Finale)。[进一步之情形将在后面讨论。]接下去的第二幕第一景是《图兰朵》中很特别的一景,它并没有实际上的剧情进行,完全系以艺术喜剧的面具角色为蓝本而写的极具戏剧效果的一景;也由于它最多只能算是反映三位官员心声,和剧情中心无关,故而在幕前进行。这个纯粹自戏剧思考出发完成的一景反映了浦契尼对其时代之剧场美学之关注与吸收,却经常带给不知情的听者以及诠释者摸不着头脑之感。

早在决定采用这个素材之时,浦契尼就开始思考如何运用面具角色,却一直停留在要有悲有喜、是丑角亦是哲人等概念上(Ep 177,178),甚至在1921年春天,当时的第一幕剧本已经成形时,都还看不见对三位面具角色之运用有特殊的构思。前面提到的于1921年9月至12月之间,浦契尼徘徊于二幕与三幕架构之间的《图兰朵》创作危机最后终于化为转机之时,三位面具角色在剧中之重要戏剧性亦终于有了定案,它们不仅在第一幕后半扮演着重要的穿针引线之角色，整个的第二幕第一景都是为他们写的。1922年2月间，浦契尼和希莫尼在米兰碰面，必然对这一个问题交换了意见，因为在 2、3月间，浦契尼给希莫尼和阿搭弥的信中常可见到一些奇怪的字眼，如幕外(fuori scena)、甲板外(fuori bordo)[浦契尼喜爱驾船，此一名词或由此而来。]以及"18世纪的威尼斯"[Ep 205。]等等。由今日的剧本结构来看，这些应都是指第二幕第一景；在这一景里，除了面具角色的戏剧特质外，"中国"地方色彩则是另一个诉求。[Lo, *Ping, Pong, Pang* … op.cit., 亦请参考本书第一章以及本章后面部分。] 浦契尼自己对这一景的满意可在他给阿搭弥的信中看到：

> ……这一段也很难，但也最重要。是没有剧情的一景，也是相当学院的作品。……(Ep 205)

第二幕第二景则完全集中在解谜以及再出谜上，皇帝升朝、群众观看的浩大场面反映出19世纪大歌剧传统之场景诉求。图兰朵上场的一曲"在这个国家"("In questa reggia")在位置上刚好在全剧的中间，以如此长大的叙述作为主角咏叹调的内容，是在浦契尼之前的作品中几乎看不到的；这一曲完成的时间可由浦契尼于1923年6月29日给史纳柏的一封信中略窥端倪：

> ……我工作于第三幕。但，我在哪里可以找到图兰朵？第二幕里，她有一首咏叹调，那让我害怕。需要很多新的东西……(Sch 123)

相形之下，较早完成的第三幕里男高音之咏叹调对浦契尼而言，就显得轻松得多，如同他给克劳塞提的信之内容所显示一般：

> ……图兰朵很好。但是还有很多要做的事。告诉你，有

一首男高音独唱，我相信它会像《星光灿烂》(*Lucevan le stelle*)一样普遍受欢迎。[MrCC,1923 年 6 月 23 日;《星光灿烂》为《托斯卡》第三幕男高音之著名咏叹调。]

浦契尼此处指得自然是《无人能睡》(*Nessun dorma*),它的素材则来自第二幕结束时,卡拉富给图兰朵的谜题。[这个素材亦应是第三幕之二重唱中之重要素材;详见本书第五章。]

浦契尼以类似但具变化的手法处理图兰朵的三个出谜、解谜场景:

表二:

第一个谜	第二个谜	第三个谜
图兰朵出谜 (24 小节)	图兰朵出谜(20 小节) 旁观者发言:皇帝、民众和柳儿(13 小节)	图兰朵出谜(12 小节) 器乐过门(2 小节) 图兰朵得意的嘲笑(12 小节)
器乐过门(2 小节)	器乐过门(1 小节)	器乐过门(6 小节)
谜底: 希望(la speranza)	谜底: 血(il sangue)	谜底: 图兰朵(Turandot)
器乐过门(1 小节)	器乐过门(1 小节)	器乐过门(1 小节)
八智者重复谜底 (3–1/2 小节)	八智者重复谜底(3–1/2 小节) 群众惊喜(1–1/2+1/2 小节)	八智者重复谜底(3–1/2 小节) 群众欢呼 (1–1/2 小节)
图兰朵证实谜底 (1–1/2+1/2 小节)	图兰朵生气 (两次 1/2 小节)	
器乐过门 (4–1/2 小节)	器乐过门 (5–1/2 小节)	群众欢呼之合唱(16 小节)〔过门至图兰朵之恳求〕

图兰朵以"外邦人，你听好！"(Straniero, ascolta!)开始第一个谜，这里所使用的动机亦是之后的两个谜题之基础；甚至卡拉富给图兰朵的谜题亦是以同一动机开始，再转入其本身的旋律。

第三幕第一景则是先以很紧凑的方式进行到柳儿逝去，由于目的在于呈现三位大臣和民众以不同的方法急于知道谜底，或者劝卡拉富离开北京，这些伎俩均仅止于点到为止，一个接一个地进行，未多加铺陈，亦未具有如同第一幕般的多层次架构；柳儿逝去后，再于卡拉富和图兰朵长大的二重唱中，呈现图兰朵的转变；第三幕第二景仅是换景后，图兰朵当众宣布接受卡拉富为夫，系短而有力的一景。如同第一幕一般，二、三幕亦均是以大合唱结束。

如同前面所述，柳儿的死亡系作曲家一念之间决定的。这个决定成于 1922 年 11 月，但直到 1923 年 11 月 12 日，浦契尼才在信中告诉阿搭弥，他要为柳儿在死前写一首曲子，乐思已有，但无歌词，自己编了几句，觉得效果不错，但有些地方不很合理想，请阿搭弥帮忙补几句(Ep 219)；这封信里的歌词就是今日的歌词：

Tu che di gel sei cinta	冰块将你重包围，
da tanta fiamma vinta	终有热火来溶化，
I'amerai anche tu.	迟早也会爱上他。
Prima di questa aurora	就在明日破晓前，
io chiudo stanca gli occhi	我疲惫闭上双眼，
perchè egli vinca ancora	让他能再度获胜，
io chiudo stanca gli occhi	我疲惫闭上双眼，
per non vededo più.	再也不能见到他。

浦契尼再度心血来潮，给予柳儿这一曲，加上之前不久的"是秘密的爱情"(Tanto amore segreto)以及第一幕的"先生，听吾言！"，柳儿在剧中共有三首咏叹调，虽然都很短小，却一再地

加强这个角色的重要性。虽然柳儿的生死和音乐经常决定于浦契尼一念之间,但是剧中要有这么一个对照型的角色却是很早就有的想法。1920 年 8 月 28 日,亦即是决定采用此素材后不久,他在信中询问希莫尼对一个"纤小女角"(la piccola donna)的意见(Sim 13),应就是后来柳儿的前身;次年 1 月到 3 月间,作曲家和剧作家在米兰会面,决定了大致的情节及分幕,"柳儿"一名很可能于此时定案,3 月 26 日这个名字在给希莫尼的信中出现(Sim 24),3 月 30 日浦契尼告诉阿搭弥,他已为柳儿在第三幕中的悲叹一曲找到一个中国旋律(Ep 186);诸此种种,都证实了浦契尼早就将柳儿定型了,观察他以前的作品,即可了解,这是作曲家处理起来得心应手的角色。

乍看之下,柳儿似乎是一个在浦契尼的《图兰朵》中才有的新角色,但和勾齐/席勒作品比较,即可以看到,柳儿其实集合了忠心的王子太傅巴拉克和暗恋王子的图兰朵身边侍女阿德玛的特点,而成为一个又忠又爱的完美角色,也因此能和图兰朵平起平坐,争取卡拉富的爱,虽然卡拉富并不爱她。这一个改变一方面大量地减少了剧中的人物,一方面仍成功地保留原剧人物之间的重要互动关系,受到影响最大的则是图兰朵,她身边没有一个亲信,势单力孤,甚至最后想办法找出王子名字及出身一事,都得由她亲自上阵,在王子

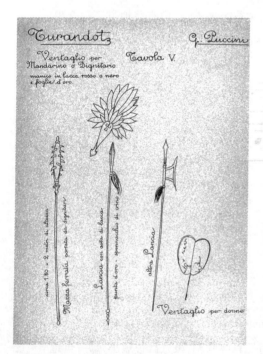

布鲁内雷斯基设计图:道具图五

眼前不计一切后果地进行。不仅如此，柳儿在第一幕里即有一首独唱的咏叹调，图兰朵却只是个巨大的阴影她在第二幕第二景才正式上场，虽也有一首咏叹调，但和柳儿相比，已失掉先声夺人的气势，这应也是浦契尼在写作图兰朵之咏叹调时的思虑之一。如此的设计固将全剧的戏剧张力增大不少，但也提高了图兰朵如何改变心意的困难度，这个在童话中原本即不可思议的结局，浦契尼打算用另一个童话故事的方式解决：柳儿为爱而死让图兰朵震撼，卡拉富的深情一吻，唤醒图兰朵"热情的爱"，而这一切要在一曲长大动人的二重唱中进行。因之，他对二重唱歌词始终不满意是可以理解的，这也就成了《图兰朵》未能完成的症结点。

　　除了各幕有各幕的架构，各曲有各曲之特色外，浦契尼在剧中尚使用了一些动机串起全剧。歌剧以一个四音音型之动机开始，可称其为"行刑动机"，特点在于其中含有之三全音音程（#E-B）：

谱例二十

　　在宣旨官宣旨的每一个乐句结尾处，都可以听到这个动机。在第一幕里，波斯王子被砍头时、刽子手现身时，以及第二幕里，第二个谜之公布谜面和解谜之间，这个动机亦都被使用。除了原始之结构外，由此动机亦演变出来第一幕之刽子手之仆人所唱的进行曲。在全剧中，当剧情或歌词和刽子手、行刑、死亡有关时，几乎都可以见到行刑动机和进行曲被以不同的方式使用，是剧中一个重要的主导动机。

　　浦契尼《图兰朵》中的主导动机手法亦在另一个主题，《茉莉花》旋律之使用上可以看到；此旋律代表着剧中之女主角图兰朵。[进一步之情形会在后面讨论。]行刑动机和《茉莉花》旋律除了分别出现,贯穿全剧外,亦会同时出现,呈现这位死亡公主。在第一幕里,卡拉富看到远处的图兰朵,立刻爱上了她,对帖木儿表示"生命,爸爸,在这里!/图兰朵!图兰朵!"(La vita padre è qui!/Turanot! Turandot!)之后,即将被砍头的波斯王子在幕后亦喊出一声"图兰朵";在卡拉富和波斯王子的"图兰朵"之间,低音竖笛、法国号和小号奏着《茉莉花》旋律开始之部分,其他乐器则奏着行刑动机的变形;(见谱例二十一)在波斯王子的呼喊后,则是连续之行刑动机的进行。

　　然而在《图兰朵》里,无论是这两个重要的主导动机或是其他旋律的动机式使用,包含配器手法,并没有遵循一定的规则,而是在持续变化中;另一方面,除了《茉莉花》旋律和图兰朵有关外,其他的动机、主题或乐想(如五声音阶)主要系随着剧情进行被运用。换言之,作品中虽可见主导动机之手法,但亦仅是浦契尼之诸多手法之一,并不具有绝对"主导"的作用。浦契尼已写完之第三幕的音乐显示,作曲家主要运用了前两幕中已有的材料写作;由其遗留下的手稿亦可看到,他有意继续运用这些材料完成剩下的部分。阿尔方诺所续完的部分和浦契尼谱写部分之最大差异并不在于主题、动机之素材使用上,而在配器上;[详见本书《浦契尼的〈图兰朵〉——解开完成与未完成之谜》部分。]浦契尼的配器手法反映了他的时代对异国地方色彩的声音想像,但是,正由于作曲

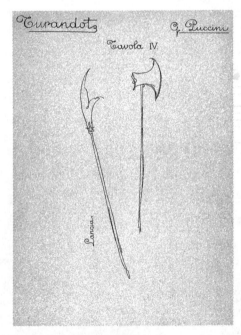

布鲁内雷斯基设计图:道具图四

谱例二十一

家之不拘泥于任何一种写作方式，赋予全剧在声响上持续变化的戏剧效果，而要达到此目的，则非得有一个能搭配之剧本不可。

由浦契尼一封于 1921 年 9 月初给阿搭弥的信[Ep 192；亦请参考本章后面部分。]中，可以看到作

布鲁内雷斯基设计图：道具图三

曲家对这部作品的戏剧结构构思：他希望在卡拉富出谜题给图兰朵猜后的剧情尽量精简，去芜存菁；最后得到了今日第三幕的精减浓缩的剧情。若将浦契尼的《图兰朵》和文学原作相比，明显地，文学原作仅提供了歌剧的剧情和面具角色的戏剧可能性。歌剧剧情里依旧有宣旨、故人异地重逢、解谜、出谜以及图兰朵的转变之重点，但在音乐戏剧设计上，各个重点却有很大的差异：宣旨和故人异地重逢仅被以点到为止的方式处理，系交待剧情的功用；相对地，在解谜、出谜以及图兰朵的转变处，亦即是卡拉富和图兰朵的对手戏所在，浦契尼则多加着墨，细腻从容地经营每一个细节。迥异于其个人以往之咏叹调风格的图兰朵《在这个国家》一曲即是很好的例子。如此之以戏剧性思考出发，浦契尼以其音乐架构出全剧之音乐戏剧结构，是在他自己之前的作品中难得一见的；在《图兰朵》里，他突破了自己已有的成就，也将意大利歌剧之传统推到顶点。[William Ashbrook/Harold S. Powers, *Puc-*

cini's "*Turandot*", *The End of the great Tradition*, Princeton/NJ (Princeton U-niversity Press) 1991, "*Introduction*", 3—11。]

三、两幕与三幕的《图兰朵》：
谈浦契尼歌剧剧本之第一版本

在浦契尼 1920 至 1924 年之信件往来中，提到《图兰朵》时，多半称其为三幕，亦不时可见两幕的说法。由于《图兰朵》最后系以三幕问世，也就很少有人去思考过这个问题。然而，细读一些信件，可以看到《图兰朵》的三幕架构，曾经有过多种可能性。例如 1921 年 12 月 13 日，浦契尼给史纳柏的信中，有如此的句子：

> ……《图兰朵》会是三幕。我已经有的第一幕会变成两幕，因此，第三幕会是我的第二幕，就这样。(Sch 90)

这里的每一句话都是谜，什么是"我已经有的第一幕会变成两幕"？什么又是"第三幕会是我的第二幕"？这里的一、二、三幕和最后的一、二、三幕又有什么关系？再看前面所引浦契尼于 1922 年 11 月 3 日给阿搭弥的信之内容：第一幕写完了，可是还不知道第二、三幕是怎么回事；至少可以知道，最后的三幕和刚开始的三幕是不同的。今日，我们虽然无法重组所有的可能性，但是就目前找到的资料而言，至少可以看到最后的三幕是如何形成的。

由作曲家给剧作家的信中，可以看到，《图兰朵》本来即应是三幕。[例如 Ep 181, 1920 年 7 月 18 日。]根据阿搭弥的回忆，第一幕剧本最早的手稿有九十多页，剧情自宣旨官宣旨开始，一直到卡拉富解谜后，又出谜给图兰朵猜为止；阿搭弥自己称这一幕是"没完没了"(infinito, interminabile)。[Giuseppe Adami, *Puccini*, Milano

(Treves) 1935, 176 ff.]浦契尼看了以后，评论道"这不是一幕，这是一个会议"[Ibid., 177。]。浦契尼指的应该不是剧情，而是剧本台词内容太多，必须大加删减。1921 年 1、2 月间，浦契尼人在米兰，由他和两位剧作家的信中几乎没提到《图兰朵》之事实，可以想见他必然和两位剧作家面对面谈过，并且应该获得了共识。浦契尼于 1 月 23 日和 2 月 8 日给希莫尼的两封玩笑信，亦证实了他们的见面结果丰硕；1 月 23 日的信是一个浦契尼不知由何处得来的中国药方（见图一），浦契尼写上发信的地点为"北京（Brianza）"〔Pechino（Brianza）〕为一个玩笑；Brianza 为米兰近郊之小地方，对米兰人而言，那里的人智商都有问题；[Sim 20。该药方系印在薄薄的油纸上，文字及框框均是红色，对年在四十岁以上之中国人而言，应很熟悉；至于浦契尼是否知道文字的意思，颇值得怀疑，他的玩笑亦只有米兰人会懂，例如浦契尼传记作者德国人 Schickling 即误以为该信真发自 Brianza；Schickling, op. cit., 347。]2 月 8 日的信则系两句十一音节的诗（endecasillabo）：

Bevi una tazza di caffè di notte!	喝上一杯那深夜里的咖啡！
Vedrai, non dormi!	起来，别睡觉！要想着图兰朵。[Sim 21
E pensi a Turandotte.	(=CP 789)；浦契尼喜欢以打油诗的方式写信给剧作家，本信只是其中一例，亦请参考本书第一章。]

浦契尼致希莫尼信原件影本，1921 年 2 月 8 日

这一段时间的会面及工作结果为剧本第一幕的"印制校稿"（la bozza di stampa），系印在质地较差的纸上，且不装订、仅供作曲家和剧作家工作用的散装版本。在浦契尼创作《波西米亚人》的时代，朱利欧·黎柯笛系亲手为浦契尼抄写不同的剧本版本，约在1900年左右，黎柯笛公司才开始做印制校稿。[以商业角度观之，歌剧完成后，出版商即可在很短期间内发行剧本，出售获利，有其一举两得之效；另一方面，并非所有的印制校稿都经过作曲家谱写，也并非都很完整，例如《图兰朵》即是一例。对后人而言，可经由这些不对外发行之印制校稿，找到许多不为人知的歌剧史细节。]《图兰朵》第一幕的印制校稿之确实印制时间不是很清楚，但由浦契尼于1921年3月21日自蒙地卡罗（Monte Carlo）给希莫尼的信之内容，可以看出第一幕的印制校稿应该已经印好：

……后天我回透瑞得拉沟，最多待八天，然后回米兰。希望能看到第二幕已经印了。你就可以和阿搭弥进行第三幕，在短时间内应该可以完成，就可以交给我。[Sim 23(=CP 792)，发信邮戳日期为1921年3月21日；浦契尼信上只写了"星期日"（Domenica），CP的资料3月22日可能来自信寄到的邮戳日期。]

浦契尼将一份印制校稿送给好友史纳柏，并在上面亲笔写着：

给好友史纳柏／这图兰朵剧本的第一个草稿／但郑重地请求不要让任何人看、任何人读，也不要告诉任何人／挚爱的G.浦契尼，1921年4月8日。[Sch，133页。该文件之正本藏于何处，依旧成谜。笔者手中握有之影本系由Edoardo Rescigno先生提供，在此表示感谢。]

这一份印制校稿即是《图兰朵》剧本第一版本的一部分，由前面提到的《图兰朵》创作过程可以看到，第一版本其他的部分则胎死腹中，未能问世。比较此一版本以及最后被谱写的版本，可以看到此一版本即是本文前面提到的阿搭弥称之为"没完没了"的经修改后的版本；就剧情而言，系今日第一幕至第二幕结束的进行。

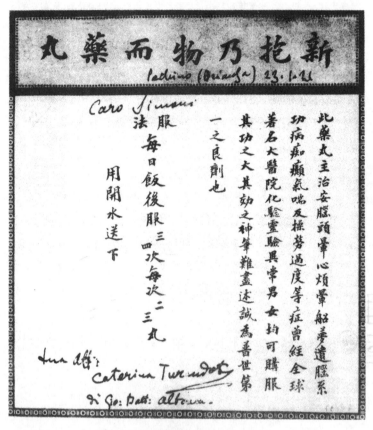

图一：浦契尼致希莫尼信原件影本，1921 年 1 月 23 日

以下即表列出两个版本之剧情大纲比较：[完整之剧本两个版本比较请参考 Lo 1996, Anhang Ⅱ：*Synopsis der drei Librettoversionen von Puccinis "Turandot"*, 413—463。]

表三：浦契尼《图兰朵》剧本前后两种版本比较

第一版本(la bozza di stampa)	今日的定稿
两个版本差异处于〔〕中表示； 〔〕使用符号说明：--删减，‖搬移，**更改，++添加。	
一、相异之角色名称	
Calaf I Manigoldi(混混) 〔无〕 Le Maschere(面具) Le Fanciulle(少女们)	Il Principe ignoto(陌生王子) I servi del boia(刽子手之仆人) I sacerdoti bianchi in corteo（宫廷白衣神职人员） I Ministri(大臣) Le Ancelle di Turandot（图兰朵之侍女）
二、剧情内容比较	
第一幕	第二幕
自宣旨官宣旨至解谜失败的波斯王子被斩首。	
三位官员现身劝阻王子	三位官员现身劝阻王子 〔--略有删除--〕
以往被斩首之诸王子鬼魂劝阻王子	〔--删掉大部分--〕
王子不顾一切敲锣报名解谜	〔‖移至后‖〕
帖木儿及柳儿伤心欲绝	〔--删掉--〕
王子将父亲托付予柳儿(Non Piangere Liù！)	〔‖移至后‖〕
	〔++帖木儿对王子动之以亲情++〕
柳儿悲歌（Per quel sorriso）	〔**柳儿悲歌劝王子**〕 (Signor, ascolta！) 〔‖王子将父亲托付予柳儿‖〕

浦契尼的图兰朵

	(Non piangere Liù！) 〔++众人合力再劝王子++〕 〔|王子不顾一切敲锣报名解谜|〕 〔第一幕结束〕
	第二幕第一景
	〔++三位官员抱怨目前身不由己的处境,又盼望图兰朵能早日找到如意郎君,以结束此一残忍的游戏++〕
	第二幕第二景
皇帝升朝,试图劝退王子,不成,图兰朵上朝。	
	〔++图兰朵叙述前世++〕 (In questa reggia)
图兰朵出谜,王子三度解谜成功,图兰朵反悔不欲嫁。王子建议,若图兰朵于次日凌晨前,能猜出他的名字,他愿放弃她并赴死,图兰朵同意,皇帝下朝。	
第一幕结束	第二幕结束

由剧情比较可以看到,若以最后完成的版本来看,在第一版本中少了三个重要的段落：

(1)第一幕的终曲；

(2)第二幕第一景,亦即是三位大臣的一景；

(3)图兰朵的咏叹调《在这个国家》(*In questa reggia*)。

因之,当浦契尼于 1921 年 8 月 1 日的信中,告诉史纳柏,他写完了第一幕时(Sch 84),他完成的其实是今天第一幕的部分里,由开始到卡拉富的《别伤悲,柳儿！》(*Non piangere Liù*！)以及第二幕第二景除了图兰朵之《在这个国家》以及男女主角之二重唱《谜题有三个,人只活一次!》(*Gli enigmi sone tre,una è la vita!*)之外的音乐。[浦契尼信中所谓的"完成"经常指的是以类似钢琴缩谱方式写的音乐初稿,上面亦有关于使用乐器的笔记,只差尚未誊写成总谱;对浦契尼而言,最后的写成总谱经常只是一个机械化的工作。请参考本书第五章,亦请参考 Jürgen Maehder, *Giacomo Puccinis Schaffensprozeβ im Spiegel seiner Skizzen für Libretto und Komposition*, In: Hermann Danuser/Günter Katzenberger (eds.), *Vom Einfall zum Kunstwerk–Der Kompositionsprozes in der Musik des 20.Jahrhunderts*, *Laaber*(Laaber),1993, 35—64。]

由前面所引之浦契尼于 1921 年 3 月 21 日给希莫尼信之内容,可以看到,虽然"第一幕"已经俨然成形,第二、三幕却最多还只是作曲家和剧作家当时的共识而已。接下去的时日里,浦契尼一方面谱写第一幕,一方面等着第二幕的剧本,当它的初稿终于在 8 月初到达浦契尼手中时,他却非常不满意,[Sim 38(=CP 811), Sim 39(=CP 814)以及 Sim 40(= CP 815)。]而有过许多想法(Sch 87),最后他认为整个歌剧可能以两幕完成,会较为恰当。在一封给阿搭弥,但未署日期的信中,他表示了他对《图兰朵》当时三幕架构的质疑:

　　……我想两幕的《图兰朵》应该是正确的方式。剧情自黄昏时刻开始,结束在次晨黎明时分,是个夜晚的第二幕,在最后转至晨曦。……我觉得它可以在芬芳的清晨和旭日初升的情境里结束。……(EP 192)

类似的看法亦在 1921 年 9 月 13 日给希莫尼的信中出现:

　　……就《图兰朵》而言,我觉得好像迷失在一片雾茫茫的空气中。这第二幕!我找不到出路,或许我那么痛苦,是因为一直在想:《图兰朵》应该是两幕。你说呢?你不觉得在

猜谜之后到终景之间会冲淡戏剧效果？……我不知道什么
架构才对，只是觉得再来两幕太多了。《图兰朵》以大的两
幕呈现！为什么不？……我只是相信，《图兰朵》三幕会太长
了。……〔Sim 41（=CP 816）〕

第二天，9月14日，浦契尼写信给阿搭弥：

我寄给希莫尼第二幕的一个大纲：图兰朵在猜谜之后，
情绪不稳地上场。一个短景，以胁迫结束：今晚北京城无人
能睡。男高音的短曲（romanza）。之后不要宴会，改为三个面
具为主，他们提建议、饮酒、色诱卡拉富泄露谜底。他说：不，
会失掉图兰朵。建议他逃走，他说：不，会失掉图兰朵。之后
以匕首要挟，官员恳求、小的冲突、纷乱。图兰朵上场，众人
退去。二重唱，很短；之后行刑，也很短，等等，一直到我失掉
她了。图兰朵上场，脸红心跳。柳儿留下和图兰朵对话。暗
场，换景。黄色和红色的房间，图兰朵和奴隶，盛装。心中忌
妒。暗场，之后末景，辉煌的白和红：爱！你觉得如何？如果
觉得不错，我马上过来找希莫尼，几天之内可以有伟大的一
幕。(EP 193)

比较这封信的内容和浦契尼给希莫尼的一封未注明日期的
信之内容，可以看到给希莫尼的这封信正是所谓的"第二幕的一
个大纲"。这一封早在加拉（Eugenio Gara）编的《浦契尼信集》
〔*Carteggi Pucciniani*,ed.by Eugenio Gara,Milano(Ricordi),1958.〕中以编号
777(CP 777)印行之信，由于解读上的错误以及加拉自行加上去
的日期"1920年12月"(Dicembre 1920)，一直未引起学者特别
之注意及诠释；事实上，在1920年12月之时，《图兰朵》连第一
幕都尚未成形。

这一封信(Sim 42)有两页(图二)，阅读原件，可以看到其和

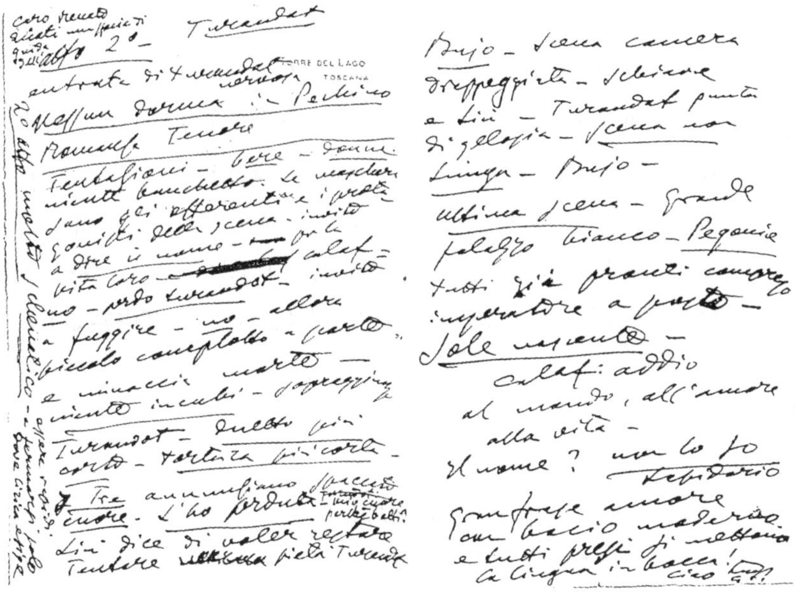

图二:Sim 42 原件影本

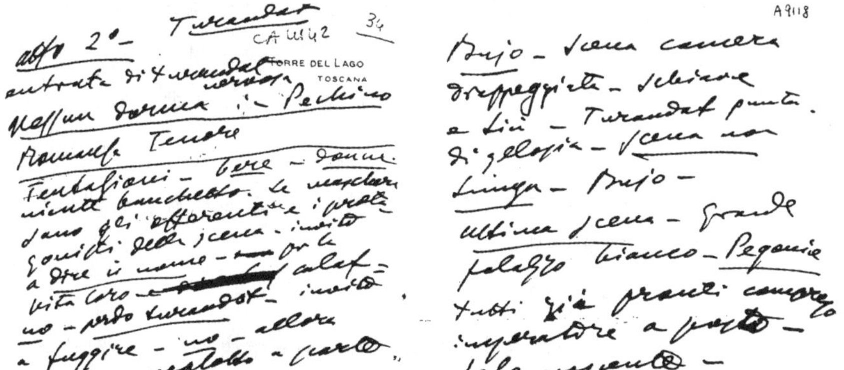

图三:Sim 42之“大纲草稿”原型

浦契尼平常写信习惯之不同处。若将第一页挤在左上角"亲爱的Renato，给你一个（第二幕）的说明"（Caro Renato, Eccoti una specie di guida dell'）和左边直写的字"第二幕很样板——要快速且只在抒情的地方停顿"（2° atto molto schematico —— essere rapidi e fermarsi solo dove lirica esige）以及第二页挤在右下角之浦契尼以缩写之签名"问好，你的 G.P."（Ciao tuo G.P.）去掉，就可以看到是一个很自然的大纲草稿，如图三，其内容如下：

图兰朵

第二幕

图兰朵情绪不稳地上场

今夜北京城无人能睡

男高音的短曲

引诱—饮酒—女人

不要宴会。面具提建议，主角在场上—请说名字—为了他的生命—卡拉富：不—会失掉图兰朵—建议逃走—不—之后一旁有小的冲突和死亡的威胁—没有鬼魂—图兰朵加入—很短的二重唱—很短的行刑—三人分别公开破碎的心—我失掉她了—图兰朵：我的心为什么在跳？—柳儿说要留下恳求图兰朵

〔第二页〕

暗场—场景为富丽装饰的房间—奴隶与柳儿—图兰朵心生忌妒—不长的景—暗场

末景—巨大白色宫殿—该有的一切排场皆就绪，皇帝亦在座—日出—卡拉富：再见，世界、爱情、生命

名字？不知道

精简热闹伟大

长长的爱的句子加上现代的吻，观众大受感动，不能自已

明显地，浦契尼原本只是打算试着草拟一个"大纲"(tela)
[Jürgen Maehder 称其为 tela，Maehder，*Giacomo Puccinis Schaffensprozeβ*…，op.
cit.，38.]，以解决他心中的怀疑；写完后，觉得很满意，于是在纸的
边缘空白处加上了一些字以后，当做信寄给希莫尼；原件上"大
纲"部分和给希莫尼的"信"之文字部分的墨水深浅度不一致、不
连续的事实亦证实了这个推想。比较给两位剧作家的"信"的语
言结构，亦可以看出，给希莫尼的"信"主要由关键字词堆砌，并
无完整的句子，而给阿搭弥的信中则有较完整的说明，甚至在末
景图兰朵解谜时，不再是"不知道"，而已是最后剧本定稿时的
"爱"。

自此时起至当年11月间，浦契尼即徘徊在两幕和三幕的犹
豫间，而无法做最后的决定。在11月至12月中，浦契尼和两位
剧作家均没有信件往来的事实，显示出剧作家很可能到透瑞得
拉沟拜访浦契尼，三人当面讨论剧本之架构、内容等问题。终于
在前面引的浦契尼于12月13日给史纳柏的信中，我们看到了
三位工作伙伴的结论：《图兰朵》确定是三幕；已有之印制校稿之
第一幕会被拆成两幕；浦契尼原来为第二幕构想的大纲则将是
第三幕。这即是这一封信中《图兰朵》会是三幕。我已经有的第
一幕会变成两幕，因此，第三幕会是我的第二幕"连续的几个谜
的答案；进而言之，《图兰朵》依旧是三幕，但已不是1921年春
天，第一幕印制校稿完成时的三幕构想。

虽然浦契尼并未在信中告诉史纳柏进一步的细节，但由接
下去几个月里，他和剧作家的信件来往可看出：

(1)原来的第一幕被拆成两部分后，需要添加一些东西，也
需要一个高潮式的结尾，因之，以三个面具、柳儿和帖木儿为主
力的劝阻王子敲锣之过程被加长，〔Ep 201(=CP 821)〕在六重
唱加合唱大场面之后，结束在王子击锣三声上，完成今日的第
一幕终曲。这一部分应系由阿搭弥负责剧本之部分。(CP 849)

(2)第二幕以在幕前演出之一景开始；此景应由希莫尼负责

剧本部分。[Sim 50 (= CP 829), Sim 51(= CP 830),Sch 94 及 Ep 205。]

（3）图兰朵之咏叹调《在这个国家》则在浦契尼于 1922 年 10 月 8 日给史纳柏的信中才第一次被提到；音乐应在 1923 年春、夏之交谱写。[Sch 111(= CP 842), Ep 213,1923 年 4 月 14 日及 Sch 123,1923 年 6 月 29 日。]

很可惜，第二幕和第三幕的剧本不再做成印制校稿，(Sch. 79)但是,可以确定当年在三位工作伙伴之间,必然有手写的资料交换着;只是至目前为止,尚未能找到相关之手稿或草稿,以重建《图兰朵》剧本完成的每个细节。

第一版本并非简单地经过加入上面的三个步骤即成为今日的版本,还有许多小地方的改变,才有最后的架构。在第一幕王子决定敲锣解谜到他真能付诸行动之间受到的多次被拦阻部分,虽然原则上要加长,但实际上亦删去不少原有的内容,由表三之"二、剧情内容比较"可看到,删去的部分主要是"以往被斩首之诸王子鬼魂劝阻王子"部分,亦即是歌剧传统的"鬼魂场景"

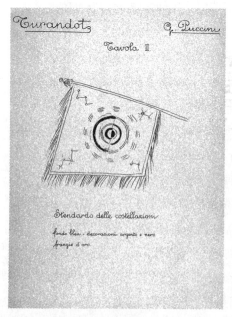

布鲁内雷斯基设计图:道具图二

(scena delle ombre);此外,原有之面具劝阻的部分也略有删减：在第一版本中,图兰朵侍女出现前,面具之一的"大总理"(il grande cancelliere)[第一版本中并未仔细分别三个面具何者为平、庞、彭。]有一段不短的独唱,这一段在今日版本中被删去。在第一版本中,帖木儿和柳儿并未在劝阻王子的行列,而仅在敲锣后,才发表感言;亦即是卡拉富敲锣并无任何换景的功用。在今日版本中，帖木儿和柳儿的努力大幅度增加了这一段的戏剧效果。在这一段里，最特别的是卡拉富和柳儿的咏叹调在顺序上对调，这个看似不起眼的更动也对第一幕的戏剧结构有不小的影响。

1921 年 6 月 7 日，浦契尼写信告诉希莫尼，第一幕之卡拉富的《别伤悲，柳儿！》和柳儿的《就为这一笑》(*Per quel sorriso*)已经完成(Sim 29)。信中提到的两曲第一句歌词和两曲之顺序正是剧本第一版本中的情形；这时的剧情乃是卡拉富已击锣三响，在等待上朝解谜之际，他将老父交托给柳儿，而唱出《别伤悲，柳儿！》，柳儿则答以《就为这一笑》，此曲之后始换景上朝，皇帝就位，开始猜谜一景。卡拉富的歌词与今日版本差异无多，而柳儿的一曲内容如下：

Per quel sorriso… sì…per quel sorriso,	就为这一笑，是，就为这一笑，
Liù non piange più! …	柳儿不再哭！
Riprenderem lo squallido cammino	再度走上残酷的命运之途，
domani all'alba…quando il tuo destino,	明日天破晓，当时辰来临时，
Calaf, sarà deciso.	卡拉富命运将定。
Porterem per le strade dull'esilio,	我们两人将踏入流亡生涯，
ei l'ombra di suo figlio,	他唯存娇儿身影，
io l' ombra di un sorriso!	我只能回忆微笑！

卡拉富和柳儿两曲顺序倒转的结果，使得柳儿原本回应王子托付之曲，成为应帖木儿要求，试着在王子击锣前，劝其改变心意，才有今日的《先生，听吾言！》(*Signore, ascolta!*)：

Signore, ascolta! Ah!	先生，听吾言！啊！
Signore, ascolta!	先生，听吾言！
Liù non regge più!	柳儿再难忍受！
Si spezza il cuore! Ahimè,	我心欲碎！天啊！路途何遥远，

quanto cammino

col tuo nome nell'anima, 心中始终存你名字,

col tuo nome sulle labbra! 口中不停念你名字!

Ma se il tuo destino, 若是你的命运,

doman, sarà deciso, 须在明日被决定

noi-morrem sulla strada dell'esilio. 我们俩必会死于流亡途中。

Ei perderò suo figlio… 因他失去他爱子,

Io l'ombra d'un sorriso! … 而我亦无微笑影!

Liù non regge più! Ah! Pietà! 柳儿再难忍受! 啊! 天啊!

　　比较柳儿前后两段歌词,虽然长度加长了一些,但在内容上差异无多,然而紧接在《先生,听吾言!》之后之卡拉富的《别伤悲,柳儿!》,却清楚显示卡拉富因全心在公主身上,并不为柳儿至情所动,反而顺势请求柳儿念在当年那一笑,万一他遭不幸,老父托她照料。如此的改变,益加突显柳儿只求能爱、不求回报的痴心,博得观众更多的同情与共鸣。

CALAF: 卡拉富:

Non piangere, Liù! 别伤悲,柳儿!

Se in un lontano giorno io t'ho sorriso 如果在很久以前,我对你笑过,

Per quel sorriso,dolce mia fancilla, 就为这一笑,我甜美的女孩,

m'ascolta:il tuo Signore 听我说:你的主人

sarà, domani, forse, solo al mondo 若在明日成为孤单一人,

Non lo lasciar…portalo via con te! 不要离开他,带着他跟你走!

LIU: 柳儿:

Noi morrem sulla strada dell'esilio! 我们俩必会死于流亡途中!

TIMUR: 帖木儿:

Noi morrem! 我们会死! 〔剧本中,在卡拉富的咏叹调里,并无柳儿和帖木儿的歌词,系浦契尼自行于谱曲中由柳儿之《先生,听吾言》里选取歌词加上,而有更多的恳求无用之效果。〕

CALAF：

Dell'esilio addolcisci a lui le strade!

Questo··· questo, o mia povera Liù,

al tuo piccolo cuore che non cade

chiede colui che non sorride più!

卡拉富：

让他的流亡之途走得轻松些!

这就是,这就是,我可怜的柳儿!

在你小小心中不会拒绝,

这个不再笑的人拜托你的事。

今日版本中,在《别伤悲,柳儿!》之后的六重唱加合唱的终曲部分的剧本台词,大部分是新写的,唯有卡拉富敲锣前的独白以及敲锣后,三位面具角色的评论话语系取自第一版本,亦是原来敲锣前后的台词:

CALAF：

lo son tutto una febbre!

lo son tutto un delirio!

Ogni senso è un martirio feroce

Ogni fibra dell'anima ha una voce

Turandot！ Turandot！ Turandot！

卡拉富：

我好像一团火,

我有满腔热情!

每一个感觉都折磨着我。

生命的每一口气都有个声音在喊

图兰朵! 图兰朵! 图兰朵! ⋯⋯

I MINISTRI：

E lasciamolo andare!

Inutile gridare

in sanscrito, in cinese, in lingua mongola!

Quando rangola il gong, la morte gongola!

三位大臣：

让他去吧!

再喊亦无用,

无论是梵文、中文、蒙古文 !

敲响铜锣时,死神就笑了。

今日透瑞得拉沟之浦契尼纪念馆中, 藏有作曲家当年工作时使用的印制校稿,并陈列了这一页;浦契尼亲笔在其上划去了这一段之前("以往被斩首之诸王子鬼魂劝阻王子")和其后("帖木儿及柳儿伤心欲绝")的内容,并在旁边写着"这里加入/三重唱/以面具/第一幕终曲"(qui va messo/ il terzetto/ con maschere/Finale I⁰)[相当于 Lo 1996, 434/435 页之部分。],可惜未注明日期。另一方面,由于浦契尼后代依旧为遗产继承权在打官司之中,该纪念馆中之一切物件均在法院弥封状态,也严重影响了对浦契尼之相关研究。

在今日版本的第一幕终曲和第二幕第一景里,三个面具角色被赋予在第一版本中所没有的重要戏剧角色,而成为《图兰朵》里的戏剧中心。无论在音乐内容或戏剧意义上,他们都是第一幕后半的主角;第二幕第一景是他们的"独脚戏";第三幕里,他们是各种尝试的发动者,亦执行了对柳儿的行刑。[亦请参考本书第一章。]在这些设计和改变里,插入第二幕第一景对浦契尼作品之戏剧结构有最独特及本质上的贡献。早在决定以"图兰朵"为素材时,浦契尼即多次在不同的信件中呈现他对应如何处理面具角色的多方思考。1921 年底,在决定《图兰朵》之新的三幕基本架构后,新的第二幕剧情只剩出谜、解谜、再出谜,如何能经营出一整幕是一个重要问题。1922 年 2 月间,浦契尼和希莫尼在米兰碰面,必然对这一个问题交换了意见,由浦契尼给史纳柏的信可以得知,将整个第二幕第一景给三个面具角色的最后决定,应是出自浦契尼。[相对地,将第一幕拆成两幕则可能来自剧作家的建议,请参考 Ashbrook/ Powers, op. cit., 78。]

……我们这一阵在进行工作和讨论的《图兰朵》第三幕实在很好。为第二幕(你知道那第二部分)要做一个在幕前(但要有特别的幕)的面具三重唱,我觉得应该可行,如果能找到恰当的诙谐怪诞音乐,有特别的齐唱之小歌结束,就会很有效果。[Sch 94, 1922 年 2 月。这里的"齐唱之小歌"(chitarrata)即是三人齐唱之"在中国,很幸运地'/不再有拒绝爱情的女子!"("Non v'è in Cina, per nostra fortuna, / donna più che rinneghi l'amor!")之一段。]

为了达到一个特殊的剧场效果,浦契尼想像出三位大臣以 18 世纪之威尼斯艺术喜剧之面具传统上场,演出一段"插剧",有内容无剧情,并不影响全剧的主戏进行。他曾对阿搭弥表示:

……想着 18 世纪的威尼斯？……18 世纪威尼斯的气氛很好。但是悲伤在哪里？至少要有一景是哭泣的。……[Ep 205，1922 年春天。Ashbrook 和 Powers 认为这几句意指另找一个新的歌剧剧本系错误的诠释，Ashbrook/Powers, op. cit.，第 174 页注脚 24。]

这一个基本理念解释了为什么三位大臣在第二幕第一景里忽悲忽喜、情绪变换无常，他们评论着着他们的国家和他们的公主。这些元素皆源于艺术喜剧的面具角色，但是在浦契尼的《图兰朵》里，威尼斯的地方色彩则被中国地方色彩所取代。[详见后。]

在正式开始谱写第一幕之第一版本时，浦契尼亦一直同时在思考全剧之两幕或三幕架构，虽然他对第一幕的剧本很满意，却很难想像后面要如何继续，才能有令人满意的戏剧架构。如果浦契尼真的用了他于 1921 年草拟的"大纲"，他的《图兰朵》就会和 19 世纪以及卜松尼的《图兰朵》歌剧有着同样的架构。[请参考本书第二、三章。]勾齐剧场童话《图兰朵》中的面具角色一直是将此作改编成歌剧的一大难题，19 世纪里，他们经常被删除；进入 20 世纪，剧场美学的演进才给予他们被重新诠释及呈现的机会，而对话剧及音乐剧场均有很大的影响和贡献。[Lo, *Ping, Pong, Pang*…, op.cit.；亦请参考本书第一章。]身为剧场人士，浦契尼一直密切地注意着他的时代的剧场演进情形，在勾齐的《图兰朵》中，他立刻发现了可以给予他下一部作品的重要戏剧元素：面具角色。第二幕第一景的被加入亦改变了全剧的比例：图兰朵在第一幕中没有开口唱，一直到全剧演了一半，女主角才开口唱她的咏叹调。这是在歌剧史上少有的现象。

在剧情进行上，浦契尼决定在猜谜一景后直接进入最后一幕之决定，[请参考前引之信 Sim 41。]反映了改编勾齐《图兰朵》的另一个戏剧结构上的问题。勾齐原作中，在卡拉富猜谜和图兰朵解谜之间，有着长大的两幕，其中各式人等以各种手法尝试劝王子走、泄露名字以及刑求相关人士等等伎俩。浦契尼的"大纲"则显示出,他试图将这些伎俩浓缩到最低程度;对浦契尼而言,这亦不是第一次的尝试,在他以往的作品中,已可清楚看到作曲家简明扼要地浓缩原作剧情,而赋予作品深刻动人的戏剧结构;在《图兰朵》第三幕里,他再一次地展现了这方面的天才。

剧本第一版本印制校稿的发现和第三幕大纲的重建亦解释了浦契尼在谱写《图兰朵》时,前后跳跃进行的原因,甚至剧中使用中国旋律的情形都和这个特殊的创作过程有关。当浦契尼开始正式谱写《图兰朵》的音乐之时,他手边仅有在朋友法西尼公爵(Barone Fassini)处听到的音乐盒里的三个中国旋律;1921年6月21日,浦契尼才写信请克劳塞提帮他找阿斯特(J. A. van Aalst)的《中国音乐》(Chinese Music)一书,这两个来源提供了浦契尼《图兰朵》许多音乐素材。[详见后。]音乐盒之三个旋律有系统地被用在歌剧中的"中国"角色:图兰朵、面具角色和皇帝,甚至

布鲁内雷斯基设计图:道具图一

在使用顺序上都和他们上场的顺序相合,并且有着相当程度的主导动机之功能。《中国音乐》的四个旋律除了用在波斯王子《送葬进行曲》中的旋律之外,其他都在第二幕第一景和第三幕第一景,亦即是在印制校稿内容之外的部分,并且仅有装饰的效果,以制造"中国地方色彩"。浦契尼使用两个来源的手法之所以如此不同,明显地和其获得它们的时间有关。在他开始谱写音乐之前,对于如何使用音乐盒里的三个旋律已经成竹在胸,并已有紧密之结构思考;因此,当他获得《中国音乐》一书时,很可能已完成原有印制校稿部分的谱曲;当将原来之第一幕拆成两幕之时,今日之第一、二幕的音乐亦已大致确定,很难再以《中国音乐》中之旋律

发展新的音乐戏剧架构,而对原已谱写之音乐不发生影响,故而只能以零散的方式用在印制校稿以外之剧本部分,以添加几分中国色彩,甚至看来似乎难以解释之波斯王子送葬进行曲的部分亦是如此的产物。浦契尼的信件来往显示,他系在1921年5月底谱写这一段(Sim 27);当时,他自然不可能用《中国音乐》书中之旋律。明显地,在拿到该书后,浦契尼灵机一动地加上了"大哉孔子"(O gran Kung-tzè!)的一段,虽然当时剧本中并无此歌词。这也解释了为何这一段在浦契尼的总谱手稿中并无歌词,直到黎柯笛公司之抄谱人士发现这里竟然有音乐无歌词时,在旁边写上"歌词?"(le Parole?)浦契尼才赶紧写信给阿搭弥,请他写几句歌词,此时,已是1924年7月4日了:

> ……找一找并给我最后的给白衣神职人员的歌词,在波斯王子进行曲的最后。孔夫子之歌……[EP 231;有关此部分,后面会继续讨论。]

四、浦契尼《图兰朵》里的"中国"

1920年3月,浦契尼决定以"图兰朵"作为他下一部歌剧素材之时,歌剧史或意大利歌剧史上,虽已有相当长之异国情调传统,但是在其中,"中国"并未占有特别之地位,当然亦未形成传统。另一方面,在1920年以前,"图兰朵"虽已被多次写成歌剧,但一来它们大部分不是意大利歌剧,再者亦尚无一部《图兰朵》能在歌剧舞台上有特殊之影响力。由浦契尼以往的作品中,如《波西米亚人》《托斯卡》《蝴蝶夫人》《西部女郎》,相关之地方色彩被巧妙溶入作品之音乐戏剧架构的情形,可以想见,在《图兰朵》里,中国地方色彩亦会是浦契尼要使用的工具之一。对每一位中国人而言,阅读《图兰朵》剧本,都会在许多地方有特殊的熟悉感。众所周知,浦契尼未曾到过中国,他也不是一位很爱读书之人,剧本中的这个特质显然不是来自他,而是出自剧作家或其他人。两位剧作家中的希莫尼曾由《晚间邮报》派驻亚洲,亦曾到过中国;由收藏于米兰斯卡拉剧院图书馆之资料,我们可以确知希莫尼待在中国的时间和地点。

(一)希莫尼的中国行

斯卡拉剧院图书馆藏有下列和希莫尼中国行有关之资料:

图四:希莫尼在中国之相关资料

（1）三封希莫尼的母亲和姐妹写给他的信，时间为 1912 年 3 月至 5 月间；

（2）《晚间邮报》发给他的邮件，包含

a）一封寄至北京的信，日期为 1912 年 5 月 3 日；

b）两封寄至北京的电报，一封日期已无法判读，一封为 1912 年 7 月 29 日；

c）三封寄至日本东京的电报，日期分为 1912 年 9 月 4 日、8 日和 15 日；

（3）一封由一位帕梅姜尼先生（Parmeggiani）寄至上海给希莫尼的信，该信发自"山海关"（Shan-hai-kwan），日期注明为"S. Giovanni 1912"，应是 1912 年 6 月 24 日。［该信中提到了一些在民国史上重要的人物，如唐绍仪、孙逸仙、黄兴等。］

（4）法文报纸《北京新闻》（Le Journal de Pékin）之订阅收据，时间为 1912 年 5 月 28 日至 8 月 28 日。

所有的信件及电报之收件地址均为北京六国饭店（Wagonlits Hotel），只有寄到上海的那一封系上海汇中饭店（Palace Hotel）。《晚间邮报》于 1912 年 7 月 29 日发出的电报内容为：

图五：浦契尼收集的京剧脸谱

天皇濒临垂危若当地工作完成或是去日时刻请电知看

法。[斯卡拉档案室编号 CA 479。]

由这些资料可以确知,希莫尼最晚应于 1912 年 3 月,亦即是民国成立不久之后,抵达中国,大部分时间待在北京,6 月间曾经前往上海一段时间后,再返北京,他很可能在中国停留至 8 月底,之后前往日本,再由那里转往其他地方或回意大利。

19 世纪末 20 世纪初之时,姑不论深度或角度,但看数量,欧洲对中国之报导或相关书籍已数不胜数;由浦契尼往来信件亦可看到,作曲家自己亦着手收集些和中国有关的东西,如书籍、图片,等等。在斯卡拉剧院图书馆中,除了前面所提的中国药方外,笔者亦在浦契尼给希莫尼的信件中找到京剧脸谱图案,很可能系作曲家随某一封信寄给剧作家的,可惜的是,上面并无任何字迹可以提供进一步的资讯。(见图五)因之,虽然有希莫尼曾经待在北京的确实时间,但是并不表示剧本中特殊的中国地方色彩完全出自于他,可归功于他的,应是这些细小的元素精妙地以符合浦契尼的音乐戏剧构思的方式,被嵌在一起。

(二)剧本中的中国元素

在浦契尼《图兰朵》剧本中,有许多地名、人名、民俗等在中国日常生活中存在的元素,赋予该作品特殊之中国色彩;特殊处在于对中国人而言,是身边的细小事物,平常不太会特意觉察它们,对欧洲人而言,其实是不知所云的"异国"。以下即依着这些元素在剧本[除了各角色之歌词外,相关之场景说明在黎柯笛公司出版之总谱以及一般 CD 所附之剧本中均经过删减,本文系根据黎柯笛公司印行的剧本分析。]中出现的顺序,细看剧本中呈现的"中国"。

第一幕

(1)全剧开始处之场景说明:

Le mura della grande Città Violetta:　　　紫禁城的城墙：

La Città Imperiale.　　　皇室大内。

(2)波斯王子送葬进行曲中,白衣神职人员之歌词:

O gran Kung-tzè!　　　大哉孔子!

Che lo spirto del morente　　　让这个灵魂

giunga puro sino a te!　　　上升到你那儿去!

　　如前文所述,这一段歌词系在浦契尼先写完音乐后才补上。对中国人而言,可能会疑惑,孔子和灵魂上天有何关系?原因是,在欧洲人之文化理解里,建盖寺庙系和宗教信仰画上等号,当他们在中国经常见到孔庙,接触到祭孔之盛大礼仪,并看到人人皆念诵"子曰"之时,自然以他们的宗教尺寸来量度,而将孔子看做是一种中国人的宗教信仰。

　　(3)三位大臣劝阻王子之尝试,于柳儿悲歌之前不久,三人之齐唱:

Non esiste che il Tao!　　　世上只有道存在!

　　在印制校稿中,对"道"一字还特别加以注解说明:

La sostanza primordiale, della　　　一切事物之本源,其他皆由此

quale le realtà non sono che gli accidenti.　　　而生。[Lo 1996,432。]

第二幕第一景

(1)一开始平呼唤后,彭及庞之二重唱:

PONG(*gaiamente*): Io preparo le nozze!　　　彭(愉快地):我准备婚礼!

PANG(*cupamente*): Ed io le esequie!　　　庞(沮丧地):我准备丧礼!

PONG: Le rosse lanterne di festa!　　　彭:挂上大红灯笼!

PANG: Le bianche lanterne di lutto!　　　庞:挂上白纱灯笼!

PONG: Gli incensi, le offerte…　　　彭:点起几柱香……

PANG：Gli incensi, le offerte…	庞：点起几柱香……
PONG：Monete di carta, dorate…	彭：烧起钱纸……
PANG：Thè, zucchero, noci moscate!	庞：糖、茶和核桃！
PONG：Un bel palanchino scarlatta!	彭：一台紫色大轿！
PANG：Il feretro,grande,ben fatto!	庞：一口上好大棺！
PONG：I bonzi che cantano…	彭：和尚唱歌祝福……
PANG：I bonzi che gemono…	庞：和尚念经超度……

　　我们看到,若将"烧起钱纸"和"糖、茶和核桃"对调,彭和庞分别为婚礼和丧礼做的准备就都很符合中国人的传统习惯。只是最后的"和尚唱歌"部分在中国人的婚礼中,应属特殊状况;或许在欧洲人的认知里,神职人员在婚礼中系不可或缺的。

　　(2)平领头进入下一段之三重唱:

PANG：L'anno del Topo furon sei!	庞：在鼠年有六个！
PONG：L'anno del cane,otto!	彭：在狗年有八个！
PING：Nell'anno in corso,	平：在今年,
il terribile anno della Tigre	最可怕的虎年,
siamo già al tredicesimo	已经是第十三个,
con questo che va sotto.	加上现在这一位。

　　在谱写这一段时,浦契尼并未依剧本之设计,由平一人唱虎年的一段,而系由三人合唱前三句后,再由彭庞两位重复"第十三个"之后,再补说明"加上现在这一位",以强调卡拉富乃是当年第十三个应征者。这一段以十二生肖提及年份的情形,对欧洲而言,是很陌生的。在今日每年过农历年时,国外的新闻报导都会强调新的一年是何生肖,依旧反映出此现象。一般来说,非中国人亦不清楚十二生肖中有哪些动物,因之,剧本中的鼠、狗、虎都在十二生肖中,且特别强调"可怕的虎年"应非偶然;将卡拉富列为第十三个应征者,但他却成功了,则是一个将欧洲人的迷信摆入中国场域中,结果不灵的玩笑,应系三位工作伙伴有心的安排。难

以解释的则是，剧本中将故事年份摆在虎年，由于浦契尼的去世，《图兰朵》之首演延至1926年，这一年亦正是虎年，无论是巧合或是冥冥中的安排，必然是作曲家和剧作家未曾想到过的。

（3）接下去三人各有长短不一的短小独唱段落：

PING(assorto in una visione lontana)：	平:(沉浸在遥远的景象中)
Ho una case nell'Honan	我在湖南有个家
con il suo laghetto blu	在蓝蓝的小湖边，
tutto cinto di bambù…	四周围绕着竹子……
E sto qui a dissipare la mia vita	而我在这里浪费生命，
a stillarmi il cervel sui libri scari…	只为全心读圣贤书……
E potrei tornar laggiù	我愿回到我家乡，
presso il mio laghetto blu	在那湖畔
tutto cinto di bambù…	四周围绕着竹子
PONG：Ho foreste, presso Tsiang,	彭:我在湘附近有片林，
che più belle non cen'è,	没有比那还美丽的，
e non hanno ombra per me!	能给我如此遮阴！
PANG：Ho un giardino presso Kiù	庞:我在丘附近有片园，
che lasciai per venir qui	我离开它，来到此地，
e che non rivedrò più!	就此看不到它了！
PING：E stiam qui a dissipar la nostra vita…	平:而我们在这里浪费生命，
a stillarci il cervel sui libri sacri…	只为全心读圣贤书……
PONG：E potrei tornare a Tsiang…	彭:如果能回湘
PANG：E potrei tornare a Kiù…	庞:如果能回丘
PING：A godermi il lago blu	平:享受蓝蓝的湖
tutto cinto di bambù!	四周围绕着竹子！

整段内容呈现的是传统中国士大夫在仕途不顺时，经常兴起返乡之念、归隐山林之叹的情境；平的话语中，更有"读圣贤书，所为何事"之无力感。三人对家乡的描述中，只有平的内容大

概可以和湖南洞庭湖边围绕着湘妃竹的景象相连;[许多人将 Ho-nan 与河南联想在一起,笔者之所以倾向湖南的原因一则在于平的其他描述,再则欧洲对中国的认知经常经由口述后写下,在中国未有统一的"国语"之前,转成不同欧洲语言的译名经常必须以不同之方言加上各国语言发音之情形去设想,才可得其较接近的意义。]但无论"Tsiang"或"Kiù"是否真正意指某地或某山某川,都反映出中国许多地名有一字之简称的事实,恐怕亦不是一般的人所能知道的。

(4)最后一段"齐唱之小歌"(chitarrata)中:

A TRE(Ping in piedi sullo sgabello, gli altri due seduti ai suoi piedi.)	三人:(平站在他的凳子上,另外两人坐在他脚边。)
Non v'è in Cina,per nostra fortuna, donna più che rinneghi l'amor!	在中国,很幸运地,不再有拒绝爱情的女子!
Una sola ce n'era e quest' una che fu ghiaccio, ora è vampa ed ardor!	过去仅有的那一个曾经冷若冰霜,现在热情似火!
Principessa, il tuo impero si stende dal Tse–Kiang all' immenso Jang–Tsé!	公主,你御下疆土自浙江到那浩瀚的扬子!
Malà,dentro alle soffici tende; c'è uno sposo che impera su te!	但那儿,在那帘子后面,你的郎君征服了你!

这一段系第二幕第一景的最后一段,三位大臣幻想图兰朵终有如意郎君的情景,在所引这一段文字之前后字里行间,多方可见具有强烈性暗示的字眼,传达出三位大臣的期待;在这里,剧作家不忘记插入"浙江"和"扬子"的中国地理名词。

第二幕第二景

(5)第二幕结束时之群众合唱:

LA FOLLA:	众人:
Ai tuoi piedi ci prostriamo,	臣民叩首谢君王,
Luce,Re di tutto il mondo	世界之光,世界之王!

Per la tua saggezza,	聪明智慧,
per la tua bontà,	好生之德,
ci doniamo a te,	全民欢欣,
lieti, in umiltà!	全民景仰,
A te salga il nostro amore!	全民爱戴!
Diecimila anni al nostro Imperatore!	吾皇万岁,万万岁!
A te, erede di Hien Wang,	向您,先王所选,
noi gridiam:	我们欢呼:
Diecimila anni al nostro Imperatore!	吾皇万岁,万万岁!
Alte, alte le bandiere!	高举旗帜
Gloria a te!	向您欢呼!

这里可以看到很有趣地混合中外古时对统治者欢呼的情景,每一位中国人都知道"万岁"是什么,却不见得会理解为何要"高举旗帜";欧洲人却不能明白为何皇帝要活一万岁？为何这个欢呼词至今依旧在两岸三地,甚至有中国人的地方都还被使用？

(三)《图兰朵》之中国旋律

不仅在剧本里,在音乐中,浦契尼的《图兰朵》亦使用了相当多的中国旋律作为素材。在决定以《图兰朵》作为下一个创作目标后,浦契尼即积极地在找寻中国音乐。根据阿搭弥的回忆,1920 年 8 月,浦契尼在一位曾经出使中国的朋友法西尼公爵(Barone Fassini)家,听到一个这位朋友由中国带回来的音乐盒,其中的音乐后来被用来作为三位大臣的音乐。[Adami *Puccim*, op. cit.,176;1920 年 8 月 15 日,浦契尼自 Bagni di Lucca,亦即法西尼住处发信给史纳柏,亦提到此事,Sch 54,尤其是第 87 页之注脚 7。]虽然有这么清楚的提示,但直到 70 年代里,美籍旅意音乐学者魏弗(William Weaver)在罗马找到法西尼夫人,她还保有这个已多年未用的音乐盒之后,才证实了这个音乐盒的确是浦契尼的中国旋律来源之一。[魏弗于 1974 年 12 月 29 日在美国一个广播节目（Metropolitan Intermission Broadcast）中公开了这个音乐盒之内容；本文亦是依据此一广播内容所写。]

音乐盒中共有三段旋律，第一段即是国人耳熟能详的《茉莉花》，在剧中被用来指冷酷的图兰朵。由于音乐盒只有旋律，没有歌词，对浦契尼而言，以这个调子来呈现图兰朵应在于这是音乐盒中的第一个旋律，和《茉莉花》并无关系。在全剧中，这个旋律只在第一次出现时被完整的使用，系在第一幕图兰朵首次上场之前，由儿童合唱团于幕后唱出，呈现图兰朵的清纯、冷酷和遥不可及。值得一提的是，在这里，浦契尼不仅主要让童声使用音乐盒之旋律，并让乐器做出平行五度和八度，还接收了音乐盒特有的机械式律动结构，显示了浦契尼清楚地分析了音乐盒之声音元素，拆解它们，再将个别之元素分配到人声和乐器中，做出特殊之声响效果。在剧中，图兰朵每一次上场时，这个旋律都会长短不一地被乐团以不同的方式奏出，有时陪伴着图兰朵，有时又似乎在评论着剧情的进行，很有瓦格纳式主导动机的功能。旋律唯一一次在图兰朵口中出现，系在第二幕第二景，当卡拉富三次解谜成功之后，图兰朵耍赖不嫁，却得不到任何声援，转而迁怒王子之时，她以《茉莉花》旋律之开始部分唱着："你要拖我到怀中，用暴力，不顾我心，好恐怖？"（Mi vuoi nelle tue braccia a forza, riluttante, fremente？）王子则接下旋律之后面部分回答："不！不！高高在上的公主。我只要感动你，真心爱我。"（No, no, Principessa altera！ Ti voglio tutta ardente d'amor！）［男高音在此经常喜欢使用总谱上之另一建议，在最后两个字向上拉高，唱高音 C 以讨好观众，其实系不合浦契尼之音乐戏剧构思的。］

必须附带一提的是，《茉莉花》的旋律至晚在 19 世纪初，已经见诸于欧洲对中国之报导书籍中。贝罗（John Barrow）的《中国旅游》（*Travels in China*）［John Barrow, *Travels in China*, London 1806; reprint Taipei 1972; 有关音乐部分见 317 页 ff.］里，即有《茉莉花》的五线谱记谱以及歌词之音译及意译：［这里音译之歌词要以广东话去念，才能得其意。］

谱例二十二

谱例二十三

MOO-LEE-WHA.

I.		I.
Hau ye-to ſien wha,		How delightful this branch of freſh flowers
Yeu tchau yeu jie lo tſai go kia		One morning one day it was dropped in my houſe
Go pun tai, poo tchoo mun		I the owner will wear it not out of doors
Twee tcho ſien wha ul lo.		But I will hold the freſh flower and be happy.

Literal Tranſlation.

音乐盒的第二段旋律如下：

谱例二十四[在谱例中之虚线仅表示旋律乐句,而非小节线。谱例二十四和二十六均系笔者根据魏弗之广播内容采谱。]

如同阿搭弥的回忆,浦契尼将这段音乐用在第一幕里三位大臣第一次上场之时,但稍加改变。在音乐盒未被找到之前,这一段音乐长久以来都被认为是来自中国国歌,原因是卡内在其浦契尼传记中,因着旋律的前五个音和《葛洛夫音乐辞典》[*Grove's Dictionary of Music and Musician* ,5th Edition,London 1954。]中之《国歌》(*National Anthems*)辞目里的中国国歌前五个音相同,而判断这是"写于1912年的帝国国歌"。[Mosco Carner,*puccini*,op.cit.523。]卡内的断语有两个严重的错误,第一点为1912年正是民国元年,"帝国"已不存在,第二点为,《葛洛夫音乐辞典》只是推测该旋律成于1912,原因很可能亦是这一年是民国元年。事实上,在清朝,国歌的概念并不存在,直到1911年,才宣布要有国歌,却因清朝灭亡,民国成立,并未付诸实行。《葛洛夫音乐辞典》中的这首"国歌",根据其歌词音译"Tsung–kuoh hiung li jüh dschou tiän",中文应是"中国雄立宇宙间",系1915年公布的第二首"国歌",但是旋律却不是《葛洛夫音乐辞典》中的旋律,[孙镇东《国旗国歌国花史话》,台北,1981,38—45。]至于这中间的错误如何产生,就不得而知了。

比较音乐盒之旋律和首先开口唱的平的旋律,可以看到,浦契尼将对当时欧洲作曲家而言相当陌生的自由节奏作了改变,

谱例二十五

放弃其中最不规律的部分(谱例中以"⌒"记号标出之部分),并将这部分之前或之后的音移调或模仿旋律之开始三个音来代替去掉的部分,因此,在平的旋律中就出现了不属于此五声音阶之变音 ♭D 音:

音乐盒的第三段旋律则伴随着鄂图皇帝的上、下场:

谱例二十六

这个旋律之中有许多一再重复之段落,或许这亦是原因,为何浦契尼在使用此旋律时,有着比前两个旋律更要自由的方式。他重复部分旋律、拆解它,并将其重组后,部分让合唱团唱出。在第二幕里,王子解开第三个谜后,群众欢呼到图兰朵恳求父亲答应她反悔之间的音乐,系以这个旋律和《茉莉花》一起为中心写成的,甚至图兰朵的恳求亦以这个旋律开始。第二幕结束时的群众合唱,在剧本中被称为《皇家颂歌》(*Inno imperiale*),亦是以这个旋律唱出;浦契尼则在"向您欢呼!"(Gloria a te!)处,自己写了调性之结尾,盛大地结束第二幕。

除了音乐盒之外,浦契尼《图兰朵》中国旋律之另一个重要来源为一本书。1987 年 9 月,笔者于米兰黎柯笛公司档案室找到一封浦契尼于 1921 年 6 月 21 日写给克劳塞提的信,信的内容如下:

> 我很想看一看 Van Aalst 的 *Chinese Music*,可不可以帮我找一找?并请看一看其中是只有文字呢,还是也有乐谱,如果只有文字,那就没用,如果也有音乐,可能会有用。

阿斯特(J. A. van Aalst)为一位荷兰教士,曾于1884年在上海出版了一本《中国音乐》(*Chinese Music*)。[J.A.van Aalst,*Chinese Music*,Shanghai 1884, Reprint NewYork 1966.]浦契尼由何处得知此本书,仍是一个谜,但可确定的是,他拿到了这本书,并使用了其中的四首旋律;以下即依此四首旋律于书中出现之顺序检视它们在歌剧中被使用的情形。

第一首旋律见原书第二十六页:

谱例二十七

此旋律首次出现在第二幕第一景三位大臣幻想准备新婚之夜的情景之时;第二次则在第二幕快结束时,皇帝表示他希望次晨终于能得到异国王子为乘龙快婿时, 这个旋律在乐团出现。(见谱例二十八) 两段的歌词内容均传达出希望公主早日成婚,结束这一场梦魇的心愿。

在两次使用此旋律时,音乐皆以木琴开始,此外,由两个谱例中乐器部分节奏的安排,可看到浦契尼不仅使用旋律,亦注意到阿斯特对乐器和谱上记号的说明。

第二首旋律取自第二十七页:

谱例二十八

谱例二十九

前四个音被使用在第一幕波斯王子被砍头前，白衣神职人员唱的"大哉孔子"：

谱例三十

在总谱手稿中，神职人员部分只有音符，没有歌词，旁边则有由誊谱者的字"歌词？"(le parole？)：

谱例三十一

在欧洲，一般系以"孔夫子"来称孔子，如同浦契尼在 1924 年 7 月 4 日给阿搭弥信中所用之字一般"孔夫子之歌"(Inno di Confucio)；这里之所以会很不寻常地用"孔子"应当和该段音乐之来源有关。由谱例二十九可以看到，阿斯特将中文歌词音译，而得到 K'ungtze 一字，阿搭弥则在阅读该段的英文解释，此首歌为"Great is Confucius!"[Ibid.，34。]后，接收 K'ungtze 一字，但将它以意大利文之方式拼出，就得到"O gran Koung-tze！"一句。

比较谱例三十和谱例三十一显示出，浦契尼在拿到歌词后，并不直接以一音符对一音节的方式将歌词填入了事，而将歌词及音符均做了变化。他以前五个音符处理前四音节，再将第二个四音音型以附点之同音重覆增加音乐的音符，以置入较多音节的歌词；第三小节里，他则给予一个音节两个音符；第四小节亦出现一个附点音符；浦契尼推移了规律性的重复音型，以不规律性的方式处理规律性的歌词，避免亦遮盖了这段音乐可能有的呆滞感，却保留了送葬进行曲沉重反复的特质。

　　第三首旋律在原书四十四页，被稍加以变化后，用在三位大臣的第二幕第一景开始不久处：

谱例三十二

　　这是一首中国北方的民歌。有趣的是，阿斯特将歌名由字面上解释为 "Oh, mamma！ You understand me well" 事实上，对中国人而言，这个"好"字清楚地带有问号在内，换言之，民歌内容其实是待嫁女儿心，怨叹妈妈"好不"明白她的心！

　　第四首旋律取自《中国音乐》一书第四十四、四十五页，浦契尼只用了前面四小节在第三幕里，为三位大臣上场试图说服异国王子离开之音乐：

谱例三十三

除了这些出自音乐盒和《中国音乐》一书的来源外,浦契尼自己亦写了一些五声音阶的旋律,例如在第二幕第二景开始,鄂图王上朝后,三度试图说服王子放弃猜谜的念头,三度为王子婉拒的音乐,即是出自浦契尼之手的五声音阶旋律:

谱例三十四

L'IMPERATORE:

Un giuramento atroce mi costringe,

a tener fede a un fosco patto.

E il santo scettro,ch' io stringo,

gronda di sangue! Basta sangue!

Govane,va'!

IL PRINCIPE IGNOTO:

Figlio del cielo,io chiedo

d'affrontare la prova!

皇帝:

造孽的誓言折磨着我,

要再一次看人送命。

在这我治理的神圣地方,

沾满了血迹。够了,这些血,

年轻人,走吧!

陌生王子:

请皇上恕罪,冒万死

只为要猜谜。

在《图兰朵》里,由浦契尼亲手谱写的五声音阶旋律共有五段:第一幕的《先生,听吾言!》、第二幕第一景的《我在湖南有个家》和《在中国,很幸运地,不再有》、第二幕第二景的《造孽的誓言折磨着我》和第三幕的《冰块将你重包围》。检视这五段音乐，即会注意到，在旋律上经常会有小部分的重复和模进（sequence）手法的使用，这个情形很可能系来自浦契尼自音乐盒和《中国音乐》中之中国旋律得到的印象。除了旋律之特质外，在这几段中，乐器的使用亦较简单，做出的声音效果较单薄，应也是和此有关；换言之，浦契尼在自行谱写"中国色彩"之音乐时，亦试图将其尽可能的"中国化"。

下面这封信显示了，作曲家除了在音乐上尝试给予作品中国色彩之外，亦在歌词上追求某种"中国味"；信系写于1924年1月22日，寄给阿搭弥：

我为一小段歌词写信给你：我希望它能模仿那种中国话的情境。是要为以pp用鼻音唱出的段落。要在第三段之后。

听起来大概是这样的效果：

Canticchiamo pian piano sommessi

nell'uscir siam prudenti in giardin

Se inciam–piamo nei sassi sconnessi

disturbiamo il felice Calaf! [Ep 223。由于浦契尼系试图让阿搭弥了解他要的"声音"效果，而非文字内容之诉求，故不附中文翻译。卡内（*Puccini*, op.cit., 519/520）认为这一封信的内容系为第二幕第一景之三位面具所构想系错误的看法，因为第二幕此时已接近誊抄总谱的阶段，浦契尼并不需要新的歌词，此外，第二幕第一景中亦无如此的音乐构思。浦契尼需要的其实是第三幕中他未能完成的图兰朵/卡拉富二重唱部分的歌词，这一段亦确实为阿尔方诺谱写，但后来被删掉；详见本书第五章。]

在乐器使用上，只有第一幕里的锣被摆在舞台上，具有在音乐和视觉效果上双重的"中国色彩"功能；其他的打击乐器其实不一定和"中国"有绝对的关系。相关的研究结果亦指出，浦契尼

《图兰朵》中之"异国情调"元素更胜于中国元素,例如双调性、不和谐和弦、顽固音型、异音音乐(heterophone)等等,甚至在第一幕图兰朵侍女之合唱以及第三幕之刑求场景中, 尚有某种暧昧之"东方"色彩存在。[Mosc Carner, *The Exotic Element in Puccini*, in: MQ, XXII/ 1936, 45—67; Ashbrook/Powers, op.cit., 89—114。]综合以上所述以及浦契尼对这些音乐的使用方式可以看出, 作曲家其实很慎重地区分了剧中的"中国人"与"异国人", 来自音乐盒和《中国音乐》的旋律虽然在被使用的次数和长度上皆不相同, 但都是用在"中国人"的角色上, 而未用在异国王子、柳儿或帖木儿身上。由前面所引的浦契尼写给克劳塞提查问《中国音乐》一书之信的内容亦可以看到, 对作曲家而言, 由于故事背景在中国, 他有意用一些中国旋律作为音乐上的素材, 至于相关之文字资料,"就没什么用"了。换言之, 浦契尼写的是一部故事背景在中国的歌剧, 需要一些中国旋律来呈现故事的背景, 这个情形反映的是19 世纪欧洲歌剧创作中的"地方色彩"(Couleur locale)之传统, 在浦契尼个人于《图兰朵》之前的作品亦屡见不鲜, 这次并非首次之尝试。可以确定的是, 浦契尼的《图兰朵》不仅是"一个伟大传统的结束", [Ashbrook/Powers, op.cit. 之标题:"Puccini's '*Turandot*', The End of the Great Tradition"。] 亦为欧洲歌剧史上以表面的手法呈现"地方色彩"的传统画上一个句号。对浦契尼本人而言, 重要的不是写一部背景在中国的歌剧, 更遑论"中国歌剧", 而是将人类感情和冲突当下化, 呈现在舞台上。正如他在1924 年 3 月 25 日写给希莫尼的信中, 所呈现的他对《图兰朵》的创作理念, 亦是他一生歌剧创作所追求的:

> 我想要的, 是一个有人性的东西, 当心灵在叙述时, 无论是在中国或是在荷兰, 方向只有一个, 所追求的也都一致。(Sim 61)

第五章　解开浦契尼《图兰朵》完成与未完成之谜

Gibt es etwas wie eine übergreifende Charakteristik großer Spätwerke, so wäre sie beim Durchbruch des Geistes durch die Gestalt aufzusuchen. Der ist keine Aberration der Kunst sondern ibr tödliches Korrektiv. Ihre obersten Produkte sind zum Fragmentarischen verurteilt als zum Geständnis, daß auch sie nicht haben, was die Immanenz ihrer Gestalt zu haben prätendiert.

如果有一个涵盖伟大晚期作品之特性，应该可以在精神突破形体时得以探寻。这并不是一个艺术之错乱，而是其内在感化之死亡。艺术的最高产品被判定为未完成，系承认它们也没有其形体的内在试图拥有的东西。

——阿当诺(Theodor W.Adorno),《美学理论》(*Ästhetische Theorie*)之《论黑格尔之精神美学》(*Zu Hegels Geist-Ästhetik*)

在20世纪之艺术领域里，未完成艺术作品之个性成为思考之独立种类。事实上，自音乐作品被视为个别之具作品特色之创作，亦即最晚自18世纪后半维也纳古典时期以来，未完成的音乐作品已引起听众、音乐传记作者和音乐学者的高度兴趣。作品之未完成不尽然均和创作者之逝世有关，亦可能系出自作者本身中断创作，如荀白格(Arnold Schönberg)之歌剧《摩西与亚伦》(*Moses und Aron*)，就其生平而言，完成作品应毫无问题；然而若是由于作曲家的辞世导致创作之不得不中断，未完成的作品即经常被哀悼的黑纱环绕，传记作者致力于在作曲家谱写的最后几小节中，努力地寻找对死亡的预感，而未完成的作品也总是有着未完成的伟大，例如众所周知的巴哈（Johann Sebastian Bach）的《赋格的艺术》（Kunst der Fuge）或者莫扎特的《安魂曲》（Requiem）。

音乐创作里，器乐作品就算有其曲式上之设计，有时亦会有"未完成"的特质，例如舒伯特（Franz Schubert）的《未完成交响曲》，而音乐戏剧作品则有剧情结构终结上的问题。进入20世纪，始见到演出未完成歌剧作品的现象，如《摩西与亚伦》与贝尔格（Alban Berg）之《露露》（Lulu）；相对地，在19世纪里，歌剧演出之剧情有一个合理的结局系最高的原则，未完成之作品必须要被完成，方得以被演出，至于音乐风格上前后是否衔接，则不在考虑之内。尤其在意大利歌剧里，当一部未完成之作品由他人续完时，手稿语法研究、风格思考的问题并不被顾及，例如撒维（Matteo Salvi）之续完董尼才第（Gaetano Donizetti）的《阿尔巴公爵》（Il Duca d'Alba, 1839/1881），在作曲家逝世四十二年后始问世，在这期间歌剧世界之创作情形的变化毋庸多言，但是撒维的续成工作丝毫未对董尼才第的音乐语言有过任何思考。19世纪的歌剧观众对作品中主角命运有着感同身受之好奇心必须被满足，加上歌剧音乐内容日益增加的结局性，造成了歌剧音乐和剧情要同时结束的事实。在19世纪末20世纪初的重要作品中，心理化的乐团评论结合随着剧情逻辑架构完成的动机结构，细密地探索剧情进行背后的阴影，并感性地将讯息传达给观者。因之，在满足这个经由戏剧结构挑起的期待前，歌剧被中断，不仅干扰观者对主角之心理关注，亦妨碍了音乐本质的架构，浦契尼的《图兰朵》即是一例。

一、相关资料

　　作为一部未完成的作品,浦契尼的《图兰朵》和音乐史上许多未完成的作品在本质上有很大的不同;一般在完成与根本尚未写的作品之间的灰色地带中,有草稿的存在,它可能是简单的乐思,也可能已有配器的构想,无论如何,都尚未有完成的总谱,而无法给后人一个较完整的印象;浦契尼的《图兰朵》则不然。在作曲家于1924年11月29日去世时,整个作品已清楚地由作曲家亲手写到了第三幕的中间, 亦即是柳儿去世之后的送葬进行曲;和浦契尼以往的创作习惯相比,这一部分所差的只是没有经过演出以及在演出后经常会有的大小修改。[众所周知,浦契尼在《玛侬·嫘斯柯》和《托斯卡》首演后,曾经对总谱有多次修改,尤其是《玛侬·嫘斯柯》,直至1922年,浦契尼已进行谱写《图兰朵》时,都还修改了该作品。]未完成的部分亦已有清楚的音乐和剧情之内容设计:图兰朵和卡拉富的二重唱,其中要呈现图兰朵的转变,以及她在众人面前宣布接受这位异国王子为夫君。由浦契尼完成部分之音乐内容、信件来往和遗留下来的草稿显示,第二幕结束时,卡拉富出谜题的音乐里,由小提琴于低音声部奏出之不太引人注意的动机,是卡拉富第三幕之咏叹调《无人能睡》的主题,它亦应是歌剧结束时狂喜的中心。

　　在有关浦契尼的研究资料中,经常可以读到,作曲家于1924年11月4日前往布鲁塞尔接受治疗时,随身携带着一批草稿,共有二十三张;浦契尼于11月24日动手术,手术虽然成功,但引起之并发症导致其于11月29日去世。未能写完之《图兰朵》结尾段落由阿尔方诺(Franco Alfano)依着现今收藏在米兰黎柯笛档案室里之浦契尼留下的手稿,[在此对米兰黎柯笛公司之Mimma Guastoni女士、Luciana Pestalozza博士以及Fausto Broussard先生给予机会,研究浦契尼以及阿尔方诺之草稿及总谱手稿,致上衷心的谢意。这一个研究没有该公司无限的配合,提供所藏之音乐以及信件来往之珍贵资料,不可能完成。不仅如此，黎柯笛公司同意将未曾出版之浦契尼、阿尔方诺之草稿以及阿尔方诺与黎柯笛公司之来往信件公诸于世，亦是个人要感谢的。特别要感谢的是 Simonetta Puccini 女士建议笔者做此研究，促使笔者开始研究浦契尼之草稿，由于个人对两位作曲家配器手法的兴趣，最后发展出对《图兰朵》歌剧之新诠释。我的朋友 Carlo Clausetti(+)，前黎柯笛档案室主任，让我对黎柯笛公司之历史有所认知，更多次给予宝贵的建议以及不时协助解读部分资料，尤其是其无限的耐心，不是一句感谢能表达的。我曾经工作三年之罗马德国历史学院 (das Deutsche Historische Institut)音乐学部门给予我进行此研究期间之差旅补助，它以及其他曾经协助我的同事、朋友，都在此一并致谢。予以配器或改编而成，然而阿尔方诺和浦契尼并无师生关系。[Wolfgang Marggraf, *Giacomo Puccini*, Leipzig1977, 184, 称阿尔方诺"对浦契尼的风格很熟悉"，系夸张的说法。浦契尼确实曾对阿尔方诺的创作表示过兴趣，在后者之《莎昆妲拉事迹》(*Leggenda di Sakùntala*, 1921 年 12 月 10 于波隆尼亚首演)首演后，浦契尼曾请史纳柏提供讯息；Sch 90。]

在过去的时间里，浦契尼草稿中的一部分曾在不同的书籍或文章中出现，可惜的是，其中错误百出，这些错误的资讯自然带来更多错误的揣测。[在此仅举数例。1)Mario de Angelis/Febo Censori (eds.), *Melodie immortali di Giacomo puccini*, Roma(editrice Turris)1959, 174, 有一被注明是《图兰朵》未完成之二重唱之草稿手稿影本，但其实是《蝴蝶夫人》第一幕结束时之总谱手稿。2)Teodoro Celli; *Scoprire la melodia*, La Scala, Milano, aprile 1951, 43; 浦契尼写柳儿"冰块将你重包围"之第一手稿影本，但是上下颠倒了；有趣的是，同样的例子在 Federico Candida, La "ncompiuta", La Scala, dicembre 1958 中亦被使用，也一样地上下颠倒印出，却没有人发现不对。3)André Gauthier, *Puccini*, collection solfèges, Paris(ed.du Seuil)1976, 162, 其中使用了《图兰朵》结束部分草稿之第一页，却注明是"《图兰朵》总谱"。]除此以外，尚有不同版本的钢琴缩谱。[请参考 Cecil Hopkinson, *A Bibliography of the Works of Giacomo Puccini*. New York 1968, 52ff。在这本书中缺少了德文钢琴缩谱，其中有阿尔方诺续完部分之第一亦是较长的版本，除笔者手中有此版本外，慕尼黑巴伐利亚国家图书馆(Bayerische Staatsbibliothek)亦藏有一本(编号 4°Mus.Pr.4805)。此版本之版权年份为 1924/1926，早于 Hopkinson 提到的 1930 年出版的版本。不仅如此，Hopkinson 亦忽略了阿尔方诺总谱之第一版本，

浦契尼于逝世前两个月之照片

其手稿存于米兰黎柯笛档案室,和浦契尼之手稿一同制作成显微片,故而被忽略了。相反地,黎柯笛并未藏有较短的、一般通行的阿尔方诺第二版本;Carlo Clausetti 先生推测,这一份总谱很可能为托斯卡尼尼演出时使用,极可能在二次大战期间和其他的收藏一同毁于战火之中。]和一个和结束部分所唱之歌词有很多出入的印行剧本。[此一以比一般歌剧剧本大之尺寸印行之剧本印行了很久,稍后的版本尺寸缩小了,但内容依旧不变,虽然其中有不少内容和音乐之第一、第二版本之歌词均有所出入。请参考本文附录一。]诸此种种,都让研究浦契尼的作者自不同的角度做不同的臆测。

　　浦契尼在 1924 年 10 月给阿搭弥的信中，表示对收到的希莫尼的歌词感到满意。根据却利(Teodoro Celli)之说法，浦契尼已在这一份手写的文件上记了乐思；[Teodoro Celli, *L'ultimo canto*, La Scala, maggio 1951, 33.]这一份歌词手稿是浦契尼在其前往布鲁塞尔之前以及在布鲁塞尔其间工作的基础，亦是阿尔方诺承接续写工作之出发点。由于剧本第一版本的印行早于请阿尔方诺续写之决定，[笔者手中的此一版本剧本有原拥有者之标识和日期：1925 年 7 月 26 日。同年 7 月 18 日，阿搭弥、克劳塞提和东尼欧(Tonio Puccini)，或许还有托斯卡

浦契尼《图兰朵》
旧版总谱封面

尼尼,在 San Remo 首次和阿尔方诺会面,试图说服他接受这份工作,完成《图兰朵》总谱。阿尔方诺和黎柯笛之合约日期为 1925 年 8 月 25 日 (MrCL 1925/1926—2/292)。]导致剧本内容和音乐歌词内容有所出入的情形(请参考附录一)。

另一方面,这一份希莫尼的手稿并不能被视为最后之二重唱完整的新版本。当浦契尼于 1924 年 5 月 31 日给阿搭弥的信中,证实收到散文体的二重唱歌词时,他亦提到两段已经计划好的音乐段落,在将歌词写成诗文时,必须要搭配这两段音乐:

> 希莫尼交给我二重唱的散文体。它们如花般的美而且有些不一样的内容,我觉得不错。那么现在是将它们写成诗文的时候。……
>
> 请将它们全部转成诗句,并且要找到能保留那已经有的段落"我清晨的花朵"("mio fiore mattutino")和相关的合唱的节奏,还有最后那段,你晓得那音乐已经有了,不完全一样,但是动机就是那个你知道的。……[Ep 230。]

因之,在浦契尼去世时,有以下的资料系和《图兰朵》结束部分有关:

1)二十三张草稿,其中三十六页[在已有的相关资料中,或许系由于 Teodoro Celli 1951 年的文章,经常看到系有三十六"张"手稿的说法。]有乐思,其中之第一页"死神的公主,如冰块的公主"("Principessa di morte, principessa de gelo")几乎在每一本浦契尼传记中均可见到。这些草稿却未呈现"最后一景之一个完整和连续的纲要",[Carner, *Puccini*, op.cit., 540。]详情会在后面说明。

2)一份手写剧本,上有浦契尼之记号,亦有乐思,但这一份重要且很有意思的资料之收藏处至今不明。[阿尔方诺是否曾经用过这份手稿,很难以判定;因为,他在信件来往中曾经提到 1)之资料,但未曾提过剧本手稿。因之,笔者认为,这一份资料很可能因为上面之乐思并无连续性,在当时并未被列入考虑。此外,阿尔方诺在其 1925 年 8 月 11 日之信中,要求更动剧本 (请参考瓦卡伦基回阿尔方诺的信,1925 年 8 月 13 日 MrCL 1925—2/134,有关黎柯笛公司信件往来编号,请参考注 19),黎柯笛公司也答应了。因之,阿尔方诺很可能系根据阿搭弥新改写的剧本手稿进行工作。]

3)一些散页草稿,很可能为浦契尼稍早为最后之二重唱构思的,其中之一页于 1951 年由却利于其文章中[Teodoro Celli, L'ultimo canto, op.cit., 32;除了却利之说明外,可以看到在右下角之短小高音声部之动机,系来自第三幕卡拉富咏叹调结束部分,但在降 D 大调上。却利之分析显示,在此时刻,《无人能睡》的旋律应被使用,阿尔方诺亦确实如此做了。浦契尼在此自然不会记旋律开始部分,而是新的结束终止式的进行情形。]使用。然而,这些草稿的内容在 1924 年 10 月,浦契尼进入谱曲最后阶段,整理过

浦契尼出生地 Lucca 为纪念其逝世七十周年,特别于 1994 年 11 月 29 日于其出生之房屋前之广场上立其铜像。本图为铜像之侧影。

滤最后之材料时,并未被考虑在内,很可能系被放弃的材料。这一部分草稿应属于私人收藏,很可能都未被判读,由于未被作曲家摆入 1) 之部分,其重要性亦就很低了。[例如 Allan Atlas, *Newly discovered sketches for Puccini's "Turandot"at the Pierpont Morgan Library*, in: *Cambridge Opera Journal*, 3/1991, 173—193, 一文中描述的草稿,但该草稿和《图兰朵》未完成之部分并无关系。有关 Atlas 对该草稿之诠释之讨论请见 Jürgen Maehder, *Giacomo Puccinis Schaffensprozeβ*……, op.cit.15.19r 及 23r;有关草稿之编页在后面会说明。]

4) 其他资讯,例如浦契尼于 1924 年 5 月 31 日给阿搭弥信中提到的使用已经存在的主题,此处明显地指的是卡拉富第三幕的咏叹调,在其草稿中亦证实了此点。[19r 及 23r;有关草稿之编页在后面会说明。]这些资讯自然亦是续成《图兰朵》总谱之基础。不仅如此,浦契尼曾经将他所构思的二重唱以及终曲,于 1924 年 9 月、10 月间,在友人造访时,以钢琴弹给他们听,这些人士中有托斯卡尼尼,[1924 年 9 月 7 日,浦契尼给阿搭弥之信中提到了托斯卡尼尼刚离开 (Ep 233);有关托斯卡尼尼此次造访浦契尼之细节,请参考 Sch, 11 页 ff。]还有基尼 (Galileo Chini) 和其儿子 (Eros);[笔者要在此感谢 Eros Chini 先生提供其父为《图兰朵》所做布景设计之草稿做参考。他有关其父与浦契尼之讨论,其中亦有和《图兰朵》结束部分相关之内容,令笔者有如回到当年之感,尝试重建部分史实。]因之,对作曲家当年所思考的回忆可说有着充分的记录,不仅有音乐上的证人,亦有曾和作曲家有过口头交谈的剧作家、出版商、作为预定之首演指挥的托斯卡尼尼以及布景设计的基尼。在后面可以看到,这些记忆在阿尔方诺续写的创作过程中,扮演了举足轻重的角色,但却是负面的,因为阿尔方诺并不属于这些耳闻证人之一,面对其他人以个人记忆评比其音乐时,阿尔方诺认为受到批判。

以此二十三张草稿为基础,加上其他来自阿搭弥以及托斯卡尼尼提供之书面的和口头的资讯,阿尔方诺续写完了《图兰朵》结束部分,它独特的手稿语法研究 (Philology) 以及音乐语言

上的问题是本文研究的对象。毋庸置疑,浦契尼的草稿[为了给阿
尔方诺完成的部分系正宗浦契尼的印象,长年来,外界无法接触到这份草稿,这
应是一重要原因,造成多年来的看法,认为《图兰朵》结束部分系阿尔方诺将浦契
尼草稿配器完成。卡内为《新葛洛夫音乐辞典》(*The New Grove Dictionary of
Music & Musicians*,London (Macmillan)1980)所写之《浦契尼》辞目(第十五册,
435)尚称此份草稿为"三十六页以草记方式写的连续音乐",暗示了至少这一部
分之主题、旋律素材系出自浦契尼。]系此一研究之重要基础,并且尚得
加上其他的资源,尤其是黎柯笛公司在浦契尼逝后至作品首演
之间的书信往来,方得以完成这个研究。[黎柯笛之信件来往系依年代
排列,每五百页装订成一册;每一页都有编号。每一年通常自 7 月 1 日开始,视信
件来往之多寡,每年之册数不同。20 年代中期,每年大约有十册,亦即约五千页。
以下之引述方式系参考 Julian Smith(*A Metamorphic Tragedy*,PRMA CVI/1979/
1980,114)之缩写方式:MrCL 1924/1925—1/1 表示黎柯笛信件来往 1924/1925
年第一册第 1 页。]这些信件显示,阿尔方诺当年其实完成了两个版
本,第一版本仅曾经在短时间内以钢琴缩谱印行,未曾印行过总
谱,今日坊间通行的印行总谱和钢琴缩谱系第二版本;在本文
中,将分别以第一版本以及第二或通行版本称此二版本。为便于
读者理解及比较,文末之三个附录以不同方式表列比较剧本、浦
契尼草稿以及两个阿尔方诺版本间之关系。以下则就浦契尼的
草稿、阿尔方诺的谱曲过程以及解开阿尔方诺版本之谜三个部
分作进一步之讨论。

二、浦契尼的草稿

浦契尼逝后两个月里,黎柯笛的各方资讯中均看不到要请
人完成这部歌剧的计划。[MrCL 1924/1925—5/188 (给伦敦之黎柯笛公
司),MrCL 1924/1925—5/234(给罗马之黎柯笛公司)。]相对地,史纳柏于
1924 年 12 月 5 日,亦即是在米兰举行之正式葬礼后两天,写给

浦契尼的儿子东尼之信中，提到此问题，亦显示了浦契尼遗族和黎柯笛公司之间的讨论其实已经开始：

> 有关《图兰朵》，我不太赞成找维他丁尼(Franco Vittadi-ni)，那是帝多的意思。但是维他丁尼是否有足够的才能来写这歌剧的终曲，它必须是爱情的胜利？完全也要看留下来的音乐材料、文字说明等等东西。我读到的是，它几乎写完了！——？？(Sch 151,261 页)

信末的两个问号表达了对草稿完整性之怀疑，就留下来的材料来看，对一位在浦契尼生命最后几年里的一位挚友而言，并不是一件很令他惊讶的事；"几乎写完"是一个很客气的说法，因为就阿尔方诺续完的音乐而言，其中一共只有约九十七小节是由这一份草稿里出来的。由于浦契尼的结构思考和阿尔方诺之落实在音乐里之差异很难判定，这个数字系根据以钢琴谱或类似钢琴谱方式记下的连续段落相加而得，而非根据个别之主题元素计算，详细情形会在后面讨论。

米兰黎柯笛公司档案室收藏的二十三张草稿均系十行的谱纸，每页之尺寸为28.9×30.4厘米；有些张数是双张结构，[这些谱纸原本均是由相连之两张合成的一大张，中间可折起，一大张即有四页，如同今日报纸之张数一般。依旧相连的张数为原来的样子，只存单张的，则很可能系被作曲家裁开使用。——译注]纸的颜色已略

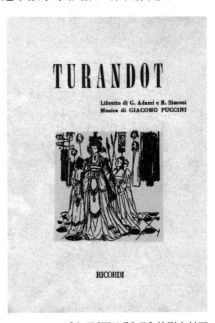

浦契尼《图兰朵》现印持剧本封面

泛黄,浦契尼系以软心铅笔记谱,可以看得到有多次的修改和涂写,在解读上非常困难。有些页上面有水迹,由于每一页的潮湿情形都不一样,这些水迹很可能是当年构思时留下来的。由纸上方边缘的铁锈印子,还可以看得到这一叠资料原来系以回纹针别在一起的。每张草稿正面右上方有以印章盖上的数字,很可能系黎柯笛公司在浦契尼逝世后,为免出差错以及便于作业之故,而盖上数字,并非浦契尼自己的编码。由于这是该批草稿唯一的编码,故在本文中依循使用,并以 r 表示该张之正页,v 表示该张之背页。

综合这些蛛丝马迹,可以将草稿分成四组,一至三组有清楚的剧本内容诉求及音乐进行顺序,第四组则为不同之散张乐思;但整体草稿的排列顺序并不符合剧本内容的先后顺序。例如草稿 5r 至 7v 为一个音乐单元,系写给"我的花朵! 我清晨的花朵!",这一段歌词在剧本所有之版本中,都很晚才出现,而浦契尼在前所引述之 1924 年 5 月 31 日之信中,所描写之"已经有的段落"显示,这一段音乐早已有了。整体而言,草稿各张之编号和每一组之顺序排列应大致能反映作曲家本身整理草稿的原则:已经有的连续相关的部分摆在最前面,之后为单张乐思作为已有计划段落之基本材料,这些乐思亦有可能是较早已有的。

为便于比较草稿和阿尔方诺续成部分不同版本之关系,以下将描述草稿每一页在谱写完成的总谱里被使用的情形;由于本文不可能讨论所有的草稿页数,故而将论点集中在内容较完整、可以被考虑用为续写内容素材之页数,即是那些可以让阿尔方诺在戏剧结构、音乐句法和配器思考上做决定的页数。为了便于阅读,不被谱例打断,正文内仅以阿拉伯数字标明阿尔方诺谱写部分之小节数。[由于印行总谱中一共只有 268 小节,有兴趣的读者可以自行花一点时间,对照总谱,数一下小节数,即可有更清楚的认知。]此外,为了便于读者寻找,当讨论不是一段连续之音乐时,亦会标明印行总谱 (Giacomo Puccini, *Turandot*, Partitur Ricordi, Milano 1958) 之页数或歌词做参考；在提到由浦契尼本身谱写完之歌剧前面部分时，亦以相同之方式说明。文末之《附录二：浦契尼草稿内容表》则表列出草稿和阿尔方诺两个版本之关系。

　　阿尔方诺第一个要面对的决定是，在低音 E 上的第一个四度／五度声响开始前，亦即是进入歌词"死神的公主，如冰块的公主"之前，是否要有过场音乐，这一个问题在相关的研究中，几乎未被讨论过。难以想像的是，在柳儿逝后之降 e 小调和弦逐渐消逝，至二重唱开始时之猛烈的和弦声响之间，没有任何过场音乐。在浦契尼自己完成部分的音乐里，亦可看到类似的"音乐视角"的改变，它们总是以高度艺术性，但经常精减至最简捷的几小节过场音乐衔接前后段落；例如第二幕三位大臣之三重唱被外面进来的声音打断（印行总谱，209 页），音乐接收了乐团结束

基尼（Galileo Chini）为《图兰朵》首演时之舞台设计，第一幕

图七：浦契尼《图兰朵》结束部分草稿 2r

小节之节奏，借此建立一个结构上的结合，它经由平在"新的基础音"上，以叙述性的唱法证实了这个结构上的互相关联。但是在草稿里主要系以人声为中心，其他部分应是留待以后处理的工作，其中没有任何可能是过场音乐之线索，决定以如此的方式开始，经由调性连续性之中断，以突显续写部分之未完成作品之特性，应是正确的决定。

草稿之第一组主要由 1r, 2r, 2v 和 4r 组成，相当二重唱开始的 1 至 28 小节，亦即是"死神的公主"的一段。1r 页亦是整批草稿中最易于判读的页数之一，包含了续成部分的第 1 至第 11 小节，但是草稿上并无任何有关使用乐器的说明。阿尔方诺几乎完全依着浦契尼的草稿写作人声部分，唯一的更动在于人声部分第 7 小节之最后一个十六分音符，以 g^2 代替 f^2，至于配器则是有很多待商榷之处，此点亦会在后面多次提到。草稿第一张为被裁开的谱纸，它的另外一半很可能被用来贴在第 2v 页上，加上完整双张之谱纸 2/4 张，一同形成第一部分有着相同之回纹针锈蚀痕迹的一组，它们的内容在音乐上亦形成一体。1v 页紧接着 1r

页,内容上相当第 12 至 20 小节,此外,尚有几乎完全被划掉的两小节, 由文字可看出大约是"〔Stra〕niero? Son la figlia del"〔(陌)生人? 我是……之女〕。在 2r 页(图七)上,浦契尼则使用了正确的歌词,自 21 小节继续下去,并将 22 小节的 6/4 拍摆到 21 小节上。2r 页包含了 21 至 27 小节,但是由图七可以看到,整体的笔迹几乎接近无法阅读的情形。在这一页右边中间可看到浦契尼注上的日期:"vive 10.10.24"(活着,1924 年 10 月 10 日);这也是所有草稿中唯一有日期的一页,它的功能应在于表示原本划掉的中间部分之乐思, 还是要被使用,它们的歌词是"cielo/libera"(天/自由)。歌词 "tu stringi il mio freddo"(你扯下我冰冷)则因为最下面三行一组谱之空间不足,而挤在上一组的低音声部那行,亦即是自下方数第四行谱之上。这一页最后的涂掉情形显示了作曲之头痛时刻:接续的部分先是写在这一张纸的背面,之后被另一张纸贴上去,盖过了。4r 上是下一个尝试,写歌词"Ma l'anima è lassu"(但我灵魂在天上)部分;白纸张边缘的痕迹可以看到第 3 张因为被用来贴在第 2 张上,所以不见了。4r 上的两小节在阿尔方诺第二版本的 29,30 小节被使用, 在第一版本中则付之阙如。最后浦契尼在贴上的一页(2V)上写了 28 小节的两个可能,第二个可能,在 4r 上以记号 Ø 表示,应是 28 小节之版本。2v 上之注明"con pizzi o arpa"(以顿音或竖琴)则在阿尔方诺的总谱中未被顾及。这一组草稿提供了二重唱前 30 小节之大概情形,除此以外,另有一单张的 18 张正面(18r),应也属于这一组,上面有作曲家以歌词"Cosa umana non sono"(我不是凡夫俗子)之动机开始,做不同开展可能性之尝试;这一页很可能在进行前 30 小节之整体草拟之前所写的,很可能是记录旋律乐思以及其发展之可能。

有部分草稿在人声部分只有不完整的记谱,有时还和伴奏的节拍不和,这些草稿系很难予以重组音乐之关系的。每一位听者都会感觉到,阿尔方诺续成部分之 25/26 小节,在歌词(自由且纯洁！……你扯下我冰冷）之呈现上显出很奇怪的匆忙感，浦契尼在这一段的记谱并不清楚，尝试多种不同节奏之可能性之结果显示，亦找不到较好的解决之道。由作曲家和出版公司的信件往来[阿尔方诺于1926年3月24日给黎柯笛之信；详见后。]可以知道，阿尔方诺在工作时，系根据浦契尼草稿之照相复本以及祖柯利（Guido Zuccoli）和阿尔方诺一起工作之解读结果；后者系黎柯笛公司专门将浦契尼之总谱编成钢琴缩谱之工作者，对浦契尼的笔迹自是相当熟悉。在黎柯笛档案室中藏有一份此一解读结果之手抄译谱，系被视为阿尔方诺手稿编目，但很有可能其实出自祖柯利之手。其上之多种不同字迹[这一份手稿共有十八页，和浦契尼草稿一同保管，编号 N Ⅲ 21，系装在一信封袋里，上有"二重唱资料"字样。Carlo Clausetti 先生表示，在不同的笔迹中，他可以认出 Raffaele Tenaglia 之笔迹，后者是黎柯笛公司长年来专门负责解读浦契尼笔迹之工作人员。]可能源自各方人士如阿搭弥、希莫尼、托斯卡尼尼、东尼欧、克劳塞提分别在米兰或圣瑞摩（San Remo）和阿尔方诺见面讨论续成工作之结果。祖柯利的解读自有其不可磨灭之功劳，但并不表示有手稿

图八：浦契尼《图兰朵》结束部分草稿 5r

语法研究之意图;可以看到的是,将不一致的东西和谐化,或者浦契尼一些几乎无法阅读之段落,其意义经常有很大的判断空间,却都被很清楚地解读在谱上。无论如何,由于这一个译谱之存在,可以确定在浦契尼草稿和阿尔方诺续成部分之间的差异,不会源自阿尔方诺解读上的错误;阿尔方诺第一版本里,和浦契尼草稿相较,人声部分线条的许多改变应是作曲家自由加入的变化。

草稿的第二组为两张叠起的谱,由回纹针别在一起,编号为5r 至 8v,系剧情较后面的部分,为卡拉富的"我的花朵! 我清晨的花朵"。在剧情进行上,有关卡拉富的吻以及图兰朵的战栗部分,浦契尼没有留下任何资讯,在这两段之后,即是这一组草稿之"我的花朵! 我清晨的花朵",如前所言,它很可能于 1924 年 5 月已经记下。图八,5r[曾经出版,见 *La Scala* 1778—1946;Ente Autonomo Teatro alla Scala 1946, 170 f.。]为这一段的开始,亦即是第 65 至 68 小节。这一组亦是草稿中最容易阅读的一组,自然和其系将早已存在的音乐材料继续铺陈有关;在 15r(图十二)上面三行谱可以看到一个为这一组作准备的草思,上面有歌词"mio fiore"(我的花朵)、伴奏和弦和合唱团的十六分音符音型。浦契尼在这一页上的注解"voci di coro mosse a semicrome"(合唱声音以十六分音符进行)确定了他的基本构思,这一段第二部分之结构思考,在《茉莉花》旋律之上的合唱声部和两位主角对话(天亮了! 图兰朵完了! /天亮了! 爱情随着旭日东升!)之重叠,亦应在 1924 年 5 月间已经存在,如同前面所引之给阿搭弥信中所言一般,浦契尼必定意指合唱之"天亮了! 阳光和生命! 一片纯净! ⋯⋯"部分,因为仅发母音之部分不需要另写歌词。

这一段接下去的部分在 5v(69—72 小节)、6r(73—76 小节)以及 6v(77—82 小节)上,其音高结构和阿尔方诺谱写的器乐谱几无不同,但是在律动上却有奇特的差异:在 69/70 小节,浦契尼使用 5/4 拍,71 至 73 小节则是 6/4 拍,并在 74 小节再度使用 65 小节之动机(仅去掉第一个音符),回到 5/4 拍,并一直持续到合唱之《茉莉花》旋律开始时(78 小节),才告停止,阿尔方诺则在 6/4 和 4/4 拍之间摆荡,在歌词处理上相当自由;另一方面,亦很难确定,若浦契尼自己真正进行谱写,在 74 小节再度使用 65 小节之动机时,是否亦会改采规则之律动。6r 上则有清楚的配器说明"coro con celeste"(合唱和钢片琴)(74 小节);阿尔方诺为这一小节之合唱母音部分用了长笛和黑管,并且将合唱与钢片琴以独唱式之效果用在 78 小节上,这里浦契尼也写了一个和弦式的钢片琴伴奏,但是低了八度,以及一个合唱团和萨克斯的齐奏。如同图九之 7r 页[曾经见于 Teodoro Celli, *L'ultimo canto*, op.cit., 34。]显示,这一个二重唱相当完整的段落系配合图兰朵的歌词"Che nessun mi veda! La mia gloria è finita!"(不要让人看到我,我的荣耀结束了!)。这一页上的种种迹象展现了作曲家在思考接下去部分时的不肯定。最上一组乐思之第二小节由于其和弦进行系和第二行人声一同,作为回声效果,故可以计算成两小节,依此计算,在五小节之后,亦即是阿尔方诺之 83 至 87 小节,之后为以图兰朵之音乐为中心构思之两小节过门音乐,再下去可以看出,浦契尼试着为卡拉富写一首咏叹调的开始,歌词应是"O mia dolce creatura! Fragile e stanca!"(噢,我甜美的人儿!柔弱且疲惫!)。浦契尼在其使用之剧本手稿这几句歌词旁边写着:"Qui frase nuova, ma meno melensa."(这里新的句子,但有点俗。)[Ibid., 33。]很可能他自己在 1924 年 5 月至 10 月间,已将这几句去掉了。事实上,这段歌词在付印之剧本中亦不存在,诸此种种皆证实了笔者的推测,5 至 7 页这一组草稿应是较早时构思的。经过努力解读之结果,这一段系以 12/8 谱写,以长笛和钢片琴伴奏,在卡拉富一行谱之上方,浦契尼写上"Galaf",划掉后改为"Ⅱ Principe"(王子),后面接着是"staccare aria"(分段、咏叹调);该行谱之右边为"poi ripresa con bassi a terza distanza"(之后再以低音重覆在三度上),该页之右下方则为"Qui trovare la melodia tipica vaga insolita"(这里找一个典型的美丽特殊之旋律)。

若不看其他零散的部分，就剧情进行而言，这一组草稿系浦契尼最后的音乐，或许其抒情之本质正合阿尔方诺之配器气质，这一段音乐经常让人误以为完全由阿尔方诺自行谱写，例如顾依之看法：

虽然如此，不提"噢，我清晨的花朵！我的花朵，我闻到"这一段独具一格的诗意，是不公平的，它直接地打开了一个印度景象，由远处的童声陪伴着，仿佛在其中看到了莎昆妲拉梦幻的形体在许下誓言的奇迹里，她靠在她有大眼睛的羚羊上……[Vittorio Gui, *Battute d'aspetto*, Firenze 1944 (Monsalvato), *Le due Turandot*, 151。至于阿尔方诺之音乐和其歌剧《莎昆妲拉事迹》之间的关系会在后面讨论。]

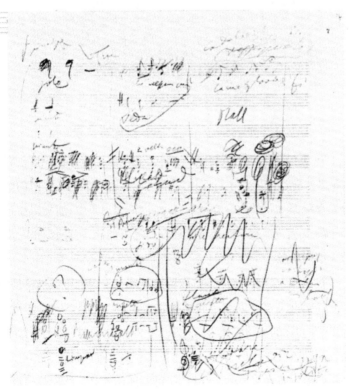

图九：浦契尼《图兰朵》结束部分手稿 7r

图十:浦契尼《图兰朵》结束部分手稿 9r

7v 页包含了两小节接续 7r 之 12/8 段落之构思，并且还有 3/8 之伴奏音型以及平行三度之草稿，都属于被弃之不用的部分。草稿第 8 张的内容亦很零乱，难以放入思考中;浦契尼在正面于降 D 大调上写了两小节继续升高的可能性，背面则是一小节 a 小调乐思。

在这二组之后，为另一批以回纹针别在一起的第三组草稿，9r 至 11r，包含二十六小节互相关联之乐思，相对应的歌词开始为王子的"你的灵魂在天上"。图十为 9r，亦即是这一段的开始，由其涂写零乱之情形可以一窥浦契尼手稿之难以辨读，亦可看到作曲家试着在很窄的空间里，尽可能地记下复杂的配器乐思。

第一小节乍看之下似乎是两小节,但小节线被涂掉了,所以依旧是一小节;这一小节为第 30 小节,亦即是 4r 上之最后一小节之变化,并未被阿尔方诺采用。第二小节里,卡拉富之部分进入,在草稿中,他大部分被标以"Principe"(王子)。在这一小节谱之上方为最后之歌词"La tua anima è in alto"(你的灵魂在天上),其下被划掉的,应是旧有的歌词。配器指示如"molto dolce"(很甜美)或"corni e arpa"(法国号与竖琴)都为阿尔方诺接收使用于31 小节里,此处之乐团动机来自第三幕开始,加上了大提琴的半音进行,然则草稿上之说明暗示了,相较于该幕开始的配器,此处之木管乐器应减少,因为在第三幕开始时,乐团不需要顾及人声部分是否会被盖过。31 小节开始之乐句结构草思则见诸于两张只有在正面有乐思的草稿上,20r 和 21r。20r 系倒过来用的,上面有近似乐团使用之和弦以及一个低音的相对声部,这个低音

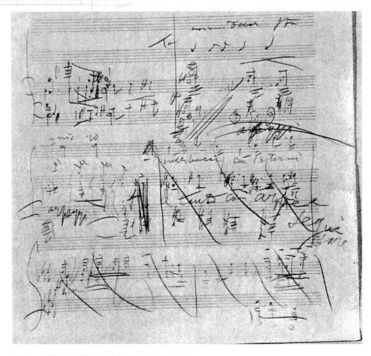

图十一:浦契尼《图兰朵》结束部分手稿 11r

声部很可能被误解，而成为阿尔方诺音乐29/30小节中的定音鼓，此外尚有写好并注明给低音弦乐〔"viole o celli"（中提琴或大提琴）〕之半音进行。第21页则发展了乐团的和声架构，以全音符简记于低音以及和弦上，主要为9/8拍。

至48小节，亦即是至第二幕图兰朵咏叹调主题（第二幕，总谱260页以后）再度被使用时，并没有任何一小节被删去，虽然草稿之记谱满布了涂抹和修改的痕迹。9r包含了30至34小节，9v包含了35至39小节；第9张为被撕开的单张谱，第10张和第12张则是双张谱，在两张中间插入了第11张。除了细微的不同外，10r页包含了第40至47小节之人声及和弦的主要结构；10v〔首次被公开于 *La Scala* 1778—1946, op.cit., 169。〕之第一小节被划掉，其后则是48至50小节的音乐；被划掉的第一小节证明了，要回头用第二幕咏叹调之素材之决定系经过一番思考的。11r（图十一）为作曲家在草谱过程时一个很有意思的决定，在一小节乐团音乐之后，出现两小节图兰朵的部分

托斯卡尼尼（Arturo Toscanini）指挥浦契尼《图兰朵》时摄

"Non mi toccar, straniero!"（不要碰我，外邦人！）；草稿清楚记下第二幕乐团之竖琴分解和弦，自然亦为阿尔方诺未加变化地使用。以近似图兰朵咏叹调之方式，在草稿中，相当于"Straniero! Non tentar la fortuna!"（外邦人！不要试你的运气！）之持续音

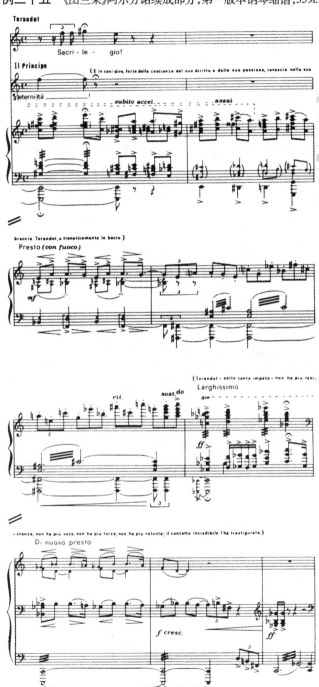

之后，紧接着即是附点音符之动机，[却利曾经对此有过描述，Teodoro Celli, *Scoprire la melodia*, op.cit., 40 ff.。]在第二幕里，这个动机引进了图兰朵和卡拉富之二重唱"Gli enigmi sono tre, la morte è una！"（谜题有三个，人只死一次！）以及"Gli enigmi sono tre, una è la vita！"（谜题有三个，人只活一次！），建立了该幕音乐之第一个高潮（总谱 261 页起）。接下去要进入卡拉富之吻的音乐明显地应是图兰朵咏叹调之降 D 大调主题（总谱 258 页），于草稿之最后被划掉的两小节中，可见到该主题之开始。浦契尼用以取代这两小节的构思在 11v 里，系这两小节的和声进行，其歌词为"È un sacrilegio！"（这是亵渎！）。在第二小节里，卡拉富开始前面提到的附点音符，但在 F 大调上；浦契尼仅在结束处于人声及低音声部写了 F 音。在阿尔方诺续写部分中，这是最大的痛处；"吻"的设计在于让图兰朵转变为能爱的女人，在第一版本中，乐团的波

图十二：浦契尼《图兰朵》结束部分手稿 15r

涛汹涌盖过图兰朵的转变；在第二版本里，这一段管乐的狂野被删去，只剩下不知所以然的几声大鼓。（总谱 420 页；58/59 小节）草稿 11r 页的涂抹只是出自要增添其他乐思之需要，依笔者之见，这一页显示了浦契尼计划处理的方式：乐团声响以图兰朵咏叹调之降 G 大调主题开展出美丽的花朵。谱例三十五取自阿尔方诺第一版本之钢琴缩谱，可看到这个主题（见 Larghissimo 处）确实被使用，但却并不是整个乐团乐句之重心，而仅被中间声部之三支伸缩号、两支巴松管、英国管、低音竖笛以及所有中提琴和大提琴演奏。[这一种使用伸缩号之配器方式系奠定于《唐怀瑟》(Tannhäuser) 序曲。]虽然第 10 和 12 张手稿为双张谱纸，浦契尼在继续 10v 之写作时，并未使用 12r，而在中间插入第 11 张草稿，清楚地确定下一段较大的整体段落。12r 为空页，12v 很可能早已被使用，有三小节乐思，系建筑在两个增三度和弦上之高声部旋律配上伴奏，其内容则无法确定应属于《图兰朵》结束段落的那个部分。

第四组，亦系最后一组以回纹针别在一起的草稿均系零星的片段，为四张单张谱纸（13 至 16），之后为七张（17 至 23）没有特别归属的草稿。最后七张大部分只在正面记了谱，但并不完整，亦很难根据剧本内容去判定其归属段落；其中有两张上面可以看到，浦契尼为最后的合唱部分拟使用卡拉富咏叹调的草思。由这几张草稿记谱的情形，以及它们经常在人声部分只记下某些歌词的关键字，可推测出它们系尚未被进一步推演之乐思。

13r 有反拍的五小节为“Del primo pianto, sì, straniero！”（第一滴泪，是的，外邦人！）的段落，被移调至 e 小调，系阿尔方诺后来应托斯卡尼尼的要求，使用浦契尼之草稿，去掉他自己原已谱写之音乐，而在第二版本中加上之段落（总谱 429 页；101 至 106 小节）。13v 系和 15r（图十二）平行之草稿，主题开始部分在此被展开，并加上和弦，亦即是阿尔方诺续成部分之过门音乐，只是这一段（总谱 448 页；210—215 小节）的律动较规则，并且以二倍音值之音符记谱。这一页上有"cambiamento scena"（换景）字样，并注明使用之乐器有"trombe, campane"（小号、钟），在乐思下方浦契尼注明之后演进之想法"girare toni bemolli"（转至小调）。和其相对的 15r（图十二）上，在下面两组各三行的谱上则有着更丰富的乐器构想：在"cambiamento di scena/prelude/alba"（换景、前奏曲、黎明）之说明下，浦契尼写下了"Trombe a 3 accordi"（三和弦小号），还有"Ottavino, Celeste, Flauto, Carillon, Campane, 2 Gong"（短笛、钢片琴、长笛、钟琴、钟、两面锣）；在稍早草写的过程里，他用了"Glissé d'arpa, di xilo e celeste"（竖琴滑奏、木琴和钢片琴），后来以用圆圈圈出的"Campane grandi"（大钟）画于其上。续谱写者的一般倾向，重视音符而忽视文字说明，在此可以见到；阿尔方诺给这一段的配器完全是另一方向，浦契尼想像的是像第二幕三位大臣一景开始时的较轻的中国风味配器，这里的换景音乐却是浩浩荡荡，直可和瓦格纳后继者相比拟。

13v 和 14v 均是空页，14r 的内容难以判定为剧本之哪一段，因之，可能是较早时的草思。15v 和 19r 则有着主题上的共属性，

谱例三十六　浦契尼《图兰朵》草稿 15v 之上声部。

谱例三十七　《图兰朵》阿尔方诺续成部分，第一版本钢琴缩谱，366 页。

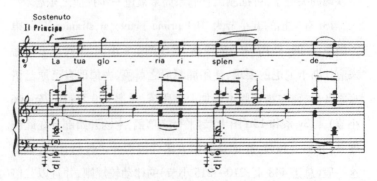

为一个降 D 大调旋律之设计，在 19r 上有着"seguito frase duetto in re b"（接二重唱乐句在降 D 上）字样。这个旋律之音高素材在阿尔方诺手上被以很独特的节奏处理方式转化了；比较谱例三十六和谱例三十七即可看到个别音符之长短变化彻底改变了旋律的个性。明显地，浦契尼之调性想像降 D 大调系和终曲有关，因为在 19r 的下方也有"降 D"的字样，浦契尼记上了卡拉富第三幕咏叹调的旋律，系为歌剧之终曲合唱所设计的。在第二幕结束时（总谱 305 页），此旋律之出现和"陌生王子"相关，在歌剧结束时再度用此动机系符合剧本之内在逻辑：剧本以"爱"代替"卡拉富"来解决戏剧冲突。23r 上在卡拉富旋律之前有两个和弦，很可能系给合唱团的"爱"的呼喊；这一张的背页只有两小节和弦伴奏，但难以看出用途何在。

图十三：浦契尼《图兰朵》结束部分手稿 17r

剩下的草稿中，有三页(17v，18v，22r)为纯粹配器之草稿，无法确定其位置何在。17r(图十三)和18r则很可能系作曲家打算继续使用的乐思，相反地，在其背面之动机则在很早的时候就被放弃了；17r会在后面继续讨论，18r则是写给"Che mai osi, straniero?"(休得无礼！外邦人！)之正在发展中的草思。16r和17r亦有相关性，在16r上，浦契尼写了配卡拉富歌词"Il mio mistero? Non ne ho più! …Sei mia!"(我的秘密？我没有秘密。成为我的！)一直到他自己宣布名字段落的模进旋律，这一个主题被休斯(Spike Hughes)形容为"难以置信的俗气、非专业之笨拙模进"。[见 Gordon Smith, *Alfano and "Turandot"* in: *Opera*, London 1973, 228。]紧接其后之图兰朵歌词"So il tuo nome! Il tuo nome! Arbitra sono ormai de tuo destino…"(知道你的名字了！知道你的名字了！现在要决定你的命运了……)则是17r上方的标题；接下去发展的、很可能要给弦乐的主题有可能原本要用来作为爱情二重唱的开始，很可惜没有被阿尔方诺使用。在此页最下方有清晰可见之"poi Tristano"(之后，崔斯坦)字眼，或许源字此页上大量的半音进行：[却利(Teodoro Celli, *L'ultimo canto*, op.cit., 35)认为，此处可能意指一个没有记下的动机上的相似性，笔者却不以为然，因为在这么一个重要的地方，任何一位作曲家都会避免引起联想的乐思设计。]很可能卡拉富的歌词"Che m'importa la vita! È Pur bella la morte!"(生命有何重要！如此的死亡多美！)有着崔斯坦式地视爱情与死亡为一体的意味，而让作曲家引起联想；他非常清楚地意识到，自己的以一个爱情得以超越现实之场景结束的作品，和《崔斯坦与依索德》(*Tristan und Isolde*)之第二幕形成了理念上的竞争。

三、阿尔方诺的谱曲过程

为了了解阿尔方诺当年系在何种情况下，以浦契尼留下的草稿为基础,续写完成《图兰朵》,笔者阅读了收藏在黎柯笛档案室的阿尔方诺给黎柯笛公司的信;另一方面,为了理解为何在印行总谱版本中,有一些无论在剧本或音乐内容上都难以令人置信的前后不衔接之段落,笔者细究了阿尔方诺的手写总谱;该份手稿共有六十一页加上两页补上之散页,黎柯笛编号 N Ⅲ 20。研究结果显示,这一份总谱之完成应更早于用来制作第一版本钢琴谱之总谱。[总谱手稿上有许多歌词部分系接近1925年印行之剧本内容,它们被阿尔方诺划掉,写上新的歌词,即是第一版钢琴缩谱之内容;详见后。]阿尔方诺信中许多话语,必须和黎柯笛给他的信相对照,方可得窥全貌,因之,翻阅黎柯笛公司于 1924 年 10 月至 1926 年 4 月间之信件复本,成为不可或缺之工作。在这一段时间的黎柯笛信件里,和《图兰朵》相关之信件颇多,除了阿尔方诺外,相关的来往对象尚有阿搭弥、基尼、托斯卡尼尼以及米兰总公司和罗马、伦敦、巴黎、纽约、莱比锡、布宜诺斯艾利斯、维也纳等分公司之信件来往,讨论许多和演出相关之细节,诸如舞台、服装设计以及版权问题等等。对本文而言,最重要的自是和完成最后之音乐有关的信件。

前面所引之史纳柏给浦契尼儿子东尼欧的信中, 提到了作曲家维他丁尼。但是直至 1925 年 7 月,黎柯笛向阿尔方诺提出建议的时日里,黎柯笛的往来信件中,并不见其他人选的名字。原因应在于之前的整个讨论主要在克劳塞提和瓦卡伦基(Renzo Valcarenghi),[1919 年,帝多交出经营权后,黎柯笛之主要业务即由此二人掌理。]两位当时黎柯笛之总经理,以及东尼·浦契尼、阿搭弥和托斯卡尼尼之间,以私下见面之方式进行,因之,没有留下信件往来。[在 1925 年 5 月的信件中,曾经提到瓦卡伦基给其子桂多(Guido,当时黎柯笛布宜诺斯艾利斯分公司主管)之一封信,该信中应有和《图兰朵》相关之事,但遗失了;MrCL 1924/1925—8/345。]不仅如此,在黎柯笛总公司和分公司之通讯中,对此事更是守口如瓶,甚至在 1925 年初,还曾考虑过将《图兰朵》以未完成的方式演出。最早的想法见于 1924 年 12 月 9

日给罗马歌剧院总监卡瑞利(Emma Carelli)的电报:

> 有关图兰朵可告知歌剧将以目前情形于本季在斯卡拉演出。目前尚不知是否有特别原因导致演出取消。(MrCL 1924/1925—5/170)

要请阿尔方诺来续完浦契尼遗作的决定很可能在6月里才定案，主因应在于其歌剧《莎昆妲拉事迹》(*La leggenda di Sakùntala*,1921年于波隆尼亚首演)之成功，并且他亦是黎柯笛公司之作曲家之一。瓦卡伦基的一封信显示，阿尔方诺系由托斯卡尼尼推荐的。[详见后，MrCL 1925/1926—6/437。Mario Rinaldi, *Ritratti e fantasie musicali*, Roma 1970, 305, 转述了阿尔方诺自己的话, 亦证实他系由托斯卡尼尼推荐的。]1925年7月初，东尼至圣瑞摩拜访阿尔方诺后，黎柯笛发一封电报[在 MrCL 中不见此电报。]给阿尔方诺，后者则于7月5日回了一封信:

> 昨天试着打电话给你们，但不成功。
>
> 因而今天才回你们的电报。尤其我担心，东尼·浦契尼在告诉您们有关我对他提出的好的、但风险也很大的建议所给的回答时，没有能完全清楚地表达我的意思。
>
> 事实上，事情是这样的。当东尼和我谈的时候，是那么的诚心，虽然我立刻知道要面对的各种各样的高度困难，但是我完全无法想像，如何能清楚地拒绝他。他自然地提到时间上的问题，什么时候要完成工作时——他保证那只是件小(？)事——我别无选择，只能很有良心地拒绝他。我必须告诉他原因，我在图林瓜里诺(Gualino)剧院之工作、《莎昆妲拉》法文歌词要修改(尼斯)、《复活》(*Risurrezione*)总谱要整理(芝加哥)以及我最新的四重奏要赶快写完。并且，由于我9月要接音乐会总监之事，今年的所谓假期会很短。

但是他很坚持,请我在最后决定说"不"以前,看一看要完成的工作,我的朋友阿搭弥可以把资料带来,让我好有个印象。

虽然就本质而言,希望的结果是一样的,我还是觉得你们请我去米兰——这是我所理解的——加上托斯卡尼尼大师的在场,有着明显的要接受的味道,好像事情都已经定案了。因此,我要拜托你们,回到第一个暂时的决定:让阿搭弥来这里。我们是老朋友。我可以安静地思考所有接受和不接受的理由(不接受的理由要比接受的多),我才能做最后的决定,再通知你们。

以我对大师(浦契尼)的尊敬和景仰,如果我最后实在不能满足东尼的意愿,那一定是有很重要、说得过去的理由,让我不接受此事。

多方的感谢你们给我的信任……(Mr F.Alfano 126)

7月14日,黎柯笛回阿尔方诺一封电报:

托斯卡尼尼尚在此,在他同意下,我们希望您尽快前来米兰,以阅读资料尤其总谱并商讨诸事。请电报回音。问好。(MrCL 1925/1926—1/189)

阿尔方诺的回应并未留下来,但由另两封7月17日的电报(MrCL 1925/1926—1/253,254)可以看到,阿搭弥、克劳塞提和东尼欧于7月18日至圣瑞摩和阿尔方诺见面。另一方面,在7月15日时,服装设计布鲁内雷斯基被以电报(MrCL 1925/1926—1/217)告知,其设计很可能在当年11月纪念浦契尼逝世周年之作品首演时,会要被用到;7月21日,基尼亦收到电报(MrCL 1925/1926—1/306),请他到米兰和其他之共同创作者讨论布景设计之最后造型。7月24日,黎柯笛公司感谢阿尔方诺答应接下这份工作，并邀请他至米兰和黎柯笛以及浦契尼家人讨论签约之事，并寄给他一份剧本之复本。(MrCL 1925/1926—1/382)7月30日，黎柯笛发电报给阿搭弥，首次宣布所有参与人员之"全体聚会"：

> 绝对需要您参与明日于斯卡拉之全体聚会。托斯卡尼尼阿尔方诺希莫尼浦契尼。托斯卡尼尼阿尔方诺待在米兰只为等你。务必要来。瓦卡伦基(MrCL 1925/1926—1/457)

由瓦卡伦基8月13日及18日回复阿尔方诺的信(MrCL 1925/1926—2/134,170)之内容可以看到，阿尔方诺要求黎柯笛请阿搭弥更动剧本，瓦卡伦基原则上同意，阿搭弥原则上亦做了；但是阿尔方诺希望更动的部分中，有一些是浦契尼一定要用的：

> 阿搭弥不愿意更动"我清晨的花朵"一段，因为浦契尼喜欢它，而且已经有音乐了……(MrCL 1925/1926—2/170)

8月25日，阿尔方诺和黎柯笛签下完成这部歌剧的合约：阿尔方诺交谱时，可获三万里拉，此外，由于他是图林音乐院院长，于写作期间，必须向校方请假，故而可获支付每月二千五百里拉的酬劳，此外，尚有4%的演出获利；前两项全部由浦契尼家族支付，最后一项则由浦契尼家族和黎柯笛公司各负责一半。(MrCL 1925/1926—2/292)9月中，阿尔方诺向外界宣布他正在写作《图兰朵》之未完成部分，随即接到黎柯笛一封数落他的电报：

> 很惊讶您不当过早之记者会。很遗憾您未先和所有相关者商量，即打破神圣小心之沉默。您应以工作为优先。
> (MrCL 1925/1926—3/154)

黎柯笛内部来往信件显示，9月底时，黎柯笛公司已很清楚认知到，《图兰朵》不可能在11月底首演，以纪念浦契尼逝世周年。再者，阿尔方诺得了眼疾，在一封10月初的信件中，黎柯笛公司寄给阿尔方诺饰唱莎昆妲拉歌者之造型，并祝作曲家早日康复。

另一方面，黎柯笛内部来往信件亦反映出谱曲有了进度；在一封给纽约分公司的主管麦斯威尔（Georges Maxwell）的信中，指示了要如何和大都会歌剧院商讨《图兰朵》在美国首演事宜：

> 大师［意指阿尔方诺］很成功地完成了工作，亦即他补上了二重唱以及第三幕的终曲，并且他使用了过世大师遗留下来的音乐草思和指示。这可以说是一个以浦契尼音乐为基础，由最有才能之作曲家之一完成的续补音乐，他很忠实地依循着大师的足迹。因此，我们几乎很肯定，《图兰朵》在明年4月初会很成功地在斯卡拉首演。
>
> （MrCL 1925/1926—3/466）

阿尔方诺于11月1日写给黎柯笛之信中（Mr F.Alfano 131），对其眼疾多所抱怨；信之字迹的明显改变，亦显示出其眼疾康复情形不佳。12月9日，黎柯笛通知他，祖柯利将至图林，以将阿尔方诺完成部分改编成钢琴缩谱；稍晚之信件显示，祖柯利亦将转译浦契尼之草稿。阿尔方诺于12月14日给黎柯笛的信（Mr F.Alfano 132）显示，他随信寄出第一批十九页谱。黎柯笛对这一批谱的反应，尤其是托斯卡尼尼的反应，很不合阿尔方诺心意。1926年1月15日（MrCL 1925/1926—6/403），黎柯笛公司向阿尔方诺催交总谱开始部分；1月18日，黎柯笛公司寄出催告信（MrCL 1925/1926—6/435），提醒他，黎柯笛和斯卡拉剧院已签下合约，得按时演出作品。阿尔方诺方面则于1月15日写一封信给黎柯笛，信中可以看到作曲家复杂的心理状况：

亲爱的瓦卡伦基，由于是有关付款之事，我写信给您，因为您是这方面的天才。我收到我写好的(完美的)誊抄谱以及560里拉，觉得很公平；同时我也收到寄回的我的手稿(《图兰朵》续成部分)。在我进入配器工作之前，我想告诉您以下诸事：如果一切顺利进行，没有我的访问，没有我漫长痛苦的病痛，我早就完成这份工作，并且能进行我自己的自7月开始被中断的工作，但是魔鬼要作弄我。在我的不幸带给我生理及精神上三个月的低潮后，我还要丢弃已经完成、并已经配器好的音乐的三分之二部分（我这里有已经完成的总谱，可以证明我的话）。在第二个工作阶段，违背当初的协定(我还是很坚持，因为这是我唯一的真正的权益！)因为有违我们的协定，我说，有人要求要使用那些原先被放弃的浦契尼的草稿。您要相信我，我之所以答应系出于对公的尊敬，因为我答应了哥伦布(Colombo)……没有别的原因……因为完成的部分原来是很好的。但是，像我前面说的，由于我没有坚持，逼得我要再进行三分之二的工作，现在还要逼我再做配器的工作。

我们的合约上除了固定的数字外，尚有额外的一个月或更多的音乐院的薪资补偿。如果我当初请假——我现在没请假(当然，我是"向世界"请假)，可是我还是可以请假——我会有较好的心情工作。但是在我决定请假之前，我必须请教以下的良心问题：如果我请假，我的合约提供可能性，大约，折中算的话，两个月的薪水，作为浦契尼遗族之代表，公司方面完成这份工作的成本会增加。但是公司本来就要花钱完成此事，而我却无甚好处，因为许多地方，我要做双倍的工作，完全因为为公司着想。因此，我要求公司另行支付比两个月薪水多的费用（完成的工作要比这值钱得多），就算六或七千里拉吧。当然，公司如果诚实的话，在问问良心之后，不会要拒绝或减价的！……如果公司再进一步

想想，这笔钱和我的病痛相较，实在不算什么。我的眼疾会
继续恶化，而《图兰朵》不是完全没有关系。如果公司这样
想，就会同意这只是小事一件。因此，亲爱的瓦卡伦基，我等
您的消息，我再重复一次，我很肯定，我有权如此要求，您
也会答应。更何况这续成的部分会为浦契尼的大作加上冠
冕⋯⋯它会为你们带来大笔的美金、英镑、马克，金光闪
亮，就像九月的葡萄！［在意大利，进入 9 月时，白葡萄的浅绿外观开
始转为金黄色。］⋯⋯

　　我将会全心地进行新的改写工作！(Mr F.Alfano 135)

作曲家的感受，要为了别人的音乐削减自己的音乐，却得不
到在商言商的瓦卡伦基的认同。根据合约，阿尔方诺必须尽量使
用浦契尼的草稿，黎柯笛亦依此要求阿尔方诺削减、更动已完成
的音乐。无可否认地，在如此不完整的草稿状况下，是很难判定
一定得使用草稿之下限的；选择的结果显示，作曲家有着很大的
活动空间。以下是瓦卡伦基 1 月 18 日的回答：

亲爱的大师：

　　刚收到您本月 15 日的大函，我愿意本着我自己唐突的
直接个性告诉您，合约的条款必须维持不变。

　　你错了，错得厉害。如果您坚持，您做了双倍工作，系因
为我们有违当初协定，要求您使用较多的浦契尼的材料。我
们接受托斯卡尼尼大师的建议，请您做的工作非常清楚，并
无误解的空间。您应该在不幸的贾柯摩(Giacomo)留下的草
稿之基础上，写完《图兰朵》第三幕的第二部分。如果您忘了
这个协定，做别的决定并且开始配器，而不事先与我们以及
托斯卡尼尼大师商量，这不是我们的错。

　　您的病痛想必对您造成损伤，但是您的病痛也让我们
延迟制作剧院演出材料，而带来重大的损失，更别提我们为

祖科利待在都灵期间付出的费用以及克劳塞提和阿搭弥多次前往都灵和圣瑞摩的支出。从来没有人想过,要求您负担这些额外支出,因此我觉得您的要求不仅不恰当,还很过分。您交谱时可获得的三万里拉,我觉得不能算少,当您再算上那重要的 4%,它会带给您美金、英镑、马克。就这笔收入而言,我今天可以预付您五万里拉,让您清楚,仅您这一份工作——不管您真正的价值和未来的成就——就带给您多少收入,因为您永远和浦契尼的作品结合在一起。

请原谅我的直接,并接受我衷心的问候。

(MrCL 1925/1926—6/437,438)

至于确实要求阿尔方诺修改及删减音乐的背景、对阿尔方诺音乐之评价以及托斯卡尼尼在要求修改一事里扮演的角色,可以由以下一封克劳塞提于 1926 年 1 月 26 日写给托斯卡尼尼的信之内容看出;后者系在美国进行演奏之旅:

亲爱的大师:

我们都非常高兴,经常听到您音乐会的伟大成功,它一再地证实您身为艺术家和意大利人的价值。

我想告知您,阿尔方诺大师依着阿搭弥和我转告他之您决定的改变,在这几天已经完全完成了《图兰朵》的续成部分,并且已经交稿。

第二段由浦契尼留下的段落("休得无礼!外邦人!")现在对了,另外一个阿尔方诺的无用产品被删去,并且以一个浦契尼主题写的短小段落代替,咏叹调完全是新的面貌,并且第一部分系建立在浦契尼自己动人的主题上 ("第一滴泪,是的,外邦人! 当你出现时")……在第二部分则是浦契尼草稿中的降 D 大调,等等,且回至开始的激动速度上。最后歌剧终曲的高潮,阿尔方诺写给男高音和女高音的部分,现在是合唱团的。我觉得,我们终于可以算满意了,我希望这也会是您的看法。

阿尔方诺现在进行配器。

(MrCL 1925/1926—7/140,141)

而克劳塞提略带夸张的描述,究竟有几分属实,会在本文下一部分继续讨论。就信的内容来看,主要目的应在于强调托斯卡尼尼在整个事情里的重要地位。无论如何,这封信证实了要求修改主要是托斯卡尼尼的意思,很可能亦由于此一原因,即使阿尔方诺照要求进行修改,托斯卡尼尼在首演时,依旧不愿指挥演出这一部分。[在浦契尼传记里,对于托斯卡尼尼在首演时,指挥到柳儿之死以后,即放下了指挥棒之举,经常以浦契尼自己曾说过的话来解释;由以下这个例子即可看到其目的何在:"《图兰朵》应该被视为完成的作品,因为根据歌剧的外观来看,它确实写完了。大师在接受最后并不成功的手术前一晚,说过这伤心的话:'歌剧将会以未完成的情形首演,会有人走到幕前对观众说,大师就在这里去世。'这些话应被视为深深忧郁状况的表达,是他不得安宁的心中的怀疑。最后一幕二重唱的歌词,他还修改了它们,欠缺的只是这一部分的配器,音乐的轮廓完整,主题也清楚地标示出来。"(Arnaldo Fraccaroli, *la vita di Giacomo puccini*, Milano(Ricordi)1925)。]

两天后,阿尔方诺通知黎柯笛,总谱已经完成,他自己会将它带到米兰(Mr F.Alfano 137,1926 年 1 月 28 日)。自此时起,主要的工作者保持密切的联系,信件往来则相对地明显减少。但在一封黎柯笛米兰总公司于 1926 年 2 月 17 日给罗马分公司的信里,提到新的终曲合唱之合唱声部的钢琴缩谱(MrCL 1925/1926—8/39,40)。三月里,黎柯笛请阿尔方诺归还浦契尼草稿,供托斯卡尼尼做比较,阿尔方诺的回答虽然拐了弯,但在字里行间还是可以看得到对过去的不同看法的反应:

瓦卡伦基很客气地通知我,将浦契尼手稿(照相复本)寄给托斯卡尼尼,当然是为了研究它们,以和我续成的部分

基尼(Galileo Chini)为《图兰朵》首演时之舞台设计,第三幕

作比较,或者根本想揣测它们原来的精神何在,就算是经由另一个人……无论如何我相信,祖科利的译谱要更适合这个用途,它很清楚易读,可以省下大师不少眼力。

基本上来说,这样的结果让我减少些痛苦——就算是只有一天吧——要和这些手稿分离,它们对我来说不仅很珍贵亦是最亲爱的回忆,更是我的工作有力的佐证,如果有任何责难的话;虽然没有人会如此希望,但未来一定会对我的工作有很多责难的……

我很肯定,公司同意我的看法,尤其是公司有手稿的原件,随时可以任意复制……(Mr F.Alfano 140,1926 年 3 月24 日)

之后陆续尚有歧见出现,黎柯笛先后于 4 月 12、13、14 日发出电报,要求阿尔方诺参加最后的排练。(MrCL 1925/1926—9/456,486;—10/31)由于没有第四封电报,很可能阿尔方诺终于照做了。值得一提的是,黎柯笛米兰总公司于 4 月 15 日给那不勒斯分公司的信里,对首演日期尚不肯定,但在 4 月 27 日时,它却能发电报给莱比锡、巴勒摩(Palermo)以及那不勒斯分公司,通知首演的情形:

　　　图兰朵盛大成功第一幕七次谢幕第二幕六次第三幕六次。

　　(MrCL 1925/1926—10/226，227，228)

　　而阿尔方诺续成部分在 1926 年 4 月 25 日当晚并未被演出,[阿尔方诺的删减版于 1926 年 4 月 27 日才由另一位指挥演出,亦颇获好评。而托斯卡尼尼终其一生,未曾再指挥过《图兰朵》;请参考 Ashbrook/Powers, op.cit.,152/153。]他和黎柯笛的龃龉日见恶化,他和托斯卡尼尼的关系更是降至冰点。阿尔方诺开始和维也纳的环球公司(Universal Edition)接触,并且逐渐撤回他由黎柯笛代理的作品;环球公司档案室并藏有一封阿尔方诺给公司的信,只要托斯卡尼尼担任斯卡拉剧院指挥一天,他的作品即不在那里演出。

四、解开阿尔方诺版本之谜

　　阿尔方诺续成浦契尼《图兰朵》之过程留下了三份音乐的资料,它们虽然反映了三个不同的阶段,但基本上可视为两个版本。黎柯笛米兰档案室里收藏的阿尔方诺第一版本总谱手稿(编号 N Ⅲ 20),系最早的资料,有六十一页总谱和单独的两页,用作补充之用(合唱或竖琴及小号);比较这两页和总谱内容显示,这单独的两页并非稍后的改写,而是总谱最后几页的空间不够,只好另外加谱纸使用。下一阶段的资料为曾经印行之第一版本的钢琴缩谱，和第一版本总谱手稿相比，二者在歌词上有许多相异处，但阿尔方诺亲手将原来之歌词划去，补上最后之歌词。在一些和浦契尼草稿本质上相异之处（例如第一版本之40至44小节），在总谱上则无歌词。以这一份资料和1926年1月中阿尔方诺和黎柯笛的信件来往相对照，即可以看到一些事实；此时，阿尔方诺快要完成总谱了。1月15日，黎柯笛催阿尔方诺交出续成部分之开始(MrCL 1925/1926—6/403)；1月16日，阿尔方诺回答：

> 如您所知，我谱曲的开始部分还缺歌词，我必须要和阿搭弥找机会完成它。无论如何，绝对有必要，所有的歌词和场景说明细心地核对。如果您希望我将音乐送出，我会照做，可是我不懂，它能有什么用，如果人声部分还不全，而我必须和阿搭弥一同来将它完成确定。
>
> 等您的决定。(Mr F.Alfano 136)

黎柯笛的回信不仅反映出续成工作在最后阶段的急迫情形，亦展现了意大利歌剧演出实际情形所导致的钢琴缩谱和总谱记谱分家的情形。续成部分之钢琴缩谱交出后，立刻用来制作演出所需之各式谱和相关材料，作曲家在进行配器时，已没有更改音乐的可能，而不影响到首演的期限。手稿总谱上注明了"结束，阿尔方诺，都灵，1926年1月28日"，依旧没有歌词，但是完整的钢琴缩谱却在1月中即送至米兰，这个事实证明了，阿尔方诺接受了黎柯笛于1月18日回信中的建议，让阿搭弥处理歌词的问题。

> 敬爱的大师：
>
> 本月16日大函敬悉，我们必须回答您，我们和斯卡拉

剧院有不可展延的契约(若是违约,会带来很严重的后果),内容是,我们最晚要在2月1日交出《图兰朵》完整的钢琴缩谱和合唱团的谱,所有乐团部分的谱不能晚于3月1日。因此,您可以轻易想像,对我们来说有多紧急,现在一定要拿到完整的钢琴缩谱。我们克劳塞提先生和阿搭弥先生保证,在二重唱开始还缺少的歌词,只是很少的部分,因此可以由阿搭弥先生自己轻易地将歌词搭配上音乐。因此没有原因来浪费对我们而言很宝贵的时间,我们要请求您,邮寄过来已经给我们部分的前面那一段的音乐,以及有关合唱和两个人声声部的新的终曲版本,并且要像克劳塞提先生和阿搭弥先生和您讨论过的情形。

当然,我们不会忽略,当整个钢琴缩谱定稿完成时,给您过目,并获得您同意。

盼望收到您寄来的东西……

(MrCL 1925/1926—6/435)

除了这些由于制作钢琴缩谱过程而产生的歌词上之出入外,阿尔方诺的总谱手稿和第一版本的钢琴缩谱内容并无不同处;霍普金森(Cecil Hopkinson)在其书中[Cecil Hopkinson, op.cit., 52。]即曾提到,这一个钢琴缩谱里,阿尔方诺续成部分有377小节,和坊间可买到的1958年印行之欣赏总谱[此一欣赏总谱(Ricordi, P.R.117)系将指挥总谱缩小而成,在笔者进行此研究时,黎柯笛米兰总公司乐谱租借部门并无第一版本之总谱,今日则有总谱及钢琴缩谱(编号119772, Puccini/Alfano, Turandot Finale I°, Canto e pianoforte)演出材料可租借。]之268小节相较,前者显然长大得多。

比较两个版本的结果显示,第二版本并非仅经由删减第一版本之某些段落完成,相反地,有些地方系加上了几小节音乐,这些加上去的音乐都是和浦契尼草稿有更直接、强烈的关系。不仅如此,第一版本的一些材料亦有被重叠使用或更加延伸的情形，两个版本之间的关系只有以逐步描述阿尔方诺的删减手法才可能被呈现得清楚。因之，以下即以第二版本，亦即是印行之通行总谱为出发点做叙述，虽然此一版本在很多方面和第一版本相比，都显得较无章法；附录三则表列出此一比较之结果。

在卡拉富和图兰朵二重唱之第一部分里，亦即是大约至第二版本的第 105 小节处，若姑且不看乐团声响之部分，阿尔方诺之续成工作仅局限于写过门段落，以衔接草稿上已有之个别段落；在这里，浦契尼的乐思和阿尔方诺音乐之间的扞格不入的情形，要比其他部分明显得多，在这一段以后的部分里，阿尔方诺有着较大的自由空间，以发展自己的设计。附录三的比较显示，这一段里自 20 小节开始，阿尔方诺开始进行修改，这些更动有时严重影响了音乐的结构。在前十九小节里被更动的，只有一些微不足道的配器细节，但 20 至 28 小节（第二版本）之段落则有大幅度的改变：阿尔方诺在个别主题开始处做了更动，有些只是互换了乐团音色；他去掉了一小节在浦契尼手稿中没有的音乐，但这一小节系使用后来出现的图兰朵人声部分主题的开始写的；他将歌词"自由且纯洁"加回原处，虽然在歌词呈现上显得匆忙。接下去的 29/30 小节在第一版本里，有着多次修改的痕迹，最后亦没有被使用，明显地，阿尔方诺对解读之结果并不确定，但在第二版本里，这两小节被加进去；第一版本里（见谱例三十八），图兰朵声部之$^\#f^2$。凌驾于乐团之上，影响了和声效果和卡拉富随后进来的高音$^\#f^1$。

接下去的小节里，在第一版本的配器上并没有中提琴和大提琴的三十二分音符音型，虽然在浦契尼的草稿中，这一点清晰可见；在第二版本里，这一部分虽然存在，但好像只是附带产品，不太心甘情愿地被摆在音乐里，并且在 38 小节以后，就没下文了。特别的是，阿尔方诺在第二版本里将这个音型交由大提琴和低音竖笛轮流演奏。此一缺乏动机之音色变化在乐团热烈的背景中,完全没有连续性,反而造成轮廓上的模糊,绝对不会是浦契尼想要的。第一版本和第二版本在配器上的许多改变证明,这一段原来的配器手法必曾遭到严厉的批判,而这些批判最主要应来自托斯卡尼尼。例如第 35 小节后加上去的使用弱音器之法国号(总谱 412 页)应是出自浦契尼草稿 9v 上,在钢琴谱式之伴奏和弦上有着"marcati"(顿音)之字样。

为了让音乐之歌词呈现得以流畅,阿尔方诺在第一版本里,未使用浦契尼草稿里将图兰朵的歌词"不要亵渎我!"与十六分音符结合的乐思,整个段落和浦契尼的草稿相比,少了两小节;在第二版本里,阿尔方诺才重新使用浦契尼设计的十六分音符,它赋予第二版本进一步的动力,提升戏剧功能,因此而产生之新加的两小节(46/47),并导致前面的 44/45 小节的更动。在图兰朵第二幕咏叹调主题进入后(48 小节"不!……没有人能得到我!"),阿尔方诺补加上原来浦契尼打算使用之第二幕咏叹调之声乐旋律线。在卡拉富热吻后的盛大乐团提升(见谱例三十五)部分,在第二版本里被删掉了十六小节,这个突然中断的乐团总奏结束在几声鼓声上(58/59 小节),配以低声部乐器的支撑。虽

谱例三十八　《图兰朵》阿尔方诺续成部分,第一版本钢琴缩谱,356 页。

然两个版本在这一段都难以令人满意，相形之下，较长的第一版本至少还有较高的音乐连续性；而第二版本则经由阿尔方诺删减，破绽处处，也透露了创作者的意兴阑珊：音乐好像系以剪刀剪开，在被删去之小节接缝处，音乐进行之句法逻辑荡然无存。在下面还会继续看到，由于删减的原则系以歌词而非音乐为准，经常导致音乐进行之连续性经由不规则之删除方式而有严重的损伤，并未达到所期望的戏剧的澄澈性。

第二版本之 65 至 87 小节来自草稿的 5r 至 7r 一组（"噢，我清晨的花朵！"），由于浦契尼在这一段已有很清楚的乐思结构留下，会有问题的部分，仅在于乐团之处理[令人不解的是，草稿 5r 的反拍版本（"我的花朵"代替"噢"）没有被使用；这一个设计可以平衡后面持续音 e^2 之节奏分配。]88 小节以后是结束段落的部分，系阿尔方诺自己可发挥的部分，虽然其中还有两个原封不动地来自浦契尼草稿的段落，其中之一的 166 至 176 小节，亦是在第二版本时才加入。由 87 小节的 B 大调和弦出发，阿尔方诺设计了一个三小节的、在半音下行之低音声部基础上的过门乐句，以便在卡拉富之歌词"你的荣耀"开始时（91 小节）使用浦契尼 15V 及 19r 上的转化过之降 D 大调旋律（请参考谱例三十七及图十三）。模进的旋律开始和其以小节的方式徘徊于主、属音之构成音的句法带来庸俗的印象；此处使用的 C 大调和浦契尼延续 19 世纪传统"解脱结局"之降 D 大调亦形成特殊之对比。

在卡拉富表示异议之后，图兰朵有着二十四行完整不间断的歌词，这个设计应来自浦契尼和剧作家的设计，拟在此给图兰朵第二首咏叹调；虽为剧中之女主角，图兰朵至此只有在第二幕上场时有一首咏叹调，它正好是全剧中间的地方。在第一版本里，阿尔方诺完整地谱写了歌词，在第二版本里，这一段的完整性却经由歌词和音乐上的大量删减，几乎消失不见。前面引述之克劳塞提于 1926 年 1 月 26 日写给托斯卡尼尼的信里，还称这一段是"咏叹调"，和音乐由八十八小节删至五十小节的事实完全不符,仅只强调了旋律素材的更新,但它亦是完全来自第一版本之浓缩方式。

就演出历史来看,有意思的是,这首"咏叹调"的第一版本在《图兰朵》于德国之首演后,还不时被在音乐会中演唱。原因应是黎柯笛在阿尔方诺删减乐谱和德勒斯登首演之间的短暂时间里,没有可能重新制作德文版本的演出材料,只好不发一言地让阿尔方诺成部分之第一版本在德勒斯登演出。[在 Hopkinson 书中(op.cit.,53),他提到美国国会图书馆于 1926 年 5 月 26 日收到《图兰朵》德文版之钢琴缩谱,在同一页上,他又提到在 1930 年以前,没有德文版钢琴缩谱之印行。这一个自相矛盾的说法可以如此解释:基于版权之原因,黎柯笛于 1926 年寄给国会图书馆第一版本之德文钢琴缩谱,而 Hopkinson 由于未看到巴伐利亚图书馆的同一版本谱,故而有此质疑和矛盾产生。]这一首"咏叹调"的历史录音激发了史密斯(Gordon Smith)对比较阿尔方诺两个版本的兴趣,[Gordon Smith,op.cit.,223—231。]他描述了雷曼(Lotte Lehmann,1926)、萨瓦提妮 (Mafalda Salvatini,1927) 以及罗塞雷(Anne Roselle,1928,德勒斯登首演之歌者)的录音,都是德文之第一版本钢琴缩谱。但是这些录音里,没有一个系完整演唱阿尔方诺第一版本的全部内容或不对旋律进行有所更动的事实,亦显示了大家对第一版本之质疑。

开始的五小节来自草稿 13r,阿尔方诺将它们移调至降 e 小调上,呼应着图兰朵第二幕咏叹调开始时的高不可攀;但是旋律却未被继续发展,如同 109/110 小节(总谱 430 页)之摆荡于♭f和♭e 之间的旋律线所显示的情形。接下去的四小节,其旋律围绕着同样的中心音打转,被删除掉,形成第二版本里的 110/111 小节。紧接着的长达五小节之半音旋律线虽然被保留,但是长达二个半小节的结束音 b¹ 却被去掉,并在其原来的乐团伴奏上插入后面的也是被删去的小节;119/120 小节即是此一原本共十六小节乐句的剩余产品。这十六小节原本系建筑在一个四小节之低音动机上,人声部分并无特殊之旋律,仅以四度和增四度之音程,以持续音带出歌词。删掉十六小节中之十四小节后,第一个完整的低音动机成为121/122小节之人声旋律("在你的眼里")之基础,它之呈现在律动上显得很奇怪。不仅如此,这两小节的伴奏声部之音程结构以及此一动机素材和附点八分音符之节奏之结合,原系一个渐进之动机演进过程的结果,但在第二版本里,只留下了这个过程的头和尾。

121小节出现之旋律开始处,和浦契尼之转化的降D大调旋律(见谱例三十七与图十三)很像,其继续进行的情形,却和浦契尼习惯的旋律方式大相径庭;[有关浦契尼旋律架构请参考 Norbert Christen, *Giacomo Puccini, Analytische Untersuchungen der Melodik, Harmonik und Instrumentation*, Hamburg 1978; Antonio Titone, *Vissi d'arte.Puccini e il disfacimento del melodramma*, Milano 1972.]尤其是整个乐句的成组的模进方式,以及其在131/132小节转化成和声之手法,在浦契尼作品中是陌生的。类似的旋律结构却可在阿尔方诺相近年代之歌剧作品里看到,尤其是《莎昆妲拉事迹》,其中可清楚看到旋律结构的相同点以及模糊之东亚的地方色彩。[本文使用的是黎柯笛档案室收藏的歌剧第一版本之钢琴缩谱(*La leggenda di Sakùntala*, Ricordi, Milano 1921)。由于演出材料以及阿尔方诺之总谱在二次世界大战中被毁掉,阿尔方诺重新为歌剧写配器,并将此第二版本命名为《莎昆妲拉》(*Sakùntala*, Ricordi, Milano 1950)。在如此的情形下,使用第二版本总谱作为和阿尔方诺续成《图兰朵》部分之配器做比较,要做有条件的思考,因为《图兰朵》有可能对《莎昆妲拉》有所影响。在此情况下依旧使用1921年的钢琴缩谱做比较之出发点,系由于该谱上注明了许多配器的情形,甚至有些地方还特别加上谱来做更清楚的表示;再者,阿尔方诺在第二版本总谱里亦依循了这些说明。]谱例三十九取自歌剧第二幕,莎昆妲拉对其父康瓦(Kanva)之诉说,展现了作曲家在写图兰朵"咏叹调"时,很可能采用之模式。为了便于呈现这一个很可能系不知觉的情况下产生的情形,谱例三十九将图兰朵人声声部相对应的部分列出;不同段落的相似却又互有差异的特性,正有力地证明了创作时相同的想像,虽然其共同性建立于旋律之中心而非完全相同之内容。

谱例三十九 阿尔方诺《图兰朵》续成部分第一版本钢琴缩谱,Passim;以及《莎昆妲拉事迹》钢琴缩谱 1921,193 页起。

阿尔方诺《图兰朵》续成部分第一版本,189—190 小节。

阿尔方诺《莎昆妲拉事迹》钢琴缩谱,193 页起。

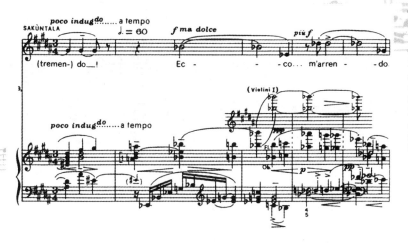

阿尔方诺《图兰朵》续成部分第一版本,125—131 小节。

(SAKÙNTALA)

tempo....*per ritardare*........*ancora*....*molto*....*e ritornando al*

molto espress.

quasi

so ri - tro - var_____ le vie dol- -ci del pian -

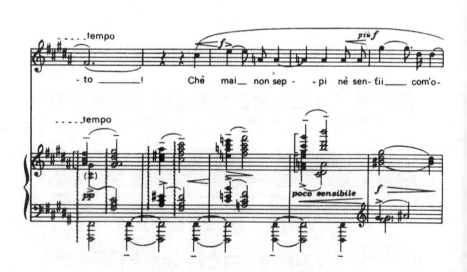

.....tempo

più f

- to _____! Chè mai_ non sep- -pi nè sen- tii_ com'o-

阿尔方诺《图兰朵》续成部分第一版本,149—152小节。

阿尔方诺《图兰朵》续成部分第一版本,161—162 小节。

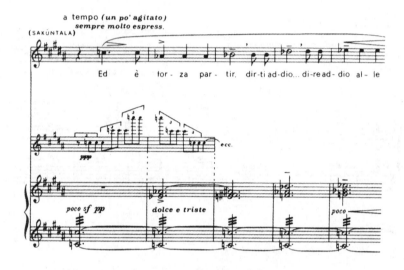

　　阿尔方诺之《图兰朵》部分和《莎昆妲拉事迹》之相关点亦在乐团语言上,只是由于后者在大战中损毁而无法直接比较;不仅如此,在使用一些特殊之乐句元素上,例如在小节开始时使用短短长(anapaest)节奏,它多半为主要音符之前的短前置音,或者整个弦乐部分的"整体滑奏"。谱例四十出自《莎昆妲拉》第一幕中莎昆妲拉和国王的爱情二重唱,此一阿尔方诺创作中期之典型节奏不仅在两个声部中均可看到,亦在不同的乐团群中出现。《莎昆妲拉》里,大量的滑奏不仅在弦乐乐句被用(见租借总谱,Ricordi,Milano 1950)亦经常充斥在合唱团中,例如第一幕开始时,远处狩猎的合唱(钢琴缩谱 1921,18 ff.);明显地,使用滑奏是为了赋予中性之旋律装饰地方色彩或者当重叠使用时,强调其效果。在《图兰朵》续成部分第二版本里,151/152 小节或者163 小节里,在音乐材料之长大半音化后,使用滑音的目的不在于声音素材之延伸,好像巴尔托克(Béla Bartók)借着使用滑音

谱例四十　阿尔方诺《莎昆妲拉》总谱(Milano 1950),116。

以及小音程想得到的效果般，而只是经由装饰旋律轮廓来提升表达之能量，而如此地使用滑音很容易让人联想到19世纪里较俗气的音乐。[第一版本之乐团部分比第二版本有着更多的滑音段落，例如在图兰朵之"这是最大的胜利！"(谱例四十一)段落里，所有高音弦乐以平行滑奏伴随女高音的最高音 c^3 至下一个 $^b e^2$。]

图兰朵"咏叹调"接下去被删减的地方主要集中在较具叙述性，亦就较缺乏澄澈旋律性之处。在这些段落里，主题素材继续被发挥，乐团乐句亦有其有计划的连续架构，予以删减是不可能不破坏全体之有机结构的，因之音乐上能有何成效，很值得怀疑。比较不同的剧本版本内容显示，删减的过程仅顾及了歌词前后的连贯性，而不理会音乐之因素；为了降低阿尔方诺在作品中参与的程度，歌词删减之重点摆在文法上平行之处，能达意即可，如此的要求自然造成相关小节缺乏规则长度。这一个机械化的删减过程自然带来了乐团句法的多处不连贯性，若未看过第一版本的总谱，仅就通行版本观之，自会惊讶于乐句句法上的多处错误。例如第二版本 145/146 小节里(总谱 435 页)之第一、第二伸缩号的音符看来毫无前后关系；但若看第一版本，阿尔方诺在此为歌词 "那可怕的火和温柔"(第一版本钢琴谱，373 页)部分，使用结合黑管、巴松管以及用弱音器之伸缩号在高声部产生特殊音响；在删减后，六小节剩下两小节，其乐团部分和其前后之关系只能以令人难以满意的方式存在。同样的情形亦在删减"现在要决定你的命运了"之一整段(第一版本钢琴谱，379—382页)以后的结果可以看到，这一段被去掉后，成为一段过门音乐，虽然在和声上没有问题，但在乐团句法上却很奇怪，第二版本之 177 至 178 小节(总谱 441/442 页)呈现出多方面的问题。177 小节里，中提琴、大提琴、黑管、低音黑管和巴松管在中音声区奏出快速向上音型后，178 小节里，小提琴及短笛再接过在高音声区上演奏着持续的颤音，这个过程是有违任河管弦乐句法的思考和进行的。因为通常演奏颤音的乐器亦会演奏之前的快速向上

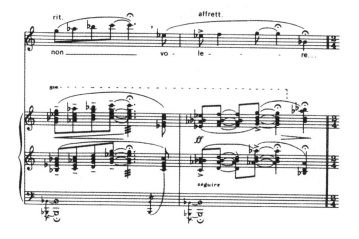

音型,或者至少在同一声区的乐器会演奏此音型,在第一版本亦确实是如此写的，小提琴接在中音声区乐器之后演奏快速向上音型至高音声区后，再演奏持续颤音;由于阿尔方诺仅去掉中间的小节，留下头尾，并未重新安排管弦乐句法，就产生了177/178小节之奇怪的乐团音乐结果。

由第一版本到第二版本的修改要求，不仅降低了阿尔方诺对整体音乐参与的程度，亦削弱了他喜欢让人声在高音声区演唱的偏好。将第一版本前后两段音乐材料结合成一个奇怪的音乐马赛克，带来了第二版本里159/160小节（总谱437页）中难以解释的乐句的暂停。谱例四十一显示，图兰朵人声声部原本系经 b^1 之不和谐音直接进入C大调和弦，由此出发，人声声部之新的段落再开始。(请比较谱例三十六、三十七)加入两小节升C大调七和弦或许能减弱和声上之突兀，却破坏了音乐的流畅进行。谱例四十一里接下去的音乐里，两小节被继续使用，但人声部分却是全新的，接下去的四小节被删去，最后一小节又被使用，并且接上图十四的第三小节"Il mio mister?"(我的秘密?);这里由于要接人之故，被向下移了半个音。在这两个元素之间，第一版本里尚有十二小节，它们不仅有完整的乐团声响的不同设计，亦有主题上不同之演进过程。

图十四的音乐内容在改写成第二版本时完全被去掉，以便于使用浦契尼16r 的草稿，浦契尼企图经由模进和声以及简单节奏来制造逐渐热烈的气氛之效果，经由阿尔方诺之手硬加在这一段落中，却显得很突兀。比较浦契尼以人声为中心的句法和阿尔方诺特别丰富之乐团声响，揭示了两位作曲家在风格上的不同处;阿尔方诺的管弦乐手法明显可见法国印象派的影响，虽然在德彪西(Claude Debussy)作品里，并看不到这种特殊音响色泽之模式化使用手法(竖琴、钢片琴、钟琴)。在使用平行和弦上，可以以谱例四十二为例说明，它取自德彪西《钢琴组曲》(1901)

图十四:阿尔方诺《图兰朵》续成部分第一版本

谱例四十二 德彪西,《钢琴组曲》第二乐章《萨拉邦德》

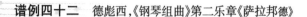

之《萨拉邦德》(*Sarabande*)之开始。德彪西在此使用之平行和弦在他的时代相当具有革命性,它系整个乐章的中心手法,相较之下,阿尔方诺之木管乐器和特殊乐器(竖琴、钢片琴、钟琴)之平行和弦仅是乐谱中的一个段落。尽管如此,第一版本之这一景的音乐完整性不容否认,它在第二版本的马赛克技术下,不可能被呈现。一些被狠狠删减之段落难以展示音乐发展的连续顺畅,造成之音乐句法弱点则毋庸置疑。

在卡拉富告知其名字后,第一版本里有一段三十小节的音乐("现在要决定你的命运了……"),在改写时完全被删去,这亦是两个版本在音乐戏剧结构上有着最明显差异的一段:图兰朵又回到她峻拒、冷漠之公主状态;刹那间她还认为,她手中掌握了卡拉富的命运;全心愿为爱就死的王子则以其一贯浓郁的热诚感动了图兰朵。卡拉富的要求"让我死吧!"("Fammi morir!")(第一版本之244—247小节),为歌词 "我的荣耀在你的拥抱中!"("La mia gloria è il tuo amplesso!")处,回头使用猜谜场景之动机,做了心理上之准备;删去这三十小节造成前后段落在速度平衡上之严重后果。加上浦契尼设计的"我的秘密?"(总谱439页起)之后,这一段"中规中矩"的段落紧邻着卡拉富的在高音声区以长音符唱出的"我的荣耀在你的拥抱中!",显得卡拉富对图兰朵之"知道你的名字了!"之反应,不仅话多、亦显夸张。唯有在第一版本里,听者才能够对两位主角之心理演变、他们对爱情和权力之对话有完整无缺的理解。[卡内于其为伦敦首次演出《图兰朵》结束部分第一版本(1982年11月3日)所写之节目单里,特别强调此版本中对呈现人物心理层面之长处;然则此次演出应非此一版本之首演,因为德勒斯登剧院于1926年之《图兰朵》于该剧院之首演,即很可能使用了此版本。]

浦契尼为过门乐句谱写之号角动机(13v)由阿尔方诺经由使用两次动机之元素而拉长,亦经由铜管之使用而有较重的声响。在第一版本里,管乐出现两次,一次在乐团里,一次在幕后之舞台音乐,在两段管乐之间,传来幕后之四声部女声合唱"在光明晨曦/多少芳香散发在/中国的花园中!"("Nella luce matutina/quanto aroma si sprigiona/ dai giardini della China!");这个合唱仅由高音之小提琴颤音和悬钹的抖音伴奏着,它柔细的色彩得以将第三幕的人间戏剧又带回童话的世界。为了第三幕第一景至第二景之间能够快速地换景,原来过门乐句的加长应能减轻换景上的困难,故而删掉这个合唱和号角声之决定,应来自纯粹音乐上的考量。最后一景在两个版本上的差异主要在于合唱声部之改变,以及"爱情"的呼喊(第一版本钢琴缩谱,393页),第一版本里,在图兰朵之高音尚未消失前,合唱团即已经进入呼喊着"爱情";不仅如此,在最后一段合唱里,两位主角尚不时以高音凌驾在合唱之上,呼喊着"爱情";[阿尔方诺续成《图兰朵》第一版本里最后之"欢呼"("Gloria")声以及幕后舞台音乐之进入,和作曲家之《莎昆妲拉》之结束音乐有某种相关性;请比较总谱之390至394页(Milano 1950)。]

比较阿尔方诺的两个版本即可清楚看到,一个系出自对手稿的兴趣,要求尽可能接近浦契尼草稿之音乐,另一个则展现对一个心理层面细加描述之爱情二重唱,有着戏剧上之兴趣;若不将二者并列考量,是无法在两个版本之间做一决定的。第一亦是较长的版本在伦敦当地之首次演出(Barbican Hall)获得的成功,清楚地证明了随着时间的推移,第一版本很可能会重见天日。[继伦敦之后,近年来第一版本曾在以下地区演出:纽约(纽约市立歌剧院,1983)、罗马(1985)、波昂(1985)、阿姆斯特丹(1992)、飒布律肯(Saarbrücken,1993)、萨尔兹堡(大节庆剧院,1994)、夏威夷(1996)、罗斯多克(Rostock,1996)、亚琛(Aachen, 1997)、巴塞尔(Basel, 1997)、斯图加特(1997)。]伦敦的演出证明了,音乐里完全由阿尔方诺自行谱写的部分,第一版本远胜于第二版本,虽然如此,不可或忘的是,第二版本里,浦契尼的草稿获得较小心的解读和使用。因之,就使用了浦契尼草稿之段落而言,第二版本应系优于第一版本的。混合两个版本,还原阿尔方诺在第二版本里心不甘情不愿去掉的段落,是绝对可行的,因为草稿的状况清楚地标示了,自何处起,阿尔方诺可以对音乐负全责(请参考附录二);自第一版本的 53 小节或第二版本的 57 小节起,不容否认地,第一版本远优于第二版本。

五、结　语

　　除了将浦契尼草稿转写成一个连续之音乐进行,并为浦契尼最后一部作品剧情之结束制造一个音乐戏剧之基础之外,阿尔方诺还要面对另一个问题,要创造一个很接近浦契尼晚期作品之特殊音响色泽(Klangfarbe),并且要顾及浦契尼第一个具中国风味音乐之音响色泽组合规则。一般对阿尔方诺续成部分的评论里有个共识,这是一个高度吃力不讨好的工作;成功与否的问题不仅对阿尔方诺部分音乐之评断有意义,亦对 1925 年左右意大利管弦乐作品之结构条件提供了资讯,因之,观察浦契尼和阿尔方诺乐团音响色泽之关系是另一个本质上的议题。可惜的是,至今为止之配器研究绝大部分局限在对乐器使用技术之描述,极少对乐团音响色泽及美学研究做思考,[请参考 Jürgen Maehder 原作,罗基敏译《文学与音乐中音响色泽的诗文化:深究德国浪漫文化中的音响符号》,辅仁大学比较文学丛书第二册,印作中。]在意大利世纪之交之管弦乐配器研究上亦然;[有两本研究浦契尼配器之博士论文,Christen, op. cit.; 以及 Hartwig Bögel, *Studien zur Instrumentation in den Opern Giacomo Puccinis*, Diss. Tübingen 1977;其中研究之重点均不在晚期作品,且主要以技术层面为中心。]亦因为缺乏讨论之基础,以下之讨论亦仅能局限于浦契尼和阿尔方诺配器手法之少数特殊之处。

研究浦契尼草稿之结果显示,阿尔方诺之音乐结构里,忠实地采用了浦契尼的音高结构,但是浦契尼对使用乐器及声响形塑之文字注明则被忽略,由 13v 和 15r 写成过门乐段之号角音乐即为一例。因之,即使在钢琴缩谱之层面,草稿之诉求似乎被保留,续成段落的听觉印象也经常有违浦契尼之声响形塑诉求。对浦契尼文字说明之忽略并不表示有意不尊重其声响诉求,而是符合 19 世纪里,尤其在意大利歌剧世界中普遍的倾向,视配器的过程为次要的习惯。前面引述之克劳塞提于 1926 年 1 月 26 日写给托斯卡尼尼的信里,简单的一句"阿尔方诺现在进行配器"正表示出此一倾向在意大利于进入 20 世纪后依旧存在;类似的立场亦反映在至今于意大利依旧继续的出版乐谱之习惯,将钢琴缩谱和管弦乐总谱分开处理。在制作阿尔方诺续成部分第二版本之钢琴缩谱时之匆忙,就足以妨碍对《图兰朵》总谱做真正进一步之结构上之思考。1926 年 1 月 11 日,阿尔方诺才提醒黎柯笛寄一本总谱复本做参考,以对续成部分里和已完成部分有平行关系之段落,在进行配器时,能根据浦契尼之原始管弦乐法来谱写。[Mr F.Alfano 134。黎柯笛在当日即将总谱寄出:MrCL 1925/1926—6/303。]在至交出第二版本总谱的约二十天时间里,仅只对浦契尼的总谱做仔细研究,就已不可能,更何况阿尔方诺进行自己部分的配器,都已经很赶了。如果阿尔方诺在一开始谱曲时,手边就有浦契尼《图兰朵》之总谱,以熟悉这部歌剧中一些特殊乐团声响之条件,可以避免许多在两位作曲家之间,乐团声响的扞格不入之处。两人之间管弦乐语法的差异自然不仅是个人风格之不同,亦和音乐世界之世代交替有关;在意大利,瓦格纳之音响色泽作品之理念逐渐在意大利音乐文化中被接受,对浦契尼及雷昂卡发洛一代之乐团手法造成了影响,[请参考 Jürgen Mae-hder,*Timbri poetici e tecniche d orchestrazione -Influssi formativi sul l' orches-*

trazione del primo Leoncavallo, in: Jürgen Maehder/Lorenza Guiot (eds.) Letteratura, musica e teatro al tempo di Ruggero Leoncavallo, op.cit., 141—165; Jürgen Maehder, "Turandot" e "La leggenda di Sakuntala"–La codificazione dell'orchestrazione negli appunti di Puccini e le partiture di Alfano, in: Giacomo Puccini. L' uomo, il musicista, il panorama europeo. Proceedings of the International Congress, Lucca 25—29 November 1994, ed. by Gabriella Biagi Ravenni & Carolyn Gianturo. (Studi Musicali toscani, 4), Lucca (LIM) 1997, 281—315 以及 Jürgen Maehder, Formen des Wagnerismus in der italienischen Oper des Fin de Siècle, in: Annegret Fauser/Manuela Schwartz, (eds.), von Wagner zum Wagnérisme. Musik – Literatur-Kunst-Politik, München (Fink) 1998, 449—485.]而阿尔方诺一代则为接触后期浪漫和印象派管弦乐语法技术上成就之第一代,两代之间在这一点上的差异自是特别的明显。

前面提到,若仅就使用异国特殊乐器(木琴、低音木琴、钟管、锣、木鼓、舞台上的大锣等等)而言,在阿尔方诺续成部分里,这一具特殊色彩之使用手法几乎完全不存在。[Christen, op.cit., 278。]在图兰朵和卡拉富之二重唱里,未使用此一配器手法,可以解释得过去,因为在歌剧的其他部分里,两位主角之音乐亦以心理上之特质为主要诉求,而非典型之异国音乐。相对地,在最后一景里,阿尔方诺其实有两个范例可用,亦即是第一、第二幕的群众场面;他完全没有使用任何打击乐器之错误,完全肇因于他对整个《图兰朵》总谱几乎没有认知的事实。

观察和比较图兰朵在第二幕和第三幕对其父鄂图王之话语(第二幕见总谱 294 ff;第三幕见总谱 456 ff.)即可看到,人声部分之线条相当近似,但是乐团之色彩却有着本质上的不同。浦契尼用一个以人声为指标的管乐、稍后为弦乐乐句支撑图兰朵的哀求, 另外赋予竖琴分解和弦、锣声和法国号及伸缩号之顿音(marcato)一个近似钟声的背景声音,[《莎昆妲拉》总谱开始几小节提供了一个很好的例子,可看到阿尔方诺作品中模仿钟声之精彩乐团技法。]阿尔方诺则为图兰朵最后胜利的话语走回传统的小提琴抖音, 它经由钢片琴和弦改变了色彩, 并借着独奏黑管形成之图兰朵人声之

谱例四十三　阿尔方诺,《E 调交响曲(三种速度)》,Milano 1910,109 页。

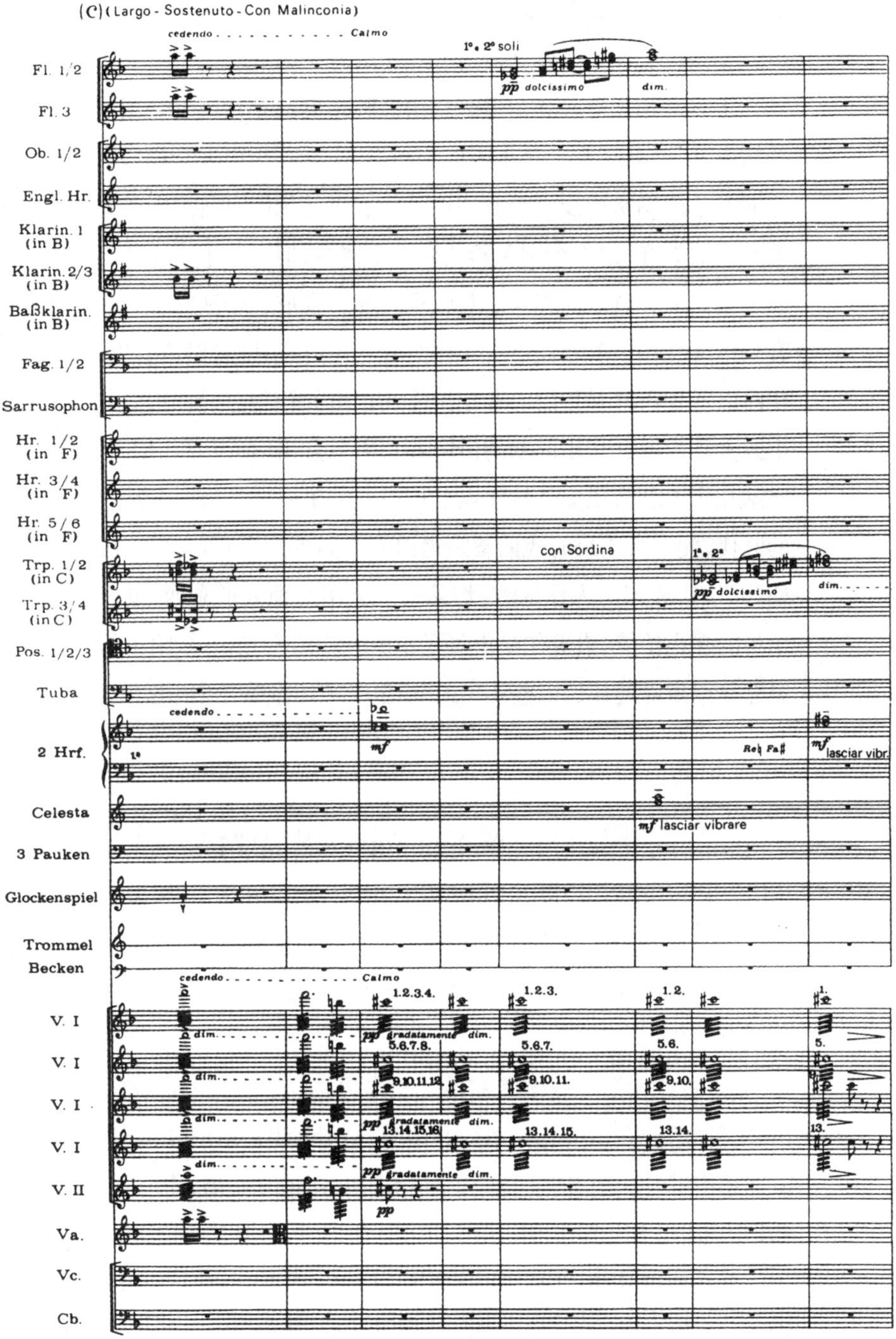

相对声部,而丰富了音响。谱例四十三取自阿尔方诺之《E调交响曲(三种速度)》〔*Sinfonia in Mi*(*in tre tempi*),Milano 1910〕,可以看到作曲家很早就已使用过很近似的声响效果。

　　进一步细加比较浦契尼之总谱和阿尔方诺之续成部分配器的结果显示,就浦契尼之乐团语法而言,介于一个尚完全以人声导向的乐团句法以及一个音响色泽上前进的乐团语言之间的典型平衡被放弃,以求个别色彩效果之丰富性,但这一个手法却不同于世纪末之具方向指导之管弦乐作品,合成一个独立自主之音响色泽结构。若就此点责怪作曲家阿尔方诺,则自然披露出,作曲的历史条件是可随心所欲操作的。正如《图兰朵》标示了一个意大利歌剧文化不间断的传统般,阿尔方诺续成此总谱之举亦站在意大利音乐史之转捩点上;在一个单一作品极度个别化的时代,此一真正反时代的冒险得以有幸运的结果;因为再一次地,一位作曲家为人作嫁,在作品中加上出自他人的东西,借着乐种的强大传统,借着作品不可更动的戏剧结构,这一个陌生的躯体得以成功地被加入整体中,却不至于破坏作品之统一性。

附录一　剧本三个版本对照比较

　　1)左栏为大尺寸之剧本第一版本之内容, Milano(Ricordi)1925,该版本很可能于当年年中印行;此处开始之部分为该版本之77页中间。

　　2) 右栏为第一版钢琴缩谱之剧本内容, Milano(Ricordi)1926,仅印行120本,每一本均有编号;此处使用的为米兰黎柯笛档案室编号7之谱。去掉圆括号()之内容,即可得第一版本之歌词内容。

　　3)通行版本之内容,Ricordi(P.R.117), Milano 1958,再版1974。去掉右栏〔〕之内容,即可得通行版本,亦即是第二版本之歌词内容。

4)一行仅在阿尔方诺总谱手稿中才可见到的歌词"Non umil-iarmi Più",见米兰黎柯笛档案室收藏之手稿,编号N Ⅲ 20。

第三幕第一景

陌生王子:

死神的公主,

如冰块的公主,

由你悲剧的天上

降到地上来吧!

啊,掀起面纱,

看,看,残忍的人,

多少纯洁的鲜血

曾经为你而流!

他冲向她,拉下她的面纱。

图兰朵:

以高傲地眼光注视他。

休得无礼! 外邦人!

我不是凡夫俗子,

我乃是上天之女,

自由且纯洁! ……你

扯下我冰冷面纱,

但我灵魂在天上。

陌生王子:

在原地停了一下,似乎被吓到,退缩。但又能

控制自己,以火样的热情喊出:

你的灵魂在天上。

陌生王子:

死神的公主,

如冰块的公主,

由你悲剧的天上

降到地上来吧!

啊,掀起面纱,

看,看,残忍的人,

多少纯洁的鲜血

曾经为你而流!

图兰朵:

休得无礼! 外邦人!

我不是凡夫俗子,

我乃是上天之女,

(自由且纯洁!)……你

扯下我冰冷面纱,

但我灵魂在天上。

陌生王子:

你的灵魂在天上。

但你的躯体却在身边！

用我火热的双手

摘下你的金线

和你的罗衫。

我颤抖的嘴唇

要压在你的之上。

向图兰朵靠近,试图拥抱她。

图兰朵：

不解地、害怕地躲避,绝望地抗拒着。

不要亵渎我！

陌生王子：

热情地。

啊！……感受生命吧！

图兰朵：

退后！……退后！……

陌生王子：

你的冰冷只是伪装！

图兰朵：

不！……没有人能得到我！

先人的悲剧

不会重演！

不要碰我,外邦人！……

这是亵渎！

但你的躯体却在身边！

用我火热的双手

摘下你的金线

和你的罗衫。

我颤抖的嘴唇

要压在你的之上。

图兰朵：

不要亵渎我！

陌生王子：

啊！……感受生命吧！

图兰朵：

退后！……（退后！）

（不要亵渎我！）

陌生王子：

（你的冰冷只是伪装！只是伪装！）

图兰朵：

不！……没有人能得到我！

先人的悲剧

不会重演！（啊！不！）

不要碰我,外邦人！这是亵渎！

（这是亵渎！）

陌生王子：　　　　　　　　　　　　陌生王子：

但你的吻给我永恒。　　〔你的冰冷只是伪装！〕(不,)你的吻给我永恒。

　　说此话之同时,他清楚地意识到他所要的和他的热情,将图兰朵拥到怀中,疯狂地吻着她。在此突发情况下,图兰朵没有抵抗、没有声音、没有力量、没有意志。她未曾想过的拥抱改变了她,以恳求的,几乎稚气的声音,她低语着：

图兰朵：　　　　　　　　　　　　　　图兰朵：

发生了什么事？发生了什么事？　发生了什么事？〔发生了什么事？〕

怎么回事！……我输了。　　　　　〔怎么回事！……〕我输了。

放开我吧！……不！　　　　　　　〔放开我吧！……不！〕

陌生王子：　　　　　　　　　　　　陌生王子：

我的花朵！　　　　　　　　　　　　我的花朵！

我清晨的花朵！我闻到　　　　　噢,我清晨的花朵！

你身上的百合花香　　　　　　　　我的花朵,我闻到

满布我的胸前。　　　　　　　　　　你身上的百合花香

我感觉到你　　　　　　　　　　　　啊！满布我的胸前。

纤细柔美……一片纯白　　　　　我感觉到你的纤细柔美,

在你银色的衣衫下。　　　　　　　在你银色的衣衫下一片纯白。

图兰朵：　　　　　　　　　　　　　图兰朵：

以迷蒙带泪的眼光：

你怎么赢的？　　　　　　　　　　　你怎么赢的？

陌生王子：　　　　　　　　　　　　陌生王子：

以迷恋的温柔

你哭了。　　　　　　　　　　　　　你哭了。

图兰朵：

颤栗地

天亮了！天亮了！

几乎听不见的声音

……天亮了！图兰朵完了。

陌生王子：

以巨大的热情

天亮了！天亮了！……

爱情随着旭日东升！

此时在花园的安静里，最后的昏暗正

逐渐消逝中，轻轻的声音细微地响起，

几乎不真实地散播着。

合唱：

天亮了！……天亮了！……

阳光！生命！

一片纯净！

一片圣洁！

公主，

多少甜美

在你泪中！……

图兰朵：

啊！不要让人看到我，

以认命的温柔

我的荣耀结束了。

图兰朵：

天亮了！天亮了！天亮了！

几乎听不见的声音

……天亮了！图兰朵完了。

陌生王子：

天亮了！天亮了！

爱情，爱情随着旭日东升！

合唱：

天亮了！

阳光和生命！

一片纯净！

一片圣洁！

多少甜美

在你泪中！

图兰朵：

不要让人看到我，

我的荣耀结束了。

陌生王子：

不！才刚开始呢！

图兰朵：

我好丢人！

陌生王子：

热情地激励：

不，公主！不！……

你的荣耀闪烁在

神奇的

第一个吻里，

第一滴泪中。

图兰朵：

激动地、推开他：

第一滴泪，是的，

外邦人！当你出现时，

我已感到苦恼

残忍的命运，

这一次

最清楚！

多少次我看到他们脸色发白，

多少次我看到死亡

为了我！

我轻视他们，

但是我却怕你！

在你的眼里，

有爱的光芒，

有无比自信，

为这些我恨你，

却也为这些爱你。

挣扎徘徊在

陌生王子：

奇迹！

你的荣耀闪烁在

神奇的

第一个吻里，

第一滴泪中。

图兰朵：

第一滴泪中。啊！

第一滴泪，是的，

外邦人！当你出现时，

我已感到苦恼

残忍的命运，

这一次

最清楚！

〔啊！多少次我看到他们脸色发白，〕

多少次我看到死亡

为了我！

我轻视他们，

但是我却怕你！〔你！只有你！〕

在你的眼里，

有爱的光芒，

在你的眼里，

有无比自信，

我恨你这些，

二者之间：

赢你还是被你赢。

我输了！……输了，

不是输在猜谜上，

是输在那火

可怕的火和温柔，

是输在你传给我的热情！

却也为这些爱你。

挣扎徘徊在

二者之间：

赢你还是被你赢。

我输了。

〔输在不曾知道的折磨。

输了……输了……〕啊！输了，

不是输在猜谜上，

〔是输在那可怕的火和温柔，〕

是输在你传给我的热情！

陌生王子：

成为我的！成为我的！

陌生王子：

成为我的！成为我的！

图兰朵：

这是你问我的，

现在你知道了。这是

最大的胜利！

不要再为难我！……

在如此莫大的胜利中，

离开吧，外邦人，

离开，带着你的秘密走！

图兰朵：

这是你问我的，

现在你知道了。

｛〔Non umiliarmi più！（不要再为难我！）〕｝

这是最大的胜利！

〔在如此莫大的胜利中，去吧，〕

离开吧，外邦人，

带着你的秘密走！

陌生王子：

以最温暖的热情

我的秘密？我没有秘密。

成为我的！

我触碰你时，你在颤抖！

我亲吻你时，你脸色苍白，

你可以毁掉我，如果你愿意！

陌生王子：

我的秘密？我没有秘密。

成为我的！

我触碰你时，你在颤抖！

我亲吻你时，你脸色苍白，

你可以毁掉我，如果你愿意！

我的名字和生命一同交给你：

我是卡拉富，帖木儿之子。

图兰朵：

突然地、未预期地有了希望，似乎在刹那间，

她的活力与骄傲很快地又觉醒：

知道你的名字了！

知道你的名字了！……

现在要决定你的命运了……

卡拉富：

梦呓地、沉浸在兴奋中

生命有何重要！

如此的死亡多美！

图兰朵：

愈来愈升高的热情

百姓不再尖喊！……讥笑……

不再低头垂下

我带金冠的额头！

我知道你的名字了！……

你的名字！……

我的名字和生命一同交给你：

我是卡拉富，帖木儿之子。

图兰朵：

知道你的名字了！

知道你的名字了！

〔现在要决定你的命运了……

我的手里掌握着

你的生命……

你交给我的……

是我的！是我的！

不是我的王位……

是我自己的生命。〕

卡拉富：

〔拿去吧！

如此的死亡多美！

让我死吧！让我死吧！〕

图兰朵：

天亮了！天亮了！

图兰朵：

〔不必再臣服

在你的面前

我的额头

带金冠的额头！

我的荣耀闪烁!

卡拉富:

我的荣耀在你的拥抱中!

我的生命是你的吻!……

图兰朵:

听!号角齐鸣!……天亮了!天亮了!

解谜的时刻到了!

卡拉富:

我不怕!

如此甜美的死亡!

图兰朵:

天边出现光芒!

星星逐渐散去!是胜利!……

国内百姓逐渐聚集……

而我知道你的名字!知道你的名字了!

卡拉富:

你的

会是我最后爱情的呼喊!

我知道你的名字了!啊!〕

卡拉富:

我的荣耀在你的拥抱中!

图兰朵:

听!号角齐鸣!

卡拉富:

我的生命是你的吻!

图兰朵:

来了,时候到了!

解谜的时刻到了!

卡拉富:

我不怕!

图兰朵：

整个站直身体,高贵地发号施令:

我的手里掌握着你的生命! （啊!）卡拉富和我一同到大家的面前。

卡拉富! ……和我一同到大家的面前。

走向舞台后方。远处传来号角声,此时

天边大放光明,声音很近地散播着。

图兰朵：

（啊!）卡拉富和我一同到大家的面前。

卡拉富：

你赢了!

合唱：

噢,公主!

在光明

晨曦

多甜美

光芒四射在

中国的

花园中!

〔合唱:〕

在光明

晨曦

多少芳香

散发在

中国的

花园中!

场景渐渐转变。

第三幕第二景

宫殿的外部,完全为白色雕琢之大理石,晨曦的红光照映其上,显出如花朵般的效果。在舞台的中间高处,皇帝坐在宝座上,周围环绕着大小臣子、大老、卫兵。

在广场两边,为数庞大的人民围成半圆,高声呼喊:

众人：

吾皇万岁!

三位大臣在地上铺开一席金衫,

图兰朵走上阶梯。

短暂的安静。

在这安静中,公主宣布:

众人：

吾皇万岁!

图兰朵：

噢，叩见父王……

我知道这外邦人的名字！

注视着卡拉富，他站在阶下，

终于，她认输了，

以甜美的叹息呢喃出：

他的名字……是爱。

卡拉富：

快乐地喊出

爱！

他冲上阶梯，两位相爱的人热烈地拥抱着，

众人高举着手，向他们扔着花，并且欢呼着：

众人：

噢！太阳！

生命！

永恒！

世界之光是爱情！

是爱情！

你的名字，噢，公主，

是光明……

是春天……

公主！

欢呼！

爱情！

图兰朵：

叩见父王

现在我知道这外邦人的名字！

他的名字是爱。

众人：

爱！

众人：

噢！太阳！

生命！

永恒！

世界之光是爱情！

在阳光中高呼欢唱

祝你们爱河永浴！

向你欢呼！

向你欢呼！

〔公主！爱情！〕（欢呼！）

图兰朵/卡拉富：

〔爱情！

永恒！

爱情！爱情！〕

（全剧终）

附录二 浦契尼草稿内容表

说明:

　　"草稿页数"是根据每张草稿右上方以印章盖上的数目,r 表示该张之正页,v 表示该张之背页。

　　"小节数"是以阿尔方诺谱写部分第二版本,亦即以现今通行版本计算。

草稿页数	小节数	抛弃部分	其他
1r	1—11		
1v	12—20	21—22	
2r	21—26	27—28	
2v	28		
4r	29—30	27—28	
5r	65—68		
5v	69—72		
6r	73—76		
6v	77—82		
7r	83—87	继续	
7v			未使用(继续 7r)
8r			未使用(两小节降 D 大调)
8v			未使用(一小节)
9r	31—34	30	
9v	35—39		
10r	40—47		
10v	48—50		
11r	51—53	三小节	
11v	54—56		
12v			未使用(三小节)
13r	101—105		移调

13v	210—215	主题被使用
14r		未使用,旧歌词
15r		5r 和 13v 的草稿
15v		降 D 大调旋律,被阿尔方诺移调
16r	166—176	
17r		未使用("我知道你的名字了")
17v		未使用(旋律)
18r		2r 的草稿
18v		未使用
19r		降 D 大调旋律和卡拉富咏叹调主题
20r		9r 的草稿
21r		9r 的草稿
22r	251—257	未使用(找不到相关关系)
23r		乐思被使用
23v		未使用(两小节伴奏)

附录三 两个阿尔方诺版本之比较

说明:

　　Puc—浦契尼手稿,Alf—来自阿尔方诺,===—全同,###—稍加变化

第一版本	关系	第二版本
1—19 (Puc)	===	1—19(Puc)
20/21 (Puc)	###	20/21 (Puc)
22	删除	---
23—29 (Puc)	###	22—28 (Puc)
---	新加	29/30

227

第五章 解开浦契尼《图兰朵》完成与未完成之谜

30—42 （Puc）	＝＝＝	31—43 （Puc）
43/44	代替	44—47 （Puc）
45/46 （Puc）	###	48/49 （Puc）
47—51	代替	50—55 （Puc）
52/53 （Puc/Alf）	＝＝＝	56/57 （Puc/Alf）
54—69	代替	58/59
70—74	人声部分新写	60—64
75—97 （Puc）	＝＝＝	65—87 （Puc）
98—110	＝＝＝	88—100
111—115 （Puc）	＝＝＝	101—105（Puc）
116—120	＝＝＝	106—110
121—124	删除	---
125—128	＝＝＝	111—114
129—134	人声部分新写	115—120
135—148	删除	---
149—168	＝＝＝	121—140
169—174	删除	---
175—178	＝＝＝	141—144
179—182	删除	---
183—196	＝＝＝	145—158
---	新加	159/160
197—199	人声部分新写	161—163
200—203	删除	---
204	###	164
205—216	删除	---
217	乐团相近	165
218—226	代替	166—176 （Puc）
227	人声部分相近	177
228—257	删除	---
258—289	＝＝＝	178—209

浦契尼的图兰朵

290—299	===	210—219
300—324	删除	---
325—328	===	220—223
329	扩张	224/225
330—353	===	226—249
354—356	乐团相同	250—252
357/358	===	253/254
359—361	删除	---
362—366	###	255—259
367—377	新写	260—268

参考资料

一、外文部分

J.A.van Aalst, *Chinese* Music, Shanghai 1884, Reprint New York 1966.

Giuseppe Adami, *Puccini*, Milano(Treves)1935.

August Wilhelm Ambros, *Geschichte der Musik*, [1]Breslau 1862.

Mario de Angelis/Febo Censori(eds.), *Melodie immortali di Giacomo Puccini*, Roma(editrice Turris)1959.

Paolo Arcà, *Turandot di Giacomo Puccini.Guida all' opera*, Milano(Mondadori)1983.

William Ashbrook, *"Turandot"and its Posthumous"Prima"* in: *Opera Quarterly* 2/1984, 126—131.

William Ashbrook/Harold S.Powers, *Puccini' s"Turandot".The End of the Great Tradition*, Princeton (Princeton University Press)1991.

Allan W.Atlas, *Newly discovered sketches for Puccini's"Turando"* at the Pierpont Morgan Library, in: *Cambridge Opera Journal*, 3/1991, 173—193.

Allan W.Atlas, *Belasco and Puccini:"Old Dog Tray"and the Zuni Indians*, in: MQ 75/1991, 362—398.

John Barrow, *Travels in China*, London 1806; reprint Taipei 1972.

Antony Beaumont, *Busoni the Composer*, Bloomington 1985.

Marco Beghelli, *Quel "Lago di Massaciuccoli tanto...povero d'ispirazione! "D'Annunzio–Puccini: Lettere di un accordo mai nato*, in: *NRMI*, 20/1986, 605—625.

Virgilio Bernardoni, *La maschera e la favola nell, opera i- taliana del primo Novecento*, Venezia(Fondazione Levi)1986.

Richard M.Berrong, *"Turandot" as Political Fable*, in: *Opera Quarterly* 11/1995, 65—75.

Hartwig Bögel, *Studien zur Instrumentation in den Opern Giacomo Puccinis*, Diss.Tübingen 1977.

Renzo Bossi, *Introduzione biografica e critica con illus- trazioni delle scene e dei costumi della "Turandot" di Giacomo Puccini*, Milano(Edizioni Radio Teatrali Artistiche)1932.

Briefwechsel zwischen Arnold Schönberg und Ferruccio Bu- soni 1903—1919 (1927), in: *Beiträge zur Musikwissenschaft*, 1977, vol. 3, 163—211.

Angelo Brelich, Turandot in Griechenland, in: *Antaios*, *Zeitschrift für eine freie Welt*, I, Stuttgart 1959—1960, 507—509.

Manlio Brusatin, *Venezia nel Settecento. Stato, Architettura, Territorio*, Torino 1980.

Ferruccio Busoni, *Entwurf einer neuen Ästhetik der Tonkunst*, Trieste 1907, Leipzig 1916.

Ferruccio Busoni, *Briefe an seine Frau*, Zürich/Leipzig 1935.

Fünfundzwanzig Busoni–Briefe, eingeleitet und hrsg.von Gisela Selden–Goth, Wien/Leipzig/Zürich 1937.

Ferruccio Busoni, Selected Letters, translated, edited and with an introduction by Antony Beaumont, London/Boston(Faber & Faber)1987.

Sylvano Bussotti/Jürgen Maehder, *Turandot*, Pisa (Giardini) 1983.

Federico Candida, La *"Incompiuta"*, La Scala, Dezember 1958, pp.68—74.

Mosc Carner, *The Exotic Element in Puccini*, in: *MQ*, XXⅡ/ 1936, 45—67.

Mosco Carner, *Puccini and Gorki*, in: *Opera Annual* 7/1960, 89—93.

Mosco Carner, *Puccini, A Critical Biographie*, ³London (Duckworth) 1992.

Carteggi Pucciniani, ed.by Eugenio Gara, Milan (Ricordi) 1958.

Claudio Casini, *La fiaba didattica e l opera della crudeltà*, in: *Chigiana*, 31 (Nuova Serie 11) (1976), 187—192.

Teodoro Celli, *Gli abbozzi per "Turandot"*, in: *Quaderni pucciniani*, 2/1985, 43—65.

Teodoro Celli, *Scoprire la melodia*, La Scala, April 1951, 40—43.

Teodoro Celli, *L'ultimo canto*, La Scala, Mai 1951, 32—35.

Norbert Christen, *Giacomo Puccini, Analytische Untersuchungen der Melodik, Harmonik und Instrumentation*, Hamburg 1978.

Marcello Conati, *"Maria Antonietta" ovvero "l'Austriaca" –un soggetto respinto da Puccini. Con una considerazione in margine alla drammaturgia musicale pucciniana*, in: Jürgen Maehder/ Lorenza Guiot (eds.), *Tendenze della musica teatrale italiana all' inizio del XIX secolo*, Milano (Sonzogno), 付印中。

Carl Dahlhaus, *Vom Musikdrama zur Literaturoper*, München/ Salzburg (Katzbichler) 1983.

Fedele D'Amico, *L'opera insolita*, 《罗马歌剧院 (Teatro

浦
契
尼
的
图
兰
朵

dell'Opera di Roma) 节目单》,Roma 1972/73,159—164;reprint in:*Quaderni pucciniani* 2/1985,67—77.

Lazzaro Maria De Bernardis,*La leggenda di Turandot*,Genova(Marsano)1932.

Edward J.Dent,*Music in Berlin*,in:*The Monthly Musical Record*,February 1,1911,32.

Claudia Feldhege,*Ferruccio Busoni als Librettist*,Anif/Salzburg(Müller–Speiser)1996.

Lorenzo Ferrero,*"Turandot"*:*Über den Verismus hinaus*,in:S.Harpner (ed.),*Über Musiktheater.Eine Festschrift gewidmet Arthur Scherle anläβlich seines 65.Geburtstages*,Munchen (Ricordi)1992,88—93.

Karen Forsyth, *"Ariadne auf Naxos"by Hugo von Hofmannsthal and Richard Strauss.Its Genesis and Meaning*,Oxford (Oxford Univ.Press)1982.

Giovacchino Forzano,*Turandot*,Milano (S.E.S.=Società Editrice Salsese)1926.

Arnaldo Fraccaroli,*La vita di Giacomo Puccini*,Milano(Ricordi)1925.

André Gauthier,*Puccini*,collection solfèges,Paris (ed.du Seuil)1976.

Gianandrea Gavazzeni,*Turandot,organismo senza pace*,in:*Quaderni pucciniani* Ⅱ/1985,33—42.

Jacques Gernet,*Chine et Christianisme,action et réaction*,Paris 1982.

Michele Girardi,*Turandot*:*Il futuro interrotto del melodramma italiano*,Diss.Venezia 1980.

Michele Girardi,*Turandot*:*Il futuro interrotto del melodramma italiano*,in:*Rivista italiana di musicologia*,17/1982,155—181.

Michele Girardi, *Puccini verso l'opera incompiuta. Osservazioni sulla partitura di "Turandot" e sul teatro musicale del suo tempo*,《威尼斯翡尼翠剧院（Gran Teatro La Fenice）节目单》, Venezia 1987,7—33.

Michele Girardi, *Il finale de "La fanciulla del West" e alcuni problemi di codice*, in:Giovanni Morelli/Maria Teresa Muraro (eds.), *Opera ε Libretto*, vol.2, Firenze (Olschki)1993,417—437.

Michele Girardi, *Giacomo Puccini. L'arte internazionale di un musicista italiano*, Venezia(Marsilio)1995.

Johann Wolfgang von Goethe, *Weimarisches Hoftheater*, in: *Gedenkausgabe der Werke, Briefe und Gespräche*, 27 Vol., Zürich (Artemis)1950—1971, Vol.14,62—72.

Carlo Gozzi, *Memorie inutili*, Venezia 1802.

Natalia Grilli, *Galileo Chini:le scene per "Turandot"* in: *Quaderni pucciniani*, 2/1985,183—187.

Jürgen Grimm, *Das avantgardistische Theater Frankreichs*, 1895—1930, München(Beck)1982.

Grove's Dictionary of Music and Musician, 5[th]Edition, London 1954.

Vittorio Gui, *Le due "Turandot"*, in Vittorio Gui, *Battute d'aspetto:Meditazioni di un musicista militante*, Firenze(Monsalvato)1944,148—160.

Cecil Hopkinson, *A Bibliography of the Works of Giacomo Puccini*, New York 1968.

Nicholas John (ed.), *Turandot*, London/New York (John Calder/Riverrun)1984(="English National Opera Guide 27").

Sebastian Kämmerer, *Illusionismus und Anti–Illusionismus im Musiktheater, Eine Untersuchung zur szenisch–musikalischen Dra-

maturgie in Bühnenkompositionen von Richard Wagner,Arnold Schönberg,Ferruccio Busoni,Igor Strawinsky,Paul Hindemith und Kurt Weill,Anif/Salzburg(Müller–Speiser)1990.

Peter Korfmacher,*Exotismus in Giacomo Puccinis"Turandot"* Köln(Dohr)1993.

Albert Köster,*Schiller als Dramaturg*,Berlin 1891.

Wolfram Krömer,*Die italienische Commedia dell'arte*, Darmstadt 1976.

La Scala 1778—1946,Ente Autonomo Teatro alla Scala 1946.

Alain *René Lesage,Le Théâtre de la Foire ou l'Opéra Comique*,10VoI.,Paris 1721—1737.

Michele Lessona, *"Turandot"di Giacomo Puccini,in:Rivista musicale italiana*,33/1926,239—247.

Letterio di Francia,*La leggenda di Turandot*,Trieste(C.E.L. V.I.)1932.

Kii–Ming Lo, *"Turandot",una fiaba teatrale di Ferruccio Busoni*, 威尼斯翡尼翠剧院 (Gran Teatro La Fenice) 节目单, Venezia 1994,91—137.

Kii–Ming Lo,*Ping,Pong,Pang.Die Gestalten der Commedia dell'arte in Busonis und Puccinis "Turandot" –Opern*,in:Ulrich Müller et al. (ed.),*Die lustige Person auf der Bühne*,Anif/ Salzburg 1994,311—323.

Kii–Ming Lo,*Turandot auf der Opernbühne*,Frankfurt/Bern/ New York(Peter Lang)1996.

Kii–Ming Lo,*Giacomo Puccini's "Turandot" in two Acts-The Draft of the first Version of the Libretto*,in:*Giacomo Puccini. L'uomo, il musicista, il panorama europeo*. Proceedings of the International Congress,Lucca 25—29 November 1994,ed.by

Gabriella Biagi Ravenni & Carolyn Gianturo. (Studi Musicali Toscani, 4), Lucca 1997, 239—258.

Macbeth, *Turandot*, Tragedia di Gugliemo Shakespeare, Fola tragicomica di Carlo Gozzi, imitate da Frederico Schiller e tradotte dal Cav. Andrea Maffei, Firenze (Felice le Monnier) 1863.

Jürgen Maehder, *Studien zum Fragmentcharakter von Giacomo Puccinis "Turandot"*, in: *Analecta musicologica*, 22/1984, 297—379; 意文翻译: *Studi sul carattere di frammento della "Turandot" di Giacomo Puccini*, in: *Quaderni pucciniani*, 2/1985, 79—163.

Jürgen Maehder, *La trasformazione interrotta della principessa: Studi sul contributo di Franco Alfano alla partitura di "Turandot"*, in; Jürgen Maehder (ed.), *Esotismo e colore locale nell' opera di Puccini*, Pisa (Giardini) 1985, 143—170.

Jürgen Maehder, *"Turandot" –Studien*, in: *Beiträge zum Musiktheater VI, Jahrbuch der Deutschen Opern Berlin*, Berlin 1987, 157—187.

Jürgen Maehder, *The Origins of Italian "Literaturoper"*; *"Guglielmo Ratcliff"*, *"La figlia di Iorio"*; *"Parisina"and "Francesca da Rimini"*, in: Arthur Gross /Roger Parker (eds.), *Reading Opera*, Princeton (Princeton University Press) 1988, 92—128.

Jürgen Maehder, *Giacomo Puccinis Schaffensprozeβ im spiegel seinev Skizzen für Libretto und Komposition*, in: Hermann Danuser/Günter Katzenberger(eds.), *Vom Einfall zum Kunstwerk. Der Kompositionsprozeβ in der Musik des 20.Jahrhunderts*, Publikationen der Hochschule für Musik und Theater Hannover, vol. 4, Laaber (Laaber) 1993, 35—64.

Jürgen Maehder, *"Turandot"and the Theatrical Aesthetics of the twentieth Century*, in: William Weaver/Simonetta Puccini (eds.),*The Puccini Companion*,New York/London (Norton) 1994,265—278.

Jürgen Maehder,*Szenische Imagination und Stoffwahl in der italienischen Oper des Fin de siècle*,in:Jürgen Maehder/Jürg Stenzl(eds.),*Zwischen Opera buffa und Melodramma*,Perspektiven der Opernforschung I,Bern/Frankfurt (Peter Lang)1994, 187—248.

Jürgen Maehder,*Timbri poetici e tecniche d'orchestrazione–Influssi formativi sull'orchestrazione del primo Leoncavallo*,in: Jürgen Maehder/Lorenza Guiot(eds.),*Letteratura,musica e teatro al tempo di Ruggero Leoncavallo*,Atti del II° Convegno Internazionale su Leoncavallo a Locarno 1993,Milano (Sonzogno) 1995,141—165.

Jürgen Maehder,*Il processo creativo negli abbozzi per il libretto e la composizione*,in:Virgilio Bernardoni (ed.),*Puccini*, Bologna(Il Mulino)1996,287—328.

Jürgen Maehder,*"Turandot" e "La leggenda di Sakùntala"– La codificazione dell'orchestrazione negli appunti di Puccini e le partiture di Alfano*,in:*Giacomo Puccini. L'uomo,il musicista, il panorama europeo*.Proceedings of the International Congress, Lucca 25—29 November 1994,ed.by Gabriella Biagi Ravenni & Carolyn Gianturo.(Studi Musicali Toscani,4),Lucca 1997,281— 315.

Jürgen Maehder,*"I Medici"e l'immagine del Rinascimento italiano nella letteratura del decadentismo europeo*,in:Jürgen Maehder/Lorenza Guiot (eds.),*Nazionalismo e cosmopolitismo nell'opera tra'800 e'900*.Atti del III° Convegno Internazionale di Studi su Ruggero Leoncavallo a Locarno,Milano (Sonzogno) 1998,239—260.

Jürgen Maehder, *Formen des Wagnerismus in der italienischen Oper des Fin de siècle*, in: Annegret Fauser/Manuela Schwartz, (eds.), *Von Wagner zum Wagnérisme. Musik –Liter – atur–Kunst–Politik*, München (Fink) 1998, 449—485.

Janet Maguire, *Puccini's Version of the Duet and Final Scene of"Turandot"*, in: *Musical Quarterly* 74/1990, 319—359.

Riccardo Malipiero, *Turandot preludio a un futuro interrotto*, in: AAVV., *Critica pucciniana*, Lucca (Provincia di Lucca/Nuova Grafica Lucchese) 1976, pp.94—115.

Wolfgang Marggraf, *Giacomo Puccini*, Leipzig 1977.

Renato Mariani [Marini, R.B.], *La Turandot di Giacomo Puccini*, Firenze (Monsalvato) 1942.

Fritz Meier, *"Turandot" in Persien*, in: *Zeitschrift der Deutschen Morgenländischen* Gesellschaft, 95/1941, 1—27.

Jules Mohl, *Le livre des Rois par Aboulkasim Firdousi*, *traduit et commenté par Jules Mohl*, 7 Vol., Paris 1876.

Eugenio Montale, *"Turandot" di Puccini*, in: E. Montale (ed.), *Prime alla Scala*, Milano, (Mondadori) 1981, 263—266.

Mario Morini (ed.), *Pietro Mascagni. Contributi alla conoscenza della sua opera nel I° centenario della nascità*, Livorno (Il Telegrafo) 1963.

Allardyce Nicoll, *The World of Harlequin. A Critical Study of the Commedia dell'arte*, Cambridge 1963.

Cesare Orselli, *Inchieste su"Turandot"*, in: J.Maehder (ed.), *Esotismo e colore locale nell'opera di Puccini*, Pisa (Giardini) 1985, 171—190.

Cesare Orselli, *Puccini e il suo approdo alla favola*, in: *Chigiana*, 31 (n.s. 11) 1974, 193—203.

Wolfgang Osthoff, *Turandots Auftritt. Gozzi, Schiller, Maf-*

fei und Giacomo Puccini, in: B.Guthmüller / W.Osthoff (eds.), *Carlo Gozzi. Letteratura e musica*, Roma (Bulzoni) 1997, 255—281.

Alessandra Panzani, *"Turandot"nel quadro della fortuna critica pucciniana*, Diss., Università di Siena, 1987.

Alessandro Pestalozza, *I costumi di Caramba per la Prima di "Turandot "alla Scala*, in: *Quaderni pucciniani*, II/1985, 173—181.

Letizia Putignano, *Il melodramma italiano post—unitario: aspetti di nazionalismo ed esotismo nei soggetti medievali*, in: Armando Menicacci/Johannes Streicher (eds.), *Esotismo e scuole nazionali*, Roma (Logos) 1992, 155—166.

Letizia Putignano, *Revival gotico e misticismo leggendario nel melodramma italiano postunitario*, in: *NRMI* 28/1994, 411—433.

Enzo Restagno, *Turandot e il Puppenspiel*, in: Jürgen Maehder (ed.), *Esotismo e colore locale nell'opera di Puccini*, Pisa (Giardini)1985, 191—198.

Peter Revers, *Analytische Betrachungen Zu Puccinis "Turandot"*, in: *Österreichische Musikzeitschrift* 34/1979, 342—351.

Karl Reyle, *Wandlungen der Turandot und ihrer Rätsel*, in: *Neue Zeitschrift für Musik* 125/1964, 303—306.

Albrecht Riethmüller, *"Die Welt ist offen".Der Nationalismus im Spiegel von Busonis "Arlecchino"*, in: Jürgen Maehder/Lorenza Guiot (eds.), *Nazionalismo e cosmopolitismo nell'opera tra '800e' 900*.Atti de1 III° Convegno Internazionale di Studi su Ruggero Leoncavallo a Locarno, Milano(Sonzogno)1998, 59—72.

Ruggero Rimini, *Gozzi secondo Simoni*, in: *Chigiana, xxxi*, 1976, 225—232.

Mario Rinaldi, *Franco Alfano e la "Turandot" di puccini*, in: M.Rinaldi, *Ritratti e fantasi e musicali*, Roma (DeSanctis) 1970, 303—306,

Ottavio Rosati, *Clinica Turandot*, in: J.Maehder(ed.), *Esotismo e colore locale nell'opera di Puccini*, Pisa(Giardini)1985,211—222.

Peter Ross/Donata Schwendimann-Berra, *Sette lettere di Puccini a Giulio Ricordi*, in: *NRMI* 13/1979,851—865.

Sergio Sablich, *Busoni*, Torino(EDT)1982.

Michael Saffle, *"Exotic" Harmony in "La fancjulla del West" and "Turandot"*, in: Jürgen Maehder(ed.), *Esotismo e colore locale nell'opera di Puccini*, Pisa(Giardini)1985,119—130.

Nunzio Salemi, *"Gianni Schicchi".Struttura e comicità*, Diss. Bologna 1995.

Matteo Sansone, *Patriottismo in musica: il "Mameli" di Leoncavallo*, in: Jürgen Maehder/Lorenza Guiot (eds.), *Nazionalismo e cosmopolitismo nell'opera tra'800 e'900*. Atti del III⁰ Convegno Internazionale di Studi su Ruggero Leoncavallo a Locarno, Milano(Sonzogno)1998,99—112.

Claudio Sartori, *I sospetti di Puccini*, in: NRMI 11/1977, 232—241.

Peter W.Schatt, *Exotik in der Musik des 20.Jahrhunderts*, München/Salzburg(Katzbichler)1986.

Dieter Schickling, *Giacomo Puccini*, Stuttgart(Deutsche Verlagsanstalt)1989.

Gordon Smith, *Alfano and "Turandot"*, in: *Opera*, 24/1973, 223—231.

Julian Smith, *A Metamorphic Tragedy*, in: *PRMA* 106/1979/80, 105—114.

Patricia Juliana Smith, *"Gli enigmi sono tre":The [d]evolution of Turandot,Lesbian Monster*,in:C.E.Blackmer/P.J.Smith (eds.),*En travesti:Women,Gender Subversion,Opera*,New York (Columbia)1995,242—284.

Lynn Snook,*In Search of the Rriddle Princess Turandot*, in:J.Maehder (ed.),*Esotismo e colore locale nell'opera di Puccini*,Pisa(Giardini)1985,131—142.

Johannes Streicher, *"Falstaff"und die Folgen:L'Arlecchino molteplicato.Zur Suche nach der lustigen Person in der italienischen Oper seit der Jahrhundertwende*,in:Urich Müller et al. (eds.),*Die lustige Person auf der Bühne*,Kongreßbericht Salzburg 1993,Anif(Müller–Speiser)1994,273—288.

Johannes Streicher,*Del Seetecento riscritto.Intorno al metateatro dei "Pagliacci"*,in:Jürgen Maehder/Lorenza Guiot (eds.),*Letteratura,musica e teatro al tempo di Ruggero Leoncavallo,Atti del* II⁰ Convegno Internazionale su Leoncavallo a Locarno 1993,Milano(Sonzogno)1995,89—102.

Ivanka Stoïanova,*Remarques sur l' actualité de"Turandot"*, in:Jürgen Maehder (ed.),*Esotismo e colore locale nell'opera di Puccini*,Pisa(Giardini)1985,199—210.

Hans Heinz Stuckenschmidt,*Ferruccio Busoni,Zeittafel eines Europäers*,Zürich 1967.

The New Grove Dictionary of Music ε Musicians,ed.by Stanlie Sadie,20 Vol.,London(Macmillan)1980.

Antonio Titone,*Vissi d'arte.Puccini e il disfacimento del melodramma*,Milano 1972.

Edward Horst von Tscharner,*China in der deutschen Dichtung bis zur Klassik*,München 1939.

Olga Visentini,*Movenze dell'esotismo: "Il caso Gozzi"*,in:

Jürgen Maehder (ed.), *Esotismo e colore locale nell'opera di Puccini*, Atti del I⁰ Convegno Internazionale sull'opera di Puccini a Torre del Lago 1983, Pisa(Giardini)1985, 37—51.

Wolfgang Volpers, *Giacomo Puccinis "Turandot"*, Publikationen der Hochschule für Musik und Theater Hannover, vol.5, Laaber(Laaber)1994.

Friedrich August Clemens Werthes, *Theatralische Werke von Carlo Gozzi*, in: *NA*, Vol.14, 1—135.

Berthold Wiese/Erasmo Perropo, *Geschichte der italienischen Litteratur von den ältesten Zeiten bis zur Gegenwart*, Leipzig/Wien 1899.

Sigrid Wiesmann (ed.), *Für und Wider die Literaturoper. Zur Situation nach* 1945, Laaber(Laaber)1982.

Ludovico Zorzi, *L'attore, la Commedia, il drammaturgo*, Torino 1990.

二、中文部分

方豪《中西交通史》，二册，台北 1953，重印本台北（文化）1983。

李明明《自壁毯图绘考察中国风貌：18 世纪法国罗可可艺术中的符号中国》，辅仁大学比较文学研究所丛书第二册，印行中。

德礼贤《中国天主教传教史》，上海（1933？）；重印本台北（商务）1983。

罗基敏《这个旋律"中国"吗？——韦伯〈图兰朵〉乐剧之论战》，《东吴大学文学院第十二届系际学术研讨会会议论文集》，台北 1998，74—101。

罗基敏《由〈中国女子〉到〈女人的公敌〉——18 世纪意大利

歌剧里的"中国",辅仁大学比较文学研究所丛书第二册,印行中。

Jürgen Maehdef 原著,罗基敏译《巴黎写景——论亨利·缪爵的小说改编成浦契尼和雷昂卡发洛的〈波西米亚人〉歌剧的方式》,《音乐与音响》,二○八期(1991年3月),142—147。二○九期(1991年4月),122—127;二一一期(1991年6月),122—128。二一三期(1991年8月),110—118。

Jürgen Maehder 原作,罗基敏译《文学与音乐中音响色泽的诗文化:深究德国浪漫文化中的音响符号》,辅仁大学比较文学丛书第二册,印行中。

Aalst,J.A.van	阿斯特
Adami,Giuseppe	阿搭弥
Adorno,Theodor W.	阿当诺
Aeneas	安涅斯
Aida	《阿伊达》
Alfano,Franco	阿尔方诺
Allegretto	小快板
Altoum	鄂图王
Altoums Warnung	鄂图王的警告
Ambros,August Wilhelm	安布罗斯
Amore delle tre Melarance(L')	《三个橘子之爱》
Anapaest	短短长节奏
Andantino	小行板
Andrea Chénier	《安德烈·薛尼叶》
Ariadne auf Naxos	《纳克索斯岛的阿莉亚得内》
Arioso	咏叹式
Arlecchino	《阿雷基诺》
Ästhetische Theorie	《美学理论》
Augellin Belverde(L')	《美丽的绿鸟儿》
Bach,Johann Sebastian	巴哈
Barak	巴拉克
Barbier von Bagdad(Der)	《巴格达的理发师》
Barrow,John	贝罗

245

中外译名对照表

Fioi di Goldoni(I)	《郭东尼的孩子》
Forzano, Giovacchino	佛昌诺
Franchetti, Alberto	弗郎凯第
fuori bordo	甲板外
fuori scena	幕外
Gara, Eugenio	加拉
Geschichte der Musik	《音乐史》
Giacosa, Giuseppe	贾科沙
Gianni Schicchi	《姜尼·斯吉吉》
Gioconda(*La*)	《娇宫妲》
Giordano, Umberto	乔丹诺
Goethe, Johann Wolfgang von	歌德
Gold, Didier	郭德
Goldoni, Carlo	郭东尼
Gorki, Maxim	高尔基
Gozzi, Carlo	勾齐
Grand Opéra	大歌剧
grande cancellirere(II)	大总理
Greensleeves	绿袖子
Hanneles Himmelfahrt	《小汉娜的天堂之旅》
Haoh Kjöh Tschwen	《好逑传》
Hauptmann, Gerhart	郝普特曼
Heterophone	异音音乐
Hopkinson, Cecil	霍普金伸
Houppelande(*La*)	《大衣》
Hoven, J.	何芬
Hughes, Spike	休斯
Illica, Luigi	易利卡
In questa reggia	在这个国家

Inferno	地狱
Intermezzo	间奏曲
Introduktion und Arietta	导奏与小咏叹调
Introduktion und Szene	导奏与场景
Iris	《伊莉丝》
Jarry, Alfred	贾利
Josephine von Stengel	约瑟芬
Journal de Pékin(Le)	《北京新闻》
Kanva	康瓦
Karlsruhe	卡斯鲁
Khan	可汗
Klangfarbe	音响色泽
Kunst der Fuge	《赋格的艺术》
Lamento	悲歌
Leggenda di Sakùntala(La)	《莎昆妲拉事迹》
Lehmann, Lotte	雷曼
Leoncavallo, Ruggero	雷昂卡发洛
Lesage, Alain René	雷沙居
Lessing, Gotthold Ephraim	雷兴
Lied mit Chor	有合唱之歌曲
Literaturoper	文学歌剧
Liù	柳儿
Lodoletta	《罗德雷塔》
Lou-ling	楼琳
Lugano	卢甘诺
Lulu	《露露》
Madama Butterfly	《蝴蝶夫人》
Maeterlinck, Maurice	梅特兰克
Mahler, Gustav	马勒

Manfred	《曼弗瑞德》
Manon Lescaut	《玛侬·嫘斯柯》
Marcia funebre	送葬进行曲
Margherita da Cortona	《柯同纳的玛格丽特》
Maria Antonietta	《玛莉亚·安东尼叶塔》
Marsch und Szene	进行曲与场景
Mascagni, Pietro	马斯卡尼
Maschere(Le)	《面具》
Mask	面具角色
Maxwell, Georges	麦斯威尔
Meistersinger von Nürnberg(Die)	《纽伦堡的名歌手》
Melodramma romantico	浪漫歌剧
Metastasio, Pietro	梅塔斯塔西欧
Milano	米兰
Mille et une units(Les)	《一千零一夜》, 中文又名《天方夜谭》
Monostatos	摩诺斯塔多斯
Monte Carlo	蒙地卡罗
Moses und Aron	《摩西与亚伦》
Murr, Christoph Gottlieb von	穆尔
Non piangere Liù	别伤悲, 柳儿!
Nuova Commedia dell'arte(La)	新艺术喜剧
Oberon	《欧伯龙》
Opera buffa	谐剧
Opéra comique	喜歌剧
Opéra comique(L')	巴黎喜歌剧院
Opera seria	庄剧
Osmin	欧斯敏
Otello	《奥塞罗》
Ottonario	八音节

Théâre de la Foire ou l' Opéra Comique(Le)	《市集剧场或喜歌剧》
Timur	帖木儿
Tonio	东尼
Torino	都灵
Torre del Lago	透瑞得拉沟
Tosca	《托斯卡》
Tragicomico	悲喜
Travels in China	《中国旅游》
Tristan und lsolde	《崔斯坦与依索德》
Trittico(II)	《三合一剧》
Truffldino	楚发丁诺
Turandot	《图兰朵》
Turandot-Suite	《图兰朵组曲》
Two wooden Little Shoes	《两双小木鞋》
Valcarenghi,Renzo	瓦卡伦基
Venezia	威尼斯
Verdi,Giuseppe	威尔第
Verismo	写实主义
Verzweiflung und Ergebung	怀疑与顺命
Vittadini,Franco	维他丁尼
Vollmoeller,Karl	佛莫勒
Von der Zukunft der Oper	《谈歌剧的未来》
Wagner,Richard	瓦格纳
Wagner,Siegfried	齐格菲·瓦格纳
Weaver,William	魏佛
Weber,Carl Maria von	韦伯
Weimar	魏玛
Wien	维也纳

《图兰朵》录影、录音版本

符号说明：T/图兰朵、C/卡拉富、L/柳儿、Ti/帖木儿、A/鄂图王

一、歌剧《图兰朵》录影部分

宝丽金(Deutsche Gramophon POLG)

VCD：

编号：VCD 072 510—2

指挥：James Levine

乐团：The Metropolitan Opera Orchestra and
Chorus

歌者：Eva Marton(T)、Placido Domingo(C)、
Leona Mitchell(L)、Paul Plishka(Ti)等。

LD：

编号：072 510—1 GHE2

指挥：James Levine

乐团：Metropolitan Opera Orchestra and Chorus

歌者：Eva Marton(T)、Placido Domingo
(C)、Paul Plishka(Ti)、Leona Mitchell
(L)、Hugues Cuenod(A)等。

福茂(DECCA)

VHS：

编号：VA—91009

指挥：Donald Runnicles

乐团：San Francisco Opera Orchestra and Chorus

歌者：Eva Marton(T)、Michael Sylvester

(C)、Lucia Mazzaria(L)、Kevin Langan(Ti)等。

先锋(Pioneer Classics PC)

LD：

编号：PC—94—004

指挥：Donald Runnicles

乐团：San Francisco Opera Orchestra

歌者：EVa Marton(T)、Michael Sylvester

(C)、Kevin Langan(Ti)、Lucia

Mazzaria(L)等。

先锋(Pioneer Artists)

LD：

编号：PA—87—201

指挥：Maurizio Arena

乐团：Orchestra of the Arena di Verona

歌者：Ghena Dimitrova(T)、Nicola Martinucci

(C)、Ivo Vinco(Ti)、Cecilia Gasdia

(L)、Gianfranco Manganotti(A)等。

二、歌剧《图兰朵》录音部分

宝丽金(POLG)

CD：

编号：CD 423 855—2(2 张 CD)

指挥：Herbert von Karajan

乐团：Wiener Philharmoniker

歌者：Katia Ricciarelli(T)、

　　　Placido Domingo(C)、

　　　Barbara Hendricks(L)、Piero de Palma(A)等。

科艺百代(EMI)

CD：

编号：CDS 556 307—2(2 张 CD)

指挥：Tullio Serafin

乐团：Coro e Orchestra del Teatro
　　　alla Scala di Milano

歌者：Maria Callas(T)、Elisabeth
　　　Schwarzkopf(L)、Eugenic
　　　Fernandi(C)、Nicola
　　　Zaccaria 等。

卡拉丝的图兰朵
扮相(EMI 提供)

编号：CMS 769 327—2(2 张 CD)

指挥：Francesco Molinari-Pradelli

乐团：Coro e Orchestra del Teatro dell' Opera di Roma

歌者：Birgit Nilsson(T)、Franco Corelli(C)、Renata Scotto(L)、Bonaldo Giaiotti 等。

编号：CMS 565 293—2(2 张 CD)

指挥：Alain Lombard

乐团：Maitrise de la Cathedrale Choeurs de l'Opera du Rhin Orchestre Philharmonique de Strasbourg

歌者：Montserrat Caballé(T)、Mirella Freni(L)、José Carreras(C)、Paul Plishka 等。

博德曼(BMG)

CD：

编号：CDM 566 051—2(节录版)

指挥：Alain Lombard

乐团：Maitrise de la Cathedrale Choeurs de l' Opera du Rhz Orchestre Philharmonique de Strasbourg

歌者：Montserrat Caballé(T)、

Mirella Freni(L)、

José Carreras(C)、

Paul Plishka 等。

尼尔森的图兰朵扮相(BMG 提供)

博德曼(BMG)

CD：

编号：74321 60617—2(2 张 CD)

指挥：Zubin Mehta

乐团：Maggio Musicale Fiorentino

歌者：Giovanna Casolla(T)、

Sergej Larin(C)、

Barbara Frittoli(L)等。

备注：1998 年 9 月,《图兰朵》于

北京紫禁城演出之实况

录音版本。

编号：09026 62687—2(2 张 CD)

指挥：Erich Leinsdorf

乐团：Coro e Orchestra del Teatro

dell' Opera di Roma

歌者：Birgit Nilsson(T)、Renata

Tebaldi(L)、Jussi Bjoerling(C)、

Giorgio Tozzi 等。

编号:09026 60898—2(2 张 CD)

指挥:Roberto Abbado

乐团:Münchner Rundfunkor-

　　　chester Chor des

　　　Bayerischen Rundfunks

歌者:Eva Marton(T)、Ben

　　　Heppner(C)、Margaret

　　　Price(L)、Jan—Hendrik

　　　Rootering(Ti)等。

福茂(DECCA)

CD:

编号:414 274—2(2 张 CD)

指挥:Zubin Mehta

乐团:London Philharmonic Orchestra

歌者:Joan Sutherland(T)、

　　　Luciano Pavarotti(C)、

　　　Montserrat Caballé(L)等。

Eva Turner 的图兰朵
扮相（©福茂唱片
Decca 提供）

编号:16147(2 张 CD)

指挥:Zubin Mehta

乐团:London Philharmonic Orchestra

歌者:Joan Sutherland(T)、

　　　Luciano Pavarotti(C)、

　　　Montserrat Caballé(L)等。

编号:443 761—2(2 张 CD)

指挥:Alberto Erede

乐团:Orchestra e coro dell'
Accademia di Santa
Cecilia,Roma

歌者:Renata Tebaldi(T)、
Inge Borkh(L)、
Mario del Monaco(C)等。

《图兰朵》录影、录音版本

编号:IC—099

指挥:Alberto Erede

乐团:Orchestra e coro dell'
Accademia di Santa
Cecilia,Roma

歌者:Renata Tebaldi(T)、
Inge Borkh(L)、Mario
del Monaco(C)等。

卡带:

编号:432(上卷)、433(下卷)

指挥:Zubin Mehta

乐团:London Philharmonic Orchestra

歌者:Joan Sutherland(T)、Luciano
Pavarotti(C)、Montserrat Caballe(L)等。

三、卜松尼《图兰朵组曲》录音部分

索尼(SONY)

CD：

编号：SK 53 280

指挥：Riccardo Muti

乐团：Orchestra Filarmonica della Scala

四、卜松尼《图兰朵》录音部分

CAPRICCIO

CD：

编号：60 039—1

指挥：Gerd Albrecht

乐团：Radio–Symphonie–

Orchester Berlin

合唱团：RIAS–Kammerchor

歌者：Linda Plech(T)、

Josef Protschka(C)、

René Pape(A)、Robert Wörle(Truffaldino)等。

VIRGIN CLASSICS

CD：

编号：VCL 59313

指挥:Kent Nagano

乐团:The Lyon Opera Chorus and Orchestra

歌者:Mechthild Gessendorf(T)、Stefan Dahlberg(C)等。

※感谢以上各公司提供资料※

《图兰朵》录影、录音版本